英仏文学戦記

もっと愉しむための名作案内

斎藤兆史・野崎 歓
Saito Yoshifumi Nozaki Kan

東京大学出版会

The Chronicle of an Anglo-French Literary Battle
La Chronique d'une bataille littéraire anglo-française
SAITO Yoshifumi, NOZAKI Kan
University of Tokyo Press, 2010
ISBN 978-4-13-083053-9

まえがき

仏文学、英文学というと、読者のみなさんはどのようなイメージをお持ちだろうか。もしかしたら、やたらに小難しく、敷居の高い文学だと思っておられるのではないだろうか。だが、そういうイメージをお持ちの読者の中に、実際に仏文学作品、英文学作品をそれぞれ一作以上お読みになった方はどのくらいおられるだろうか。おそらく、実際に作品を読んだことはないけれど、何となく手に取りづらい文学だと感じているのではないか。もちろん、それぞれの文学の中には、一筋縄では読み解けないものもあるし、原文で読むのは骨が折れる。しかしながら、幸い日本は翻訳天国（最近では、「新訳ブーム」なる現象すら存在する）であり、仏・英文学の名作の多くが日本語に翻訳されている。実際にそのうちのいくつかを読んでもらいさえすれば、こんなに面白いものだったのかとの印象を持っていただけるに違いない。

私たちより前の世代の人間、あるいは少なくとも私たちの世代の人間は（こういう言い方をすること自体、年を取った証拠であることは重々承知しているが）、何かにつけて本を読んだものである。早熟の文学少年であった野崎歓氏は、はじめから文学に興味を持って翻訳書を漁り、いつしか仏文学の魅力に取り憑かれた。私は、英語学習の一貫として英文学作品を読みはじめ、英文学の豊かさを知った。翻訳で読もうが、語学教材として読もうが、とにかく仏・英文学は面白い。

『英語のたくらみ、フランス語のたわむれ』(二〇〇四)にまとめられた対談をはじめ、さまざまな機会を得て意見を交換し、そのような認識を共有した野崎氏と私は、今度はそれぞれが親しんできた小説に焦点を当てた対談を持つことを思いついた。フランス小説とイギリス小説が理屈抜きにどれだけ面白いかを、お互いに存分に語り合ってみようではないか。もちろん、小説の読み手として、そして文学研究者として、野崎氏のほうが私よりはるかに格上であることは百も承知である。しかしながら、私の拙い読みを修正する形で彼が展開する議論は、かならずや仏英小説の読み方について読者に大きな示唆を与えるに違いなく、それによってより多くの人が文学の魅力に触れることになるならこれほど素晴らしいことはない。少なくとも私はそう考えたのである。

具体的な手続きとしては、お互いが読み慣れた十九世紀以降のフランス小説、イギリス小説の中からこれぞと思われる名作をいくつか選び、作者の作風や出版年を考慮しつつ基本的に一対一の組み合わせを作って読み比べることにした。イギリスの一番手は、ジェイン・オースティンの『高慢と偏見』。十九世紀初期の傑作としてこの小説を選ぶことに対して異を唱える英文学者はほとんどいないであろう。これに匹敵する小説があるものかと余裕で構えていたら、野崎氏が最初に選んだ作品は自ら翻訳を手がけたスタンダールの『赤と黒』。これは強敵である。また、こちらが文学史的にオースティンと対で紹介されることの多いスコットの『アイヴァンホー』を選んだところ、彼はバルザックの『ゴリオ爺さん』を出してきた。これまた相手にとって不足はない。

十九世紀中期はイギリス小説の黄金時代である。これに敵う小説があるものかとディケンズの『デイヴィッド・コパフィールド』という最強カードを切ったところ、野崎氏が涼しい顔で切ったカードはフローベールの『ボヴァリー夫人』。このあたりで私は、フランス小説恐るべしと肚を決めた。二十世紀初期のイギリス小説の代表として私が選んだフォースターの『ハワーズ・エンド』については意見が分かれるところかもしれない。もしかしたら二十世紀最大の小説とも言われるジョイスの『ユリシーズ』をなぜ選ばなかったかとお叱りを受けるかもしれないが、私の好みということでお許しいただきたい。もし私が『ユリシーズ』を出したとしたら、対戦相手としてプルーストの『失われた時を求めて』が出てきたかもしれないが、野崎氏は私の負担を考慮してか、代わりにブルトンの『ナジャ』を選んだ。とはいえ、キングの代わりにジョーカーを出されたようなもので、私はけたぐりを食らってひっくり返ってしまった。

第二次大戦後については、一気に選択が難しくなる。イギリス側からは、イギリス小説の末尾を飾るかのごとくに英文学史にかならず登場するゴールディングの『蠅の王』を選んだが、これはやや一般的な評価を当てにしすぎたかもしれない。野崎氏にカミュの『ペスト』を出され、選択を誤ったかとやや後悔した。対戦の最後を飾る現代小説として、お互いに翻訳を手がけたナイポールとウェルベックの小説を選んだ。いずれも超弩級の個性派作家であり、すさまじい対決となった。

本書の章立ては、作品対作品の「対戦」形式にはなっているものの、もちろんそれはどちらが優れているかを決定するためのものではない。私たちが目指したのは、とりあえず十九、二十世紀の小説の正典（キャノン）を扱いつつも、従来の「フランス文学史」、「イギリス文学史」の枠にとらわれない、よりダイナミックな小説論、比較文学論を展開することであった。その目的が達成できたかどうかは、以下の対談をお読みいただいた読者諸氏の判断に任せるしかないが、そのうちの何人かが、ここで扱われている作品を一冊でも読んでみようかという気になったとすれば、それだけでもこの「対戦」は成功であったと言える。

二〇一〇年六月

斎藤兆史

英仏文学戦記／目次

V――第二次世界大戦の痕跡……169

プロローグ†——いま、英仏文学を読む

†――語学の関心による読書

野崎　イギリス小説への斎藤さんの情熱に、僕はいつも感心させられてきました。それを存分に語っていただきたいというのがこの企画を提案した理由のひとつでもあるわけなので、まず斎藤さんから口火を切っていただけますか。

斎藤　困ったな。思い返してもそんな情熱あったかな（笑）。

野崎　デートの最中に古本屋のウィンドーでディケンズ[1]全集を見かけて、彼女をほったらかして買いに走ったとか、以前聞かされましたよ。どういうふうにイギリス小説に深入りしていったのか、そして海峡を挟んでフランスのほうはどう見えているのか、というのをぜひ伺いたいな。

斎藤　僕のイギリス小説との出会いというのは、『英語のたくらみ、フランス語のたわむれ』[2]の対談のときにも話しましたが、基本的に語学なんですね。中学のときから英語が好きで、その自然の流れで文学作品を読むようになって、高校時代に原書で読んでというようにね。

　一番にはまったのは、最初は小説ではなくてバートランド・ラッセル[3]の随筆だったのですが、その同じ関心でサマセット・モーム[4]、ジョージ・オーウェル[5]、ジョン・スタインベック[6]、純文学ではないけどアガサ・クリスティ[7]とかね。そういう作家の小説なんかを読み始めて、なるほど英語の学習の延長線上にこういう文

（1）チャールズ・ディケンズ（一八一二–七〇）　イギリスの小説家。『オリヴァー・トゥイスト』（一八三七–三九）、『大いなる遺産』（一八六〇–六一）など。本書八八頁以下を参照。

（2）斎藤兆史・野崎歓『英語のたくらみ、フランス語のたわむれ』（東京大学出版会、二〇〇四）。

（3）バートランド・ラッセル（一八七二–一九七〇）　イギリスの哲学者、数学者。

（4）サマセット・モーム（一八七四–一九六五）　イギリスの小

学の愉しみがあるんだなと感じて、大学では英文学を専門にしようと自然に思いましたね。ただ、東京大学の駒場キャンパス（主に一・二年生の教育に当たる）ではいろんな新しい学問を目にするから、多少浮気心が出てきたんだけど、幸か不幸か（三・四年生への）進学振り分けの点数がそんなによくなくてね（笑）。

野崎　こちらも同様でした。

斎藤　結局、予定どおり英文科に入ったんだけど、やっぱり小説をたくさん読まされるよね。面白いことに昔自分で読んだ小説なんかを引っ張りだしてきて線を引いているところを見ると、熟語とか面白い表現とか、そんなところばっかり引いてあるんですよね。しかし、当然英文科に入れば次第に文学を研究対象として読むという読み方を教わる。ディケンズを読み始めたのも英文科に入ってからかな。で、ディケンズが一気に好きになって、そこからディケンズを中心としていろいろ読んでいったという感じですかね。

もともとの関心事というのは英語にあるわけだから、そういう意味でいうと、フランス文学は中学・高校の頃に翻訳で読む対象ではなかったですね。やっぱり文学部に入って、その英語の延長線上に文学があって、では文学も研究してみよう、やっぱりフランス文学の影響も考えなきゃいけないな、というところで読んだんですよ。だから、実はほとんどフランス文学とは付き合ってなくて、きのう自分の研究室の本棚に並んでいるフランス小説、文庫本なんかをざーっと見てみ

説家、劇作家。『月と六ペンス』（一九一九）、『人間の絆』（一九一五）など。

（5）ジョージ・オーウェル（一九〇三‐五〇）　イギリスの小説家。『カタロニア賛歌』（一九三八）、『一九八四年』（一九四九）など。

（6）ジョン・スタインベック（一九〇二‐六八）　アメリカの小説家。『怒りの葡萄』（一九三九）、『エデンの東』（一九五二）など。

（7）アガサ・クリスティ（一八九〇‐一九七六）　イギリスの作家。『オリエント急行の殺人』（一九三四）、『そして誰もいなくなった』（一九三九）など多数の推理小説を発表。

たら、それがえらく偏っているんだな。
まず、カミュ[8]の『異邦人』。これは原文でも読んだんだけど、あとで翻訳で読み返したのかな。それとコクトー[9]の『恐るべき子供たち』。それからサガン[10]の『悲しみよ こんにちは』も原書で読んで、『ブラームスはお好き』は翻訳で読んだね。ページが薄いものばかり。ジッド[11]の『田園交響楽』とかね。スタンダール[12]の『赤と黒』も昔の訳で読んで、それから『赤と黒』にも出てくる『マノン・レスコー[13]』、それからラファイエット夫人[14]の『クレーヴの奥方』。こういうものを読んできたから、フランス文学はちょっと狂気の文学というか、背徳的であるとか、そういうイメージが僕のなかに植えつけられているところがあって、まずそういう点でイギリスと大分違うなと感じているんですよね。

野崎　偏っているっておっしゃるけれど、まさにフランス文学の王道そのものという本ばかりじゃないですか。

斎藤　えっ、ほんと？（笑）

野崎　まったくブレのない選択ですね。『マノン・レスコー』以来のフランスが誇る恋愛心理小説の王道を歩んでいたわけですよ。

斎藤　ああ、そうですか。だとすると、そういうフィクションというか、小説が持っている役割はやっぱりイギリス文学とは違うんだね。

野崎　そうかもしれませんね。斎藤さんの場合、英文科に行ってディケンズに親

（8）アルベール・カミュ（一九一三‐六〇）　フランスの小説家。『異邦人』（一九四二）、『ペスト』（一九四七）など。本書一八九頁以下を参照。

（9）ジャン・コクトー（一八八九‐一九六三）　フランスの詩人、劇作家、映画監督。小説『恐るべき子供たち』（一九二九）、映画『美女と野獣』（一九四五）など。

（10）フランソワーズ・サガン（一九三五‐二〇〇四）　フランスの小説家。十八歳で出版した『悲しみよ こんにちは』（一九五四）が世界的ベストセラーとなる。他に『ブラームスはお好き』（一九五九）など。

（11）アンドレ・ジッド（一八六九‐一九五一）　フランスの小説家。『狭き門』（一九〇九）、『田園交響楽』（一九一九）など。

しんでというときには、翻訳を介さないで英語でばりばり読んでいたんですか。

斎藤　ええ。自分で翻訳を手がけていながらこんなこと言うと、読んでくれている人たちに申し訳ないけど、基本的に他人の翻訳は読まない。

野崎　えっ、いまでも？

斎藤　ええ。よほど上手い人の訳なら読むけどね。もちろん、ほかの文学は全部翻訳で読みますよ。でも、英語に関してはやっぱり原作で読みたいという気持ちが強いんで、翻訳では読みませんね。

†――翻訳から入った読書

斎藤　野崎さんにとってのフランス文学はどうなんですか？

野崎　それが、いきなり正反対になってしまうんだけど、僕はもともと翻訳書とか翻訳文学を読むのが大好きなんですよ。だから情けないことに、いまでもフランス小説の翻訳をよく読んでいます。本当だったら原文で読みたかったなと思うものもあるわけだけども。仏文科に入ったとき翻訳は読むなといわれたけど、守れなかったですね。たとえば新刊書の本屋さんに行っても翻訳のほうから見るくらい、翻訳とか翻訳文化に愛着があるんですよ。いまの斎藤さんの話を聞いているとちょうどスタンスとして逆だし、本当は斎藤さんのようになりたかったという気はしますけども、実際問題としてフランス語を読むスピードが思っていたほ

(12) スタンダール（一七八三－一八四二）　フランスの小説家。『赤と黒』（一八三〇）、『パルムの僧院』（一八三九）など。本書三四頁以下を参照。

(13)『マノン・レスコー』（一七三一）　フランスの小説家アベ・プレヴォーによる作品。いわゆる「ファム・ファタル」（悪女、魔性の女）物の嚆矢とされ、いまなお繰り返しドラマ化、映画化されている。

(14) マリー・マドレーヌ・ラファイエット夫人（一六三四－九三）　フランスの小説家。『クレーヴの奥方』（一六七八）はフランス恋愛小説、心理分析小説のさきがけと目される傑作。

ど速くならないんですよね。しかも、読まなきゃならない本は増える一方となると、本当に翻訳というのはありがたいものだなって、いよいよそういう気持ちになってしまう。

逆に、フランスの対岸に位置しているイギリスの文学について考えてみると、僕の場合、英語は苦手ではなかったけども、なぜかその英語を活用しようという発想にならなかったんです。学校で習ったことの延長で英語の本に手を伸ばすということをあまりしなかった。それが英文学との本格的な付き合いというのがなかった理由にもなっていると思うんですよ。

イギリス文学の持っているイメージが、当時の少なくとも僕のような高校生にはアピール力が弱かった点もある。なにか学校っぽいというか、辛気くさいというか、そういう偏見があった気がする。吉田健一さんの本に『英語と英国と英国人』(15)というのがあります。これが本当に痛快で、たとえば「英語とは絶対に覚えられないものなのであるから、そういうことは始めからあきらめたほうがいい」とか書いてある無茶苦茶な本なんですが（笑）。「英国の文学っていうのはなぜあんなにつまらないのかと質問されて困ったことがある。英語の先生の手にかかってしまえばもうお終いである」とか書いてあってね（笑）。

僕は中学・高校といい先生に恵まれたにもかかわらず、英語は授業の範囲でいいやとなってしまった。何しろ翻訳書を読み散らすのが無性に面白かった時期な

(15) 吉田健一『英語と英国と英国人』（一九六〇／講談社文芸文庫、一九九二）　吉田健一は英文学者。批評、エッセイに健筆をふるい、『酒宴』（一九五七）や『金沢』（一九七二）といった特異な魅力を放つ幻想小説でも知られる。

ので、さまざまな刺激があるなかで、英語の本に取りつこうという気にならなかった。駒場に入った頃も、本当はそこで英語をばりばり読めるようになっていればいいのに、フランス語は一生懸命やりましたけども、あとはもうほんとおざなりなもので終ってしまったんです。

駒場の学生の頃、イギリスの小説ですごく好きだったのは、たとえばロレンス・ダレル[16]の『アレクサンドリア四重奏』。もちろん翻訳ですよ。高松雄一先生の名訳だと思うんだけど。それにジョン・ファウルズ[17]の『魔術師』という長編。これなんか本当に面白いと思った作品なんですが、でもロレンス・ダレルとかジョン・ファウルズといっても、一瞬あれっイギリス人だったかな、アメリカ人だったかなと思うくらいの知識のなさではあるんだなあ。あるいは逆に、ロレンス・スターン[18]の『トリストラム・シャンディ』とか、ああいうのは名にしおう奇書だというので読んでみた。あとすぐに思い出すのはエミリー・ブロンテ[19]の『嵐が丘』とシリトー[20]くらいのもので、シェイクスピア[21]はひとわたりは勉強的な気分で読んだけど、叔母がシェイクスピア学者なもので、それはもうお任せしようって（笑）。だから、本当にイギリスとの深いお付き合いといえば、われわれ共通の情熱であったロック音楽[22]ですね。ひたすらそればっかりでした。

逆にフランスへの興味はどういうことなのかというと、ひとわたり世界の名作みたいなものを読んでいったあとで、高校生くらいのときに鮮烈に見えてくるの

(16) ロレンス・ダレル（一九一二-九〇）イギリスの作家、詩人。『黒い本』（一九三八）、『アレクサンドリア四重奏』（一九五七-六〇）など。

(17) ジョン・ファウルズ（一九二六-）イギリスの作家。『魔術師』（一九六六）、『フランス軍中尉の女』（一九六九）など。

(18) ロレンス・スターン（一七一三-六八）イギリスの小説家。喜劇的小説『トリストラム・シャンディ』（一七六〇-六七）など。

(19) エミリー・ブロンテ（一八一八-四八）イギリスの小説家。

は、伝統的な文学に対して、反文学という、ある意味で非常に破壊的かつ実験的な方向性がフランスから盛大に出てきている。それにやられたんですね。サルトル(23)、カミュもそうですけども、とりわけシュルレアリスム(24)。アンドレ・ブルトン(25)なんていう人の書くものにしたたかやられたし、それからヌーヴォー・ロマン(26)ね。登場人物とか筋立てとか、そういうのはみんな欺瞞に過ぎないから破壊しろっていう、そういうのにたちまち洗脳された。それが高校から大学に入るぐらいのところなんですね。

一言でいうと、まともな小説というのは恥ずかしいものだという、そういう発想でしたね、完全に。バルザック(27)みたいに書くことはもはや許されないとか。いまから見ると、それはフランスのある一時期のイデオロギーなんですよ。でも、それにかぶれた人はわりと世界中にいっぱいいて、その末端が日本にもいたということ。その刺激というのは一種劇薬のようなもので最初はすごく効く。しかし段々、そればっかりじゃないだろうという気もしてくるわけですけど。

†――現在の文学への問い

野崎　長く文学と付き合ううちに、いろんな文学のかたちがあって当然だとわかってくるし、とりわけ小説というのはまず娯楽という面があるわけだから、さまざまな愉しみがあるはずだという気で読み直してみると、今度は、じわじわとイ

ブロンテ三姉妹の一人。長編小説『嵐が丘』(一八四七)。

(20) アラン・シリトー(一九二八-二〇一〇)　イギリスの小説家。『土曜の夜と日曜の朝』(一九五八)、『長距離ランナーの孤独』(一九五九)など。

(21) ウィリアム・シェイクスピア(一五六四-一六一六)　イギリスの劇作家。

(22) ロック音楽　一九六〇年代半ば、ビートルズやローリング・ストーンズといったイギリスのグループがアメリカで旋風を巻き起こし、「ブリティッシュ・インヴェイジョン」(イギリスの侵略)と呼ばれた。以後、多彩に展開された七〇年代イギリスのロックに、野崎も斎藤もどっぷり漬かって育った。

(23) ジャン＝ポール・サルトル

ギリスの小説が効いてくる。正直にいうと、この十年くらいは僕にとってイギリス小説ルネッサンス時代だったんです。

斎藤　それは嬉しいなあ。

野崎　斎藤さんと話したりするようになってから、ディケンズってそんなに面白かったかなというので『デイヴィッド・コパフィールド』[28]を読んでこれは面白いと唸りました。最近のいわゆる新訳ブームのおかげで、たとえばシャーロット・ブロンテ[29]の『ジェイン・エア』なんていうのも、わりと最近新訳で読み返したし、バーネット[30]の『秘密の花園』もやはり最近新訳が出て、これにもいたく感動した。あるいは新訳じゃないけどジョージ・エリオット[31]の『サイラス・マーナー』とかね。この辺の十九世紀の小説のもつ、本当に分厚い物語の愉しみっていうのに感服しているところなんですよ。そういう意味ではロシア小説もそうかな。新訳ブームのなかでもう一度見えてきた古典的な小説の、手ごたえある面白さという点でね。大人になっても味わえるというか、むしろ年とともにいっそう味わえるものがあるというのはつくづく嬉しいですね。

斎藤　いまお話を伺って妙に納得したことがあるんです。野崎さんが「イギリス小説ルネッサンス」よりも前に読んだイギリスの作家のなかで面白かったというのは、やっぱりフランス的な作家なんですよ。ジョン・ファウルズの『フランス軍中尉の女』なんて完璧にフランス的なメタフィクションだしね。それから『ト

（一九〇五－八〇）　フランスの思想家、劇作家、小説家。実存主義の旗手として多大な影響力をふるった。『嘔吐』（一九三八）、『存在と無』（一九四三）、自伝『言葉』（一九六四）など。

(24)　シュルレアリスム　一九二〇年代、ダダイズムにつづいてフランスに興った芸術運動。本書一五〇頁（17）参照。

(25)　アンドレ・ブルトン（一八九六－一九六六）　フランスの詩人、批評家。『シュルレアリスム宣言』（一九二四）、『ナジャ』（一九二八）など。本書一四九頁以下を参照。

(26)　ヌーヴォー・ロマン　フランス語で「新しい小説」の意。第二次大戦後フランスで登場した、従来の小説の書き方を根底から覆すタイプの小説の総称。アンチ・ロマン（「反小説」）とも。ロブ＝グリエ『消しゴム』（一九五四）、

リストラム・シャンディ』だって、ちょっと異質な反小説。メタフィクションって言う人もいるけどね。いま話を聞いていて、何か文学に対して破壊的な力を持っているものに最初から惹かれるのかなという気がしたんだよね。

逆にいうと、僕はフランス小説の持つ刺激とか暴力性とか、そういうものに魅力を感じつつ、そこまで踏み込んでいけない。だから、僕にとってすら非常に刺激的だった、さっきあげた小説がもし王道だとすれば、もっと危険なものが奥にあって（笑）、そこまで僕はたぶんまだ踏み込んでいないという気がするんだよね。それは年齢とともに趣味が変わったというようなことではなくて、やっぱりそれぞれ違う魅力があって、いまでも僕がフランス小説の本当のすごいところにはまり込めば抜けられなくなるくらいの力はたぶん秘めているだろうし、スタンダールにしてもバルザックにしても、今回あらためて読んでみるとそういう力を持っているんですね。それが非常に面白いと思ったね。

野崎　僕も、若いときはこうで、年を取ってみるとこう、という図式ではあまり考えたくないと思うんですよ。面白さとは複数的、多面的なものだというだけで。ただどこから入るか、その入り方にそれぞれの資質が出るというのはあるね。それからもうひとつ、フランス文学だって本当はもっと広いものであるはずだし、道徳的、宗教的な要素もたっぷりあるはずなんだけど、日本における受容は特にこういうかたちで特化していったということはあると思います。つまりアンチテ

ビュトール『心変わり』（一九五七）、クロード・シモン『フランドルの道』（一九五九）などが代表作。

(27) オノレ・ド・バルザック（一七九九－一八五〇）フランスの小説家。『ゴリオ爺さん』（一八三五）、『谷間の百合』（一八三五）など。本書七一頁以下を参照。

(28)『デイヴィッド・コパフィールド』（一八四九－五〇）ディケンズの代表作。本書八八頁以下を参照。

(29) シャーロット・ブロンテ（一八一六－五五）イギリスの小説家。ブロンテ三姉妹の一人。『ジェイン・エア』（一八四七）など。

(30) フランシス・バーネット（一八四九－一九二四）小説家。イギリスに生れ、十六歳でアメリ

ーゼとしての文学という気がしますね。

斎藤　僕が文学部に進学して英文科に入った当時、一番のエリートはフランス文学に行くと言われていて、それもたぶん事実だったんだろうけど、当時の知的エリートの思想的な方向性はやっぱりフランス小説の思考と一致していたんだろうと思いますね。反体制的な考え方。僕が進学したときの話だから、たぶんちょっと上の、団塊の世代の思想性なんだろうね。だから体制に依存しない生き方というか、そういうものをフランス文学のなかに模索したというのもあるね。

そう考えると、ジェイン・オースティン(32)はまったくその対極にあって、要するに結婚のことばっかり考えて何が面白いんだと思うんだけど、これはいまだにイギリスでも日本でも根強い人気を誇っているというのは何だろうなと思うんだよね。

野崎　いま斎藤さんが言った、反体制的だというのはわれわれの世代には説明抜きでわかるタームだと思うよね。でも、いまの若い人は意外とわからないかもしれない。つまり、現在では一枚岩の体制もなければ、昔流の反体制もない。あらゆる領域で価値の多様さは当然のことになっているし。

だから逆にいうと、かつてのようなフランス文学のあり方は、いまその根拠を非常に問われているという気がします。体制が強固なとき反体制がすごく格好よく見えるのは、ある意味では単純といえば単純な話なんだよね。それが社会がい

カに移住。『小公子』(一八八六)、『秘密の花園』(一九〇九)など。

(31) ジョージ・エリオット(一八一九 - 八〇)　イギリスの小説家。『アダム・ビード』(一八五九)、『サイラス・マーナー』(一八六一)など。

(32) ジェイン・オースティン(一七七五 - 一八一七)　イギリスの小説家。『分別と多感』(一八一一)、『マンスフィールド・パーク』(一八一四)など。本書一四頁以下を参照。

まのような状態になったときに、それでもなおアピールする部分、受けとめるべき部分がどこにあるのかは、常に考え直していかなければいけないといつも感じています。この対談もそのための機会になればいいと思っているんですよ。

I ── 十九世紀の精神的な革命

結婚という幸福
――ジェイン・オースティン『高慢と偏見』(一八一三年)

†――精神的な革命を遂げた小説?

野崎　では、ジェイン・オースティン(1)『高慢と偏見』から行きましょうか。

斎藤　粗筋ですけど、イングランド南東部のハートフォードシャー州のロングボーンという村が舞台です。地主のベネット家に五人姉妹がいて、一番上はジェイン、二番目がエリザベスで、下に三人いるわけですね。この二人が大体物語の中心になるわけですよ。近くにビングリーという独身の資産家が引っ越してくる。オースティンの典型的な小説のプロットなんだけども、今度すごいお金持ちが越してくると。その人は一体どのくらいの資産を持っているのかしらとか、その人は独身だろうかと。ここが非常に大事なんです(笑)。独身なのかしら? その人は誰と結婚するのかしらと。それが基本的に話の中心なんですね。

ベネット家のお母さんはとにかく娘をいいところに嫁がせたいと、それればっかり考えている人で、娘の誰かがそのビングリーさんと結婚すればいいと思ってい

(1) ジェイン・オースティン(一七七五-一八一七) イギリスの小説家。『分別と多感』『高慢と偏見』『エマ』『マンスフィールド・パーク』『ノーサンガー僧院』『説得』の六つの長編小説を発表。

る。一番の候補は当然長女のジェインです。で、ご近所付き合いが始まって、そのビングリーさんの友だちにダーシーという人がいて、これが実は一番物語に絡んでくる人物なんだけど、オースティンの典型的なプロットとして、まず最初はジェインとビングリーがどうにかなるんだろうなというところでずっと引っ張るわけですよ。

ダーシーの魅力は途中まで抑えられているわけね。この人物が途中から重要な役割を発揮するのはいまだからこそみんな知っていて、だからこそ何度も何度も読まれて、何度ドラマになっても面白いところがあるんだけど、おそらく書いた本人、オースティン自身はダーシーの魅力をできるだけ隠しておいて、悪人にしておいて、ビングリーの友だちの非常にプライドの高い男、いけ好かない人物にしておきたかったんだろうと思うんだな。結局、ビングリーとジェインはおたがいに惹かれているんだけどなかなか上手くいかない。ジェインは性格がおとなしいんですね。エリザベスはちゃきちゃきしている。これはこの物語の主人公ですけども、最初に近所付き合いが始まって舞踏会なんかを開くと、あまりのダーシーのプライドの高さにうんざりしちゃうわけね。エリザベスは、あれはいけ好かない男だとダーシーを退けちゃうわけ。結局、ジェインが雨のなかを出かけていって風邪ひいて、ビングリーさんにお世話になって、そういうなかでお付き合いが始まるわけですね。

Jane Austen, *Pride and Prejudice* (1813) の翻訳に、『高慢と偏見』(上下、富田彬訳、岩波文庫、一九九四)、『高慢と偏見』(阿部知二訳、河出文庫、二〇〇六)、『自負と偏見』(中野好夫訳、新潮文庫、一九九七)、『高慢と偏見』(上下、中野康司訳、ちくま文庫、二〇〇三) などがある。

簡単に言ってしまうと、そうやって偏見を持っていたエリザベスは、最終的にはダーシーに対する自分の偏見に気がつくわけですね。ダーシーのほうもちゃきちゃきとしたエリザベスに惹かれてプロポーズをする。最初は嫌な男だと思ったので拒むけども、最終的には結ばれる。ジェインも見事ビングリーと結ばれる。そのなかで途中でいろいろ話を面白くするために、末娘のリディアとウィッカムとの駆け落ちとか、そういうサブプロットが入っているということなんですね。だから、要するに誰と誰が結婚するか。で、幸せになりました。めでたし、めでたしと。そういう話なんですよね。

おそらくフランス小説だったらまずリディアに焦点を当てて、リディアが主人公なんだろうなと思うんだけども、オースティンだと、これは筋を面白くするための細工なんですね。これがなぜいまだに読み継がれているのか僕はよくわからないし、自分でなぜ読んじゃうのかわからない。とにかく、エリザベスの人物像が非常に豊かであるというのは一般に言われていることだし、オースティン自身もエリザベスが登場人物のなかで一番好きだと言っているのも有名な話なんですよ。要するに、何ていうことはない。普通に読んだらそういう話。

野崎　いや、でもこれはもう本当に大傑作だと思う。これほどの小説はちょっとほかにないくらい素晴らしい小説だと思うし、前に読んだときも感心したけども、ことしは正月元旦から中野康司さんの新しい訳でこれを読んで、実に気持ちのい

い新年を迎えられたなあという感じ（笑）。これは大絶賛するしかない。

いったいどこがそんなに素晴らしいのか。思い切って言ってしまうと、これは一種の精神的な革命を成し遂げた小説だと思うんですよ。ただ、そのことが非常に淡々と自然体でなされていて、しかもオースティンをめぐる今日にまで至るイメージからいっても、イギリスの読者も世界の読者もあまりそれを革命だと考えてもいないだろうし、それがまた逆にイギリス小説の深さなんだ、と僕は感じてしまうんです。

✝——階級社会にむけた挑戦

野崎　どういうことかというと、まず第一に物語の背景は貴族社会ではなくて、むしろ田舎の中流ですよね。こういう中産階級のいわばホームドラマがこれだけ堂々たる小説になるということは、フランスでは十九世紀より前にはまずないんです。イギリスの中流階級の成熟が早かったことがよくわかる。その点だけでもフランスというのはイギリスの後追いなんですね。つまり、アンシャン・レジーム[2]のもとでの古典主義[3]というのは、すべて貴族中心の文化だった。それを自由・平等・博愛の思想を支えに、いわば力づくで打破していった。ところがこの小説のエリザベスはそういう革命的な転覆作業をたった一人で涼しい顔でやってしまっている。相手がどんな権威であろうが、お金持ちであろうが、間違っていると

（2）アンシャン・レジーム　フランス語で「旧体制」の意。フランス革命以前の、絶対君主制の時代を指す。
（3）古典主義　フランスでは十七世紀、ルイ王朝の中央集権が確

思えばその前に屈服する必要は毛頭ない。彼女はごく自然にそう思っているよね。で、自分の意志を通し、自分の幸福は自分でつかむ。それを最後まで貫いていく。
　フランスの文学史から見たら、女性が結婚に関して自分の意志を貫くというだけでも大変なことだと思う。しかも相手のダーシーは貴族と姻戚関係にある名家の出ですね。つまり身分差を踏み越えている。これは階級社会に対する挑戦じゃないですか。フランスでもスタンダール(4)はまさにその問題を扱っているけれども、エリザベスはそれを、日常のごく自然な振る舞いのなかで理屈抜きで貫いてしまっているわけです。そのことにつくづく驚かされるし、最後には痛快さすら覚える。ダーシーの後ろにはキャサリン・ド・バーグという、いかにも貴族的なプライドの塊という人がいるでしょう。その貴婦人がやってきて直接対決となる。そこで一歩も退かないエリザベスの毅然とした態度には、もうブラボーと喝采を送りたくなりますね。フランスであれば、第三階級による革命とか、「打倒貴族！」という具合に全面的に政治化するところだけど、それがあくまで個人の生活の中でのひとこまになっている。

斎藤　『赤と黒』もそうだし、『ゴリオ爺さん』(5)のラスティニャックなんかもそうだけど、上の階級に対する憎しみというか、敵対心があからさまで、本当に階級を上がっていくんだという意欲がすごく見えますよね。ところが、こちらは全然見えない。非常にみんな自然に振る舞っていて、それで落ち着くところに落ち着

立されるとともに、文化面でも純化、統一化が推進された。フランス語の文法体系が整えられ、古代ギリシアに範を仰ぎつつ完成度の高い芸術作品が生み出された。その代表と目されるのがラシーヌ、モリエールらの演劇であり、彼らの活躍した時代を十九世紀以降、古典主義の時代と呼ぶようになった。

（4）スタンダール（一七八三－一八四二）　フランスの小説家。『赤と黒』（一八三一）、『パルムの僧院』（一八三九）など。本書三四頁以下を参照。

（5）『ゴリオ爺さん』（一八三五）　フランスの小説家オノレ・ド・バルザックによる長編小説。本書七一頁以下を参照。

く。ということは、フランス文学ではそれを意識化せざるを得ないくらいに階級の束縛というのが強かったということなのかしら？

野崎　でも、階級社会ということでは、イギリスも長らくそうだったのだろうと思うけど。逆にフランスの小説と比べてみると、『高慢と偏見』のように一見淡々としていると、その背景に厳としてあるはずの階級差が見えにくい気がするんですよ。たとえばビングリーさんたちっていうのは貴族なんですか。

斎藤　ビングリーは貴族ではないですね。資産家ですね。

野崎　そうすると、「高慢」、つまりプライドというのが階級意識と結びついていると考えると、ダーシーがのちになっていささか狭量なプライド意識ゆえに、ビングリーとジェインの間を割くようなことをやりますよね。ビングリーというのはやっぱり富裕階級だから身分が違うという、そういう背景があるのかな。

斎藤　階級が違うということじゃなくて、のちにダーシーは手紙のなかで、ジェインが本気になっているように見えなかったこともさることながら、礼儀作法からしてベネット家が付き合うにふさわしくない家だと判断したので引き離してしまったんだというようなことを言っているんで、少なくとも登場人物の設定としてはそういう身分のプライドを担っているような人物じゃないですよね。ダーシーは本質的には非常にいい人間で、階級的なプライドを担っている人物はド・バーグさんですよ。れっきとした貴族だしね。

野崎　つまり、ダーシーはある意味では階級離脱しているわけですね。エリザベスという女性が非常に知的で潑剌として魅力があると。それは彼の属している階層の偏見から自由になった目で見ているということですよね。逆にビングリーの妹たちなんかは、自分たちは貴族ではないのに、非常に貴族的な目でものを見たがっている。だから、この時期に二種類の人間がいたということがわかる。一方には、社会的なポジションの差を絶対視して、それを疑わない人間。コリンズという牧師なんかもある意味ではそうですよね。身分の高い人に庇護してもらって、自分もちょっと偉いみたいな気になる。他方では、そういうのとは関係ないところで人間の優れた部分とか魅力っていうのがあると。自分はある普遍的な価値にもとづいて生きていくのであり、それだけは譲り渡せないという覚悟をもった人物がいる。ただ、こういうふうなまとめ方はやっぱりフランス文学風になってしまっているでしょうか（笑）。実際、かなり闘争的な図式がこの作品には秘められていると思うんだけど。

――女性作家の眼差し

斎藤　これは発表当時、おそらく相当斬新な作品だったはずなんですよね。オースティン(7)がいまだに根強い人気があって、毎年研究書(6)が出て、いまだに作品が映画化され続けているというのは、当時の読者の受け入れ方とはたぶん違うところ

（6）研究書　最近のものでは、Janet Todd, *The Cambridge*

があって、ちょっと日本の「水戸黄門」的なところがあるわけですね。結末はわかっている。この二人は結びつきそうで結びつかないが、結局めでたしめでたしになると。その面白さでわれわれは読んでいるので、ちょっといまの読者と当時の読者は違うんだろうね。

　この目を持っている作者って、当時の女性としては相当革新的で、ちょっとぶっ飛んじゃって社会から抜きん出て、ある意味すごく意地悪な目を持って社会を冷徹に見ている。だから、女性の生き方や自立を描いたほかの作家、たとえばブロンテ姉妹の作品[8]なんかに比べると作品として穏やかそうに見えるけど、実はその眼差しはえらく革新的というか、ある意味で社会に対して反抗的というか、破壊的な目を持っている。

野崎　そう思いますね。たとえば人間の愚かさに対する眼差しというか、愚かさの研究みたいな側面があるじゃないですか。エリザベス自身がそう言っているわけだけど、「愚かなものを笑うのが大好きだ」と。実際、「愚かな人たち」というのが実に上手く書けている。フランスでも十九世紀後半になると写実主義とか自然主義の動きのなかで、愚劣なものを暴くという方向で文学が突き詰められていくけれども、オースティンの場合はそれを楽しむというか、すごく乾いた明るいユーモアになっている。愚かなものとのコントラストでどんどん主人公たちの魅力が際立ってくるというのかな。そういうところが非常に上手くできているよね。

Introduction to Jane Austen（Cambridge University Press, 2006）、新井潤美『自負と偏見のイギリス文化――J・オースティンの世界』（岩波新書、二〇〇八）、キャロル・シールズ『ジェイン・オースティンの生涯』（世界思想社、二〇〇九）など。

（7）映画化　一番新しいものでは、『いつか晴れた日に』（*Sense and Sensibility*）を映画化したもの（アン・リー監督、一九九五）、『エマ』（ダグラス・マッグラス監督、一九九六）、『プライドと偏見』（ジョー・ライト監督、二〇〇五）。

（8）ブロンテ姉妹の作品　シャーロットは『ジェイン・エア』（一八四七）、エミリーは『嵐が丘』（一八四七）、アンは『アグネス・グレイ』（一八四七）を発表。

しかも面白いことに、ヒロインのエリザベスはそれほど美人ではないということになっているじゃないですか。まあ美人ではあるんだろうけども、お姉さんのほうが本当の美人であると。その辺からオッと思うんだよね。考えてみるとフランスの小説って、ヒロインは絶世の美女ばっかり（笑）。十七世紀の『クレーヴの奥方』[9]以来、バルザックもスタンダールもたいていそう。だから、そうじゃないと言われるとそこでまず意外の感に打たれる。たとえば『ジェイン・エア』[10]なんかも不美人小説だよね。僕にとってはそこにイギリス小説の地に足のついた面白さがあるんですよ。最初の設定からちょっと肩すかしというか、そうか、とびきりの美女ではないんだという感じなんですね。

✝――少女漫画の文法

斎藤　確かに設定としてはそうですね。

野崎　最初ダーシーが田舎の舞踏会にやってきて、エリザベスを見て何だかばかにした態度をとる。大した美人でもないし、あんなのと一緒に踊りたくないよみたいなことを言って。それをエリザベス本人が聞いているわけですよね。あそこのシーンがちょっと不思議でね。何でわざわざ聞こえよがしに言うんだろうというのがあって。ただ、いまの日本の少女漫画なんかはまったくそのとおりの文法でやっていますよね。最初みそっかす扱いだったのが、次第に仲良くなっていく。

（9）『クレーヴの奥方』（一六七八）ラファイエット夫人による恋愛小説。本書五頁(14)参照。

（10）『ジェイン・エア』（一八四七）シャーロット・ブロンテによる小説。

これが共感をそそるんですね。

斎藤　そうね。おそらくオースティンはこのダーシーが主人公に絡む重要な人物であるということを伏せておいて、話を面白くするためには、これをとんでもない男に仕立てる必要があったんだと思います。普通に読んだら、これとこれがくっつくだろうと思わせといて、あっ、なんだ、本筋はそっちなの⁉　という面白さをたぶんオースティンは追求したんだろうね。だけど、これがある意味で定着してパターンになっちゃったものだから、いまは愉しみ方が変わっているけど、ダーシーを悪人にしておく必要があった。だから、ダーシーを批判するウィッカムの言葉が説得力を持つのも、最初のダーシーの印象とウィッカムの台詞が符合するからだろうと思う。漫画なんかでも最初にすごい悪人面して出てきて、どう考えたってこの顔とあとの顔は違うだろうというくらいに、まるで変わっちゃう人もいるでしょう？　それなんだよね。ある意味で、少女漫画の文法と同じというのは言い得て妙かもしれませんね。

野崎　最初のパーティーのところ(11)でビングリーは「あんな美人見たことない」と言って、いきなり長女のジェインにお熱になっているわけです。そして「妹もきれいじゃない。エリザベスを見たか」とビングリーが言う。ダーシーは「どの人？」と言って後ろを振り返って、視線が合うとすぐに目をそらせて冷たく言い放つ。「まあまあだけど、あえて踊りたいほどの美人じゃないね」って（笑）。こ

(11)　最初のパーティのところ
中野好夫訳、二二頁。

だわるようだけど、視線を合わせてから言っているんですよ。半分はエリザベスに向かって言っているようなものです。これはあんまりでしょう。まあ、気になるからこそ悪口言うということもあるけれど。

斎藤　しかも、その「まあまあ」という部分は、原文ではtolerable「耐えられる、悪くはない」という形容詞だからね。確かにこれはひどい。しかし、そこに目をつけるかね。さすがだな（笑）。

野崎　いや、僕は最後までダーシーをもうちょっといじめてやりたい気がするくらい。

斎藤　ほんと？　僕はオースティンに馴れ過ぎちゃっているね（笑）。

✝——女性は結婚に対してロマンチックではない？

野崎　ただ、先にエリザベスにすり寄っていくのはダーシーのほうですよね。つまり、エリザベスが看病にやって来る。そのときにはもう、美しい人の美しい瞳とか何とか言って、ビングリー家の連中にからかわれても、彼は「あの人の瞳は美しいんだ」と言って胸張っているでしょう。その妙に堂々とした姿勢が感動的なんだ。社会的なこととか、いろいろなバイアスがかかった目で見れば見下してもいい女ではあるけれど、ふと、あの娘は非常に知的で朗らかで、自分のことを逆にからかうような知性を持っている。なかなか立派な娘だなあというのでどん

斎藤兆史

どん惹かれていく。で、あろうことか、エリザベスを見る目が一番厳しい、ちょっと上のレベルのブルジョワの連中のところで「あの人の瞳は美しい」と言うのは、勇気ある正直さとでもいうか、非常にロマンチックな気がする。

斎藤　なるほどね。だから、同じくらいの正直さですよね。本人が聞こえる距離にいて「あの程度の女」と言うのと、逆に彼女の家柄を見下している家に行って、彼女のほうを褒める正直さというのは。それがダーシーのある意味人格というものの一貫性なんだろうね。

野崎　一貫しているんだけども、評価は変わっているんだよね（笑）。やっぱりあの娘は美人だったなということになってきている。

斎藤　そうなんだよ。あとでいきなりプロポーズする。そうか。そこに目をつけるかな。やっぱり違うな、読み方が。

野崎　もちろん、その結婚問題に関しては女性はどうしても受け身であり、自由じゃない部分はもちろんまだ残っているんだけど、そのなかで筋を通す姿勢をはっきり見せているのはやっぱり立派で、喝采を送りたい気持ちになっちゃうわけです。

斎藤　そうか。なるほどね。女性の自立を描く小説って、あとでほかにも出てきますけど、それに比べると、なぜこんなに結婚ばっかり考えているのかなと。そういうところがフェミニズムの観点から批判されたりもするわけですよ。だから、そのなかに新しさがあるというのはたぶん真実だろうし、僕がさっき言ったように、発表当時はおそらく相当斬新なものだったんだろうという気もいまはするんだけども、それを一発で見抜くんだから、やっぱり野崎さんはすごい。

野崎　調子に乗ってさらに勝手なことを言わせてもらうと（笑）、このなかに出てくる女性たちには結婚に対するロマン主義はないよね。ロマンチックな夢としての結婚ではない。結婚しないと将来食べていけないという台詞がどこかにあったと思う。シャーロットが、あの凡人そのもののコリンズ牧師と結婚する裏にも、女は最終的には結婚するしかないんだという現実がある。そのなかで、でも可能な限り妥協しない姿勢を見せている。そこに打たれますね。

それから、最後の部分の演出の見事なこと。ロングボーンのベネット家に三人のお客が来るわけなんだよね。まず最初はビングリーが結婚を申し込みにやってくる。そのあと貴族のおばさんのキャサリンがやってきて、エリザベスを呼び出してダーシーに手を出すなと高飛車に命令する。でもエリザベスはびくともしない。そして、最後にダーシーその人がやってくる。一連の出入りが実にシンプルで、かつダイナミックなんですよ。つまり、ベネット家の人間はみんな単に家の中にいるだけで、そこに何度も人が訪れてくることによってそれぞれの運命が決まっていく。アクションがまったくないにもかかわらず、一切が音を立ててドラマチックな結末に向かっていくという、素晴らしい構成です。

野崎　歓

斎藤　物語の展開を促すものは手紙であったり、会話であったり、言葉のやり取りだけなんですよね。実際何か特別な行動を起こすわけじゃないんだね。だけど、一つ一つの言葉に行動をもしのぐ意味がある。

†――静かなシーンの重要性

野崎　男女の間になにかどろどろとしたドラマがあって筋が動くんじゃないんだよね。距離はずっと保たれている。一番不思議なシーンだなと思うのは、ペンバリー屋敷という、ダーシーの屋敷を訪問に行くよね。ガーディナー夫妻とエリザベスが一緒に気晴らしに旅行か何か行くんですよね。その旅行の行き先にダーシーのお屋敷があって、そこの庭園とかを見学する。四十三章あたりかな。当主のダーシーがいないというので、エリザベスもそれなら見せてもらおうかと、要するに主のいない屋敷に入り込んで見せてもらうわけですよ。まさにそこで、ダーシーに対するエリザベスの心が決定的に傾いていくんだよね。するとダーシーが不意に現れて、今度は打って変わって非常にジェントルな態度を取るんだけど、ここはなにか不思議な感じがしました。

　この場面でのエリザベスの心の動きが、僕には非常に面白かったんですよ。恋愛小説の重要な山場で、相手がいない屋敷に上がり込んでいく。住みかを見れば、その人となりがわかるということかな。別に何も起こらない。非常に静かなシーンが重要性を持つということの面白さですね。

斎藤　ダーシーの本当の姿を暗示するような形で屋敷の描写が続いていきますよね。そして屋敷の品格に感銘を受けたことが、ダーシーを見直す一つの契機になっています。確かに何も起こらないんだけど、実は心のなかで大きなものが起こっているというね。不思議だよね。だけど、それをいうと『赤と黒』のなかでは何でこうなっちゃうの？　というのがもっと激烈にあるよね（笑）。マチルダとジュリヤンの間はもっとすごいでしょう。それに比べればかわいいものだという気もする。

野崎　いや、むしろエリザベスとダーシーは大人だなあと思いますよ。最後にエリザベスが「私の気持ちは絶対不変だとは言いません」と言う。そういうのにもやっぱりしびれるね。自分の感情に溺れてないんだよね。浮かれてないんだよ。それだけ強いというかさ。

斎藤　でも、いいのかね、そういう冷めた恋愛って（笑）。つまり、確かにさっき言ったように、資産とかそういうものを非常に冷徹に計算している。計算高いわけですよ、一方でね。そこの微妙なバランスがオースティンなんだろうけど、彼はハンサムだとかいって、彼女たちは一応外見でも選んでいるんだよね。だから、ダーシーなどは目茶苦茶にハンサムだと思っているんだろうね。要するに、いまの少女漫画に出てくるように見かけもイケメンであって、そのイケメンの度合いと資産をものすごく冷徹に見ている。それっていいことなのかあと（笑）。
そこだよね。

野崎　やっぱり地に足がついていますよ。まあ、それを僕が擁護することもないんだけどね（笑）。

斎藤　映画なんかではその辺の演技が上手く演じられているから人気があるんだけども、人間のばかばかしい部分と、計算高い部分と、本当にほのぼのとした恋愛と、そのバランスが絶妙なんだろうね。

†――大いなる伝統

野崎　あと、全編に漂うユーモアがいいなあ。会話ににじみ出る諧謔とか、素晴らしいと思う。夏目漱石が『文学論』(12)でオースティンを絶賛していて、冒頭のベネット夫人と旦那さんの会話の様子を原文(13)で引いていますね。この何気ない会話だけで人物たちのこれまでの人生も読み取れれば、これからドラマがどういうふうに展開するかということも読める。そして会話自体、非常に味わいがあって面白いと。まったくそうだと思うな。不思議に思ったのは、漱石が引いている英語は僕でも読めるくらいシンプルな英語だよね。でも、漱石がそれを論じている『文学論』の日本語は、いまの読者からするとかなり生硬で読みにくいですよ。東大の講義用の原稿ですけれどね。オースティンの英語のほうは、いまでもすい

（12）『文学論』（一九〇七）夏目漱石による東京帝大の講義録。

（13）原文
'My dear Mr. Bennet,' said his lady to him one day, 'have you heard that Netherfield Park is let at last?'
Mr. Bennet replied that he had not.
'But it is,' returned she; 'for

すい読めるのかな？

斎藤　すいすいと行くかどうかはわからないけど、まあ読めますよ。特に最初の一文はイギリス人ならみんな知っているような有名な文章ですよ。

野崎　「金持ちの独身男は、誰もが妻を必要としている」というところですか。

斎藤　これはものすごく有名な一文ですよ。要するに、一般的にみんな知っていることだと。財産を持った独身なら妻が必要だということはみんな知っている。みんなそう思うっていうのはすごく皮肉な目なんだよね。だから、これを語っている語り手はものすごく意地悪な目を持っていて、ある種、社会もそういう目で男たちを見ている。それを一方で嘲っている視点をこの語り手は最後まで持ち続ける。E・M・フォースター(14)がオースティンを絶賛するわけだけど、ちょうど同じように皮肉な目で複眼的にこっちから見たり、あっちから見たりしているわけね。それがひとつの伝統なんだよね。

野崎　でも、その皮肉っていうのが必ずしも否定的に響かないところが温かくて、豊かだなと思うんですよ。いまのところでもそのあとの会話ですぐわかるのは、ベネット夫人というのはある種愚かな妻であるということだよね。ベネット氏は非常に知的な人だけども、愚かな妻をほったらかしている。でも、そのベネット夫人もやっぱり愛敬あるんだよね。最後、めでたしめでたしになってベネット夫人が大泣きすると、やっぱり一緒に泣いちゃうもんな（笑）。

Mrs. Long has just been here, and she told me all about it.'
Mr. Bennet made no answer.
'Do not you want to know who has taken it?' cried his wife impatiently.
'*You* want to tell me, and I have no objection to hearing it.'
This was invitation enough.
[.....]

(14) E・M・フォースター（一八七九－一九七〇）　イギリスの作家。『眺めのいい部屋』（一九〇八）、『インドへの道』（一九二四）など。本書一三〇頁以下を参照。

斎藤　ああ、そう。

野崎　だから、否定はされてないんだよ。そこがいいなあと思って。

斎藤　つまり、ちゃんと書き分けているんですよ。愚かな人物とそうでない人物を書き分けつつ、その愚かさも許すおおらかさというかな。懐の深さ。

野崎　そこが実に大人だよね。まいりました（笑）。

斎藤　なるほどね。あらためてそのすごさを思い知ったような気がする。つまり、何でこれだけありきたりな恋愛とか家の事情を書きながら、これだけ人気があるんだろうと。しかも、ランソン[15]に匹敵するイギリスの批評家でF・R・リーヴィス[16]という人がいるんだけど、*The Great Tradition* という有名な本があって、イギリスの小説の伝統を論じたものなんだけど、この出だしが、これまた一文目からすごいんです。訳すと「偉大なるイギリスの小説家はジェイン・オースティン、ジョージ・エリオット[17]、ヘンリー・ジェイムズ[18]、ジョゼフ・コンラッド[19]である」。これだけなの。それで同じ段落の最後に行くと、「ジェイン・オースティンとジョージ・エリオットとジェイムズとコンラッド以外、読むに値する小説家はいない」と（笑）。すごいんだよ。

野崎　本当に「読むに値する小説家はいない」って書いてあるわけ？

斎藤　The view, I suppose, will be as confidently attributed to me that, except Jane Austen, George Eliot, James, and Conrad, there are no novelists in English

(15) ギュスターヴ・ランソン（一八五七－一九三四）フランスの文学史家。『フランス文学史』（一八九四）など。

(16) F・R・リーヴィス（一八九五－一九七八）イギリスの文学評論家。『偉大な伝統』（一九四八）、『共通の探求』（一九五二）など。

(17) ジョージ・エリオット（一八一九－一八〇）イギリスの小説家。本書一一頁(31)参照。

worth reading.

野崎　へぇー。

斎藤　批評家がですよ！　もちろん、ここにはあとでディケンズも加わるし、ちょっと矛盾なんだけどね（笑）。この本の最後にはディケンズがちゃんと出てくるんですよ。

野崎　イギリスにも無茶な批評家がいるんですねえ。

斎藤　こんなことを冒頭から言っちゃう。しかも、この四人のなかで扱われているのは、もっぱら残りのエリオットとジェイムズとコンラッド。なぜジェイン・オースティンがないかというと、要するに、この一冊ではとても論じきれない、と。やっぱり別格なんだよね。リーヴィスという人は特に倫理的な読み方をする批評家で、のちに非常に印象主義的であるということで批判されるんですよ。だからオースティンの小説のなかに倫理性を読み取っていることはもちろんだけど、そこにあるばかばかしさも含め、その小説世界の豊かさをある意味で正当に評価した批評家だろうと僕は思うんだけどね。とにかくリーヴィスというイギリスの偉大な批評家をしてそう言わしめる。だから、これぞイギリス小説の偉大なる伝統なんですよね。

野崎　僕はこれを読みながら『細雪』[20]とかは、やっぱりオースティンからきてるんだなという気がしました。『若草物語』[21]もそうでしょう。最近の日本の小説家

（18）ヘンリー・ジェイムズ（一八四三－一九一六）　ニューヨーク生れの小説家。一八七六年からイングランドに居を構える。『ある婦人の肖像』（一八八一）、『鳩の翼』（一九〇二）など。

（19）ジョゼフ・コンラッド（一八五七－一九二四）　イギリスの小説家。『闇の奥』（一八九九）、『ロード・ジム』（一九〇〇）など。

（20）『細雪』（一九四八）　谷崎潤一郎の長編小説。大阪船場を舞

だったら金井美恵子さんの『恋愛太平記』[22]とか、オースティンをやりたいっていう部分がかなりあるんでしょうね。だから、これはまだまだ尽きせぬ可能性も持った小説ですよ。

斎藤　そうなんですかね。不思議だね。もちろん僕も嫌いじゃないし、あとで論じるウォルター・スコットとは対極にあって、これは好き嫌いがはっきりしているんだ。スコットが好きな人はオースティンがだめで、オースティンが好きだったらスコットがだめ。僕はどっちも好きなんだけど、それでもなぜここまで読まれ続けるのかなと、非常に不思議な気がするんだよね（笑）。

台に、四人姉妹の人生模様を描く。

（21）『若草物語』（一八六八）アメリカの作家ルイーザ・M・オルコットによる自伝的小説。四人姉妹の成長を描いた、児童文学の古典。

（22）金井美恵子『恋愛太平記』（集英社、一九九五）四人姉妹とその母の人生を描く長編小説。

恋愛による至福
——スタンダール『赤と黒』(一八三一年)

†——反小説としての作品

斎藤　では、そろそろスタンダール(23)『赤と黒』に行きましょうか。

野崎　粗筋をいうと、主人公のジュリヤン・ソレルというのは製材屋の末っ子なんです。登場の時点で「年のころ十八、九」とあります。ラテン語聖書を丸暗記している、できるやつだというので、田舎の町長さんの家の家庭教師になる。貴族のレナール家に雇われるんだけど、そこの奥様との間に恋愛が芽生えるわけですね。それこそ階級闘争の一環としてレナール夫人をものにしてやるんだという意気込みで、ジュリヤンのほうに最初から恋愛感情があったのかどうかは微妙ですけども、やがて二人は恋の深みに落ちていくことになる。それが発覚しそうになって、結局ジュリヤンはブザンソンという近くの都市の神学校に入る。

そこからパリに上り、大貴族であるラ・モール侯爵家の秘書になって、今度はそこの大事なお嬢さまと恋愛問題を起こし、子どもまでできてしまう。ラ・モー

(23) スタンダール(一七八三－一八四二)　フランスの小説家。『赤と黒』(一八三一)、『パルムの僧院』(一八三九)など。その作品は簡潔で力強い文体、鋭利な心理描写、そして情熱の礼賛を特徴とする。

ル侯爵も仕方がない、結婚を許すかというときになって、レナール夫人から一種の告発状みたいな手紙が届いて破談になる。ジュリヤンは憤激して馬車を飛ばし、夫人を狙撃しに行っちゃう。しかも教会のなかで狙撃するんです。で、逮捕されて、結局そのままギロチン送りになるというお話です。

斎藤　これ読んで、最初に僕が気になったのは、ストーリーもさることながら、「小説」「小説」って、妙に自嘲的な台詞がたくさん出てくることですね。たとえば「小説にでも出てくるような考え方だ(24)」とかね。で、おまえ小説書いているんじゃないのと思うんだけど（笑）。それから「あいつは小説は決して読まない(25)」と。一貫して、小説なんか読んでいるからそうなるんだ、小説というものはいけないものであると。スタンダール本人がこれをどういうつもりで書いたかということに関する定説みたいなものはあるんですか。

野崎　ええ、これはもうはっきりしていますね。つまり、自分はその辺にある小説とは全然違うものを書いているんだという意識でしょう。スタンダールはある意味「超小説」というか、「反小説」というか、そういうものとして書いている。たとえば一番わかりやすいのは「パリだったならジュリヤンのレナール夫人に対する立場はたちまち簡単なものになっただろう。何しろパリでは、恋愛は小説の申し子である(26)」というくだり。要するに、パリではみんなが小説を読んでいる。そして、小説のまねをする。恋愛すら模倣でしかなくなっている。真の情熱はど

Stendhal, *Le Rouge et le Noir* (1831) の翻訳に、『赤と黒』（上下、桑原武夫・生島遼一訳、岩波文庫、一九五八）、『赤と黒』（上下、小林正訳、一九五七、新潮文庫）、『赤と黒』（上下、野崎歓訳、光文社古典新訳文庫、二〇〇七）などがある。

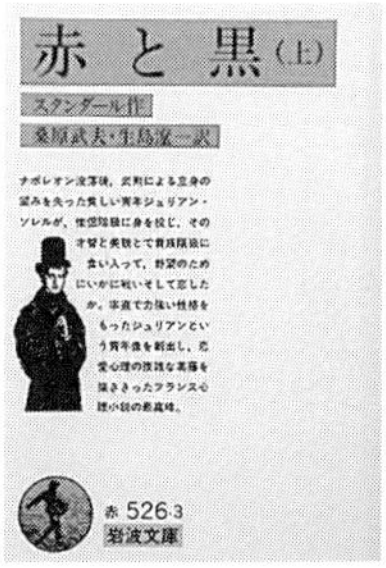

こにあるんだ、というのがスタンダールの問いかけなんですよね。小説のせいで偽物の感情が蔓延しているということになるわけ。だから不思議なことに、主人公二人はわざとのように、ジュリヤンもレナール夫人も小説は読んだことがないという設定になっています。

そこでもうひとつ言っておくと、レナール夫人の前にはじめて家庭教師が現れた場面(27)。「その子があまりに白い顔とやさしい目をしていたので、いささか小説じみた空想をすることのあるレナール夫人は、ひょっとしたらそれは男装した少女で、町長に何かお願いしにやってきたのかもしれないと思った」とある。「小説じみた」というのは原語ではロマネスク(28)です。つまり、スタンダールはロマネスクなものとロマンを区別しているわけなんです。ロマン（小説）はもう出来合いの世界になっちゃっている。でも、レナール夫人みたいに、ロマンなんか一切読んだことがなくてもロマネスクな魂の持ち主はいる。そういう人間のうちにこそ本物の恋愛とか情熱が宿るんじゃないか、というスタンダールの問いかけがあると同時に、社会の現実を冷徹に見極めたいという作家の姿勢も見て取れますよね。

✝——事実を通して時代を描く

野崎　スタンダールが『赤と黒』を書いたときに、雑誌にその書評(29)というのを変

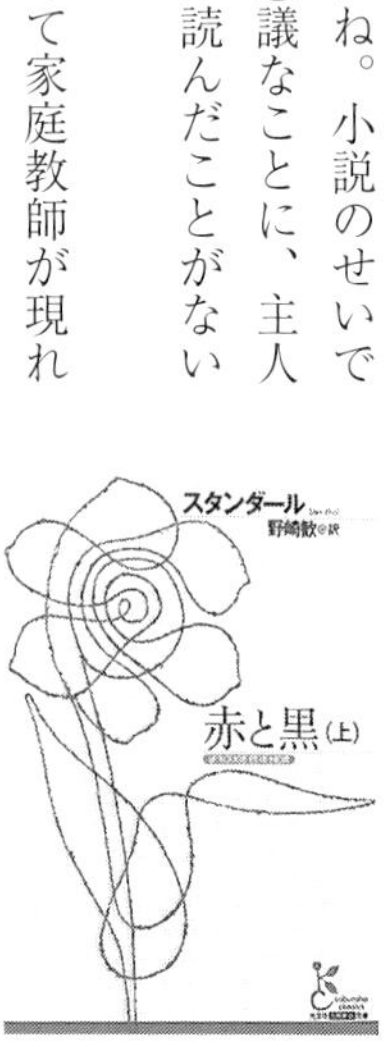

(24)「小説にでも…考え方だ」野崎歓訳、上巻二一〇頁。

(25)「あいつは…読まない」同訳、上巻二六〇頁。

(26)「パリだったなら…申し子である」同訳、上巻七九頁。

(27) 家庭教師が現れた場面　同訳、上巻五六頁。

(28) ロマネスク　「ロマン」はフランス語で長編小説の意。その形容詞形が「ロマネスク」。「小説的な」「物語風の」「現実離れした」の意。

名で書いて載せようとして、結局載らなかったことがあるんだけども、そのなかで「この小説は小説ではない」と書いているわけなんですよ。つまり、すべては真実なんだと。世の小説というのがありもしない架空のお話で満足しているのに対して、『赤と黒』は第一巻に、「真実、苦い真実」という文句を掲げている。そっちの方向に小説を突き詰めていこうという意気込みもあるんじゃないかと思いますね。

斎藤　これは実際にあった事件がモデルになっているんでしょう？　だから、それはどこまで事実に則しているのか。つまり、彼が言うような、ありきたりな恋愛感情を刺激するような小説でなくて、ある程度ノンフィクションであるという意識まであったのかしら？

野崎　二つの事件(30)に基づいていると言われているんですけども、ただノンフィクションというのとはまた違うでしょうね。つまり、事実としての価値を主張しているわけではない。それを通して時代を描き、その時代に生きた人間の真実に迫るんだということだよね。

ひとつ面白いのは、そこでもお手本となるのはイギリスであって、スコット(31)を強く意識しているわけなんです。対抗心も剝き出しにしている。さっき言った自作解説の文章の結びはこんなふうになっているんです。「いつかは、この小説も将来ウォルター・スコットの小説と同じように古い時代の絵巻物となることでし

(29) 書評　スタンダールはフィレンツェの友人から、『赤と黒』の書評を雑誌に掲載したいという申し出を受け、自らそのための一文を草した（新潮文庫版下巻の巻末に邦訳が掲載されている）。

(30) 二つの事件　ラファルグ事件とベルテ事件という、現実に起こった二つの犯罪事件が『赤と黒』の素材になったと言われている。いずれも恋愛絡みのいわゆる情痴事件で、犯人は若い男、被害者は恋人の女性だった。

(31) ウォルター・スコット（一七七一－一八三二）　イギリスの小説家、詩人。歴史小説『アイヴ

ょう」と。つまり、ウォルター・スコットの小説は中世なら中世を舞台にして、当時の雰囲気とか世の中の仕組みが浮き彫りになるように描き出したわけだよね。それを自分はいま生きている十九世紀という時代についてやったということなんです。その場合に、犯罪というのがひとつの手がかりとして非常に有効になると考えたんでしょうね。

斎藤 でも、このラ・モール家ではウォルター・スコットを読むことが禁じられているよね。「〈奇妙なものを読むんだな〉とジュリヤンは思った。〈それなのに公爵夫人は、彼女がウォルター・スコットを読むのを許可しないんだ！〉(32)」と。

野崎 そう。これ、面白いところですね。

斎藤 面白いよね。つまり、あえてスコットは奇妙なんだということをわざとらしく自分のテキストのなかで言っちゃっているのかしらね。

野崎 ここでの文脈では、ウォルター・スコットが刺激の強い、貴族の令嬢の読むべきではないものだと思われていることは確かでしょうね。

斎藤 『ラマムーアの花嫁』とか、『ケニルワース城』とか、『いいなずけ』(33)とか、そのあたりなのかな。だけど、流れを見ていくと、ずーっとけなされてきた「小説」つまり、そんなものを読んでいるから駄目なんだと言うときの「小説」と同じ意味合いで語られているんだけど、別にスコットの小説って、彼が言うような意味での不純な感情を刺激するようなものではまったくないわけでしょう？

アンホー』(一八一九)、『ウッドストック』(一八二六)など。本書五四頁以下を参照。

(32)「〈奇妙な…許可しないんだ！〉」 野崎歓訳、下巻一六六頁。

(33)『ラマムーアの花嫁』(一八一九)、『ケニルワース城』(一八二一)、『いいなずけ』(一八二五) いずれもスコットによる小説。

野崎　そう思いますよ。ただ、ラ・モール家で許されている本は歴史物とか回想録ばっかりだから、スコットみたいに「血沸き肉踊る」かたちのストーリーがある小説はだめということなんでしょうね。

†――背徳の美という魅力

斎藤　そうか。面白いのは登場人物が激しいですよね（笑）。僕が普段読んでいるものと比較しながらあらためてこれ読んでみると、刺激的だなと。だけど、この感情の激しさは真実だな。「聖職者のくせに出世欲が強い」とあるよね。最後の奥さんの懺悔を聞いて、これを告発してやろうと考えて手を貸すとか。最初のほうでもいたな。出世欲が強くて……。

野崎　イエズス会の陰謀家とか。そういうのね。

斎藤　そう。それなんかものすごくリアルなんだよね。

野崎　フリレール神父。

斎藤　そうそう。それからジュリヤンのレナール夫人に対する気持ちもそうだし、逆もそうだし、もっとすごいのはマチルドとの間の愛憎劇。一日のなかでもころころ変わるこの愛憎劇は何だよと！（笑）だけど、確かにこうなんですよ。本当の情熱を追求していったらね。これは逆にイギリスのほうから見ると新鮮だし、いや、これはすごいなと。ここまでの情感を描けるというのはやっぱりすごいし、しかもそれがストレートだし、リアルだし。確かにその辺の恋愛小説じゃなくて、やっぱりその激しさに惹かれちゃうということもあるし、やることなすこと行動も激しいよね。しかも、教会で狙撃する。

野崎　これは元になった事件がそうなんですよ。

斎藤　あっ、事実がそうなの？　じゃあ、しょうがないな（笑）。この場面をつくったとしたらすごいなと思っていたんですよ。つまり、この『赤と黒』という物語は、定説では赤が軍服で、黒が僧侶の服ということになっているけど、この物語を動かしているのは、軍隊や教会で成り上がろうという出世欲ではなくて、恋愛の情熱でしょう？　赤と黒に加えてどろどろした恋愛の色があって、それこそトリコロールなんだよね。クライマックスの教会のなかに宗教と武器と愛憎、その三つがすべて見事に凝縮する。僕は事実だとは知らなかったから、てっきりスタンダールがつくったものだと思って、もしこの場面設定をつくり出したとしたらすごいなと。そこに本当に収斂していくしね。最後はマチルドがジュリヤンの首を持って馬車に乗るという、そこに繋がっていく。どうしようもないくらいまでの劇的な展開に、やっぱりフランスらしさというものを僕は感じましたね。それがいいとか悪いとかじゃなくて、フランスの小説ってすごいなと。そこに感激しましたね。でも、最後の場面はさすがに事実とは違うんでしょう？

野崎　最後は違うね。でも、斎藤さんはマチルドが好きなんだなあ。

斎藤　マチルド大好きだよ。え？　それは普通の人の好みと違うの？

野崎　いやー、僕はこれを訳していて、やっぱりレナール夫人が出てこないと、ジュリヤンと同じようで寂しくなっちゃうんだよね（笑）。マチルドは斎藤さんがおっしゃったように、さっきまで愛しているといっておきながら急に冷たくなるとか、突然憎悪を燃やすとか、とにかく不安定で頭でっかち。でも、若い頃はよくあるよね。二十歳頃だったらそういうものでしょう、人にもよるだろうけど。確かに真実味はあるにしても、いかんせんレナール夫人の懐深いイメージと比べると、マチルドは僕にとってはアピール度が弱いのね。

斎藤　そうか。それはたぶん、おたがい年なんだな（笑）。確かにいまになるとレナール夫人みたいに本当に宗教心に燃えて、こんなことといけないわ、いけないわと思いながらずるずると関係を持ってしまうという、背徳の美みたいなものに惹かれるんだけどさ。

野崎　ところが僕はとにかく高校生の頃、斎藤さんのいう背徳の美に一発で惹かれてしまった（笑）。フランス小説は、こうしたいわゆる感情教育をテーマにした名作が多いんですよ。『赤と黒』、バルザックの『谷間の百合』(34)、それからフローベールの『感情教育』(35)。そのほかにもサント＝ブーヴの『愛欲』(36)とかいろいろあるんですが、要するに青二才が年上の貴婦人、フローベールの場合は貴族ではないんだけど、とにかく年上の成熟した美女と出会って人生にデビューするとい

（34）『谷間の百合』（一八三五）バルザックによる小説。青年と人妻の清純な恋愛を描く。

（35）『感情教育』（一八六九）フランスの小説家ギュスターヴ・

うテーマですね。そのテーマがなぜか十九世紀小説の隆盛と軌を一にして深化していった。これはよく姦通の文学といわれるんだけど、僕は必ずしもそうだとは思ってなくて、まあやっていることは姦通ですけども、いずれも青年が世界を発見する物語なわけですね。ジュリヤン・ソレルも世の中のことはまったく無知だし、学校に行っているわけでもないし、何にも知らないわけでしょう。それが突然美しいものとか、やさしいものとかに目が開かれる。それが何とも鮮やかに、官能的に描かれているでしょう?

フローベールによる小説。人妻への恋に悶々としながら、二月革命前後の激動の時代を無為に生きる青年の姿を描く。

(36)『愛欲』(一八三五) フランスの文芸評論家シャルル・オーギュスタン・サント＝ブーヴの作品。人妻や若い女性への思慕に揺れる青年の姿を描いた自伝的小説。

✝——客観描写に心理が入る文体

斎藤 官能といっても、もちろん姦通の文学ではないと思うし、そういう意味でのエロスはないでしょう。つまり、そういう場面はえらくあっさり書かれているわけですね。これ、うかつに読んでいったら、そこで何があったのか読み飛ばしちゃうくらい簡単に書かれている。梯子を登って忍び込んで、一晩過ごして。で、何してたの? と。細かいところを見ればああそういうことかとわかるんだけど、そういうところはえらくあっさり書かれているわけ。僕がむしろエロスを感じるとか、ああ生々しいなと思うのは、その感情の表現。僕は美しいマチルドの感情のドロドロした部分にむしろエロスを感じちゃうんだけど、この時代の小説にしてはやっぱり心理描写がすごいね。この山型の括弧で括られている部分[37]は、もと

(37) 山型括弧で括られている部

もとはどういう文体なの？

野崎　あれは原文では括弧はないんですよ。今回僕も迷ったけど、これまでの翻訳の慣例に従ったんです。原作では地の文と主人公の考えていることは一見すると、全部混然一体となった文章になっているわけ。ただ、そうするとすごく読みにくくなる。フランス語よりも日本語のほうがもっと読みにくくなる。だからやめたんですが、要するに客観描写のなかにいくらでも心理の流れが入り込んでくるというかたち。これはかなりの部分、スタンダールの独創だと思いますね。もちろん、ジェイン・オースティンだって登場人物の内面を描くことはやっていますけど、それをここまで貫いたということ。まさにいま斎藤さんがおっしゃったように出来事自体の、とりわけ男女の間に何があったかということの描写よりも心の動きが優先されていますよね。

斎藤　そうだね。それは本当に感心したね。これはフランス語でも自由間接話法とか描出話法(38)という言い方をするのかどうかわからないけども、だいたい同じような時代から英国小説のなかでも自由間接話法が使われるようになって、それが小説の世界を豊かにしてきたようなところもある。二十世紀の文学における意識の流れの描写もひとつの大きな伝統だけど、あれは自由間接話法がなければ成立しないくらいの文体なんですよ。それをイギリスではじめに本格的に使ったのはオースティンだと言われているけども、今回『高慢と偏見』の原文をこうやって

分　たとえば、本書三八頁(32)の引用文を参照。

(38)　自由間接話法、描出話法　全知の語り手の語りの文法（過去形、三人称による指示）に従いながら、登場人物の視点からの心理を描く文体。『高慢と偏見』の原文に現れる例としては、How could she deny that credit to his assertions, in one instance, which

見直してみたら、そんなには使ってないね。ダーシーの手紙を受け取った直後のエリザベスの心理描写には多く出てくるけど。

野崎　後半になって多少目立ってくる気がするね。

斎藤　ええ。それをスタンダールはのっけから感情の表現として使うわけですよね。これはやっぱり新しいな。

野崎　そうだと思いますね。スタンダールは文学的技法の新しさを主張するということは一切やっていませんけどね。

✝——仏英小説の仕立ての違い

野崎　要するに、彼にとっての一番の問題は生きることであり、身をこがすような恋をすることだったわけです。だから、ある意味でアマチュアなんですね。伝説的に本が全然売れなかったと言われているけど、ペンで食べる必要はなかった。そこがバルザックと一番違うところなんです。職業的作家とは言いにくい。だから、逆に好きなとおりにやることができた。手の内を細かく解説するなんてことも全然していなくて、「ウォルター・スコットと『クレーヴの奥方』」[39]という短い文章、これだけが彼の小説論として知られているものなんです。

ちょうど『赤と黒』を書いている頃に発表された文章なんですよ。そのなかでスコットは人物の衣服や態度についての外的な描写が多過ぎるといって、真っ向

she had been obliged to give in the other? などの文に用いられている話法。

(39)「ウォルター・スコットと『クレーヴの奥方』」一八三〇年二月、ル・ナシオナル紙に発表された文章。『筑摩世界文学大系九五　文学論集』に邦訳（小林正

から批判しているんですよ。十七世紀の恋愛小説である『クレーヴの奥方』は、外面描写がほとんどなくて、おもに心理描写で成り立っている。自分はスコットよりも『クレーヴの奥方』のほうを取ると。ウォルター・スコットが自然な感情の表れをもう少し余計に取り入れていたらどんなによかったかというんです。

斎藤　なるほどね。そうか。

野崎　ある意味では、スコットを反面教師としたということはありそうですね。もうちょっと人物たちの思いを知りたい、心中にどういう叫びが渦巻いているのかを知りたい、と思わせる部分があったのかもしれない。

斎藤　もしスタンダールがこの時代にそれを言っていたとしたら、やっぱり相当な目利きだね。スコットはのちに同じ形でイギリスでも批判されるわけです。これはあとのテーマになっちゃうけど、先走ったことを言うと、E・M・フォースター(40)もスコットを酷評するわけですよ。オースティンは持ち上げるけど、スコットは酷評する。僕はスコットが好きだから不当だと思うけど。ウォルター・スコットは基本的にストーリー・テラーだからね。「昔々あるところに」という話なので、別に内面を語ることで小説世界を構築している作家じゃなくて、この登場人物は何をしました、ここでこういう戦いがありましたというお話の面白さで読ませる作家だから、それはちょっと不当な気がするんだけど、でも、確かにスタンダールはあとの時代の批評を先取りしているね。

訳）が収録されている。

(40) E・M・フォースター　イギリスの作家。本書一三〇頁以下を参照。

野崎　一八三〇年の文章ですよ。
斎藤　それはすごいね。素晴らしい。
野崎　そう言われると嬉しいような気がしてくる（笑）。
斎藤　これはちょっとイギリスの小説とは仕立てが違うなと思うことがひとつあって、物語がすっきりしていて、全部ジュリヤン・ソレルを中心として起こりますよね。彼がいるところで起こる。イギリスの小説って、ここで何が起こって、あっちで何が起こってというふうに複合的なプロットがあとで絡んでくる。特にディケンズ(41)なんかそうですよね。そういう流れになっている。あちらこちらで違うことが起こっているので、そんなにすっきりとは読めないというか、読みづらいことも多い。
野崎　ほんと、そうですね。『アイヴァンホー』(42)を読んでそう思いました。中心人物が入れ替わって、時間も前後したりする。あれがいささかかったるい。もっとすっきり書いてよという感じ。おっしゃるとおり「仕立ての違い」だよね。なぜかというと、それがフランスの古典主義なんですよ。古典主義の演劇というのは三一致の法則(43)でしょう。だから時間・場所・筋に統一がないとだめで、ぶれてはいけないんです。
斎藤　あっ、それか！　なるほど。
野崎　フランスの文化はとにかく古典主義が土台になっているから、三一致はけ

(41) チャールズ・ディケンズ（一八一二－七〇）　イギリスの小説家。本書八八頁以下を参照。

(42)『アイヴァンホー』（一八一九）　ウォルター・スコットによる小説。本書五四頁以下を参照。

(43) 三一致の法則　フランス古典主義演劇における劇作上の規則の一つ。三単一の法則とも言う。一日の内に（時の一致）、一カ所で（場の一致）、一つの筋が（筋

っこう暗黙の前提になっているんですね。だから、スコットなんかを読むとぎくしゃくして見えてしまう。話の筋がまた戻っちゃうのかって。

斎藤 そうそう、それがあるんですよ。だけど、『赤と黒』にはその読みづらさが全然なかったね。わりにシンプルな仕立てになっているし、サーッと入っていけるんだよね。

†――夢が支えるリアリズム

斎藤 だから、さっき演劇的と言ったけど、僕は違う意味でそういう印象を持ったところがあって、心理描写があるにしても、それを独白と考えれば台詞回しがわりと多いよね。イギリスの小説だと場面描写とか細部描写が重要な意味を持ってくるんだけど、フランスの小説って、やっぱり演劇を意識してつくられているのか、台詞回しが豊かというか、台詞回しを中心に物語が展開しているというのを非常に感じましたね。

野崎 確かにスタンダールにしろバルザックにしろ、最初の野心は劇作家になることで、モリエール(44)のような人気劇作家になって女優と暮らすというのが夢だから、それはどうしてもあると思いますね。小説にとっての描写の大切さというのは、やっぱりスコットをはじめとするイギリスの小説に学ぶことで意識されるようになっていったんでしょうね。とはいえ、スタンダールにだって、小説ならでの一致)描かれるべきだとされた。

(44) モリエール(一六二二―七三) 本名ジャン・バティスト・ポクラン。フランスを代表する劇作家。コルネイユ、ラシーヌとともに古典主義三大作家の一人。

はのハッとするような描写もあると思うな。訳してみて、ここはいいなあと気づいた箇所がひとつあるんです。判決を受けたあとジュリヤンは独房にいるわけです。そしていまごろレナール夫人はどうしてるかな、と考える。自分の処刑を報じる記事を読んだら、あの人は熱い涙を流すだろう、なんて想像しているうちに、「ジュリヤンはわれ知らず、ヴェリエールの寝室の思い出に心を奪われてしまった」[45]と。

確かに斎藤さんが言うように、寝室で何があったのかというのは、ほとんど書かれていない。それからパリに行く前に梯子をかけて忍び込むときは、わざとのように全部真っ暗ということになっている。美しい場面だけど、実際には何も見えないわけですよ。ところが監獄に入れられてから、ジュリヤンは夫人のベッドを想像するわけですね。「ブザンソンの新聞をオレンジ色のタフタ織りの掛けふとんの上に広げたところを思い浮かべた。あの白い手がわなわなと震えるように新聞をつかんで夫人が泣き崩れる」と。この「オレンジ色のふとん」というのにはびっくりしたんです。そんな描写は前に出てこないでしょう。そうすると、これは回想のなかのほうがリアルになっているというか、色彩が入っているんだよね。これが美しいなあと思って。

オレンジはスタンダールにとっては夢の色なんですよ。彼は北国グルノーブルの生れだけども、南の国には本当の情熱があると思って育ったわけ。それはオレ

『人間嫌い』(一六六六)、『町人貴族』(一六七〇)など、喜劇に才能を発揮した。

(45)「ジュリヤンは…心を奪われてしまった」野崎歓訳、下巻五五一頁。

ンジが地面から生えてくる国だというふうにね。そのオレンジをここに持ってきているっていうのはいいなあと思って。リアリズムの小説なんだけども、それを熱く支えているのは彼の夢なんだよね。

斎藤　なるほどね。そういうことか。面白いね。

†――メタフィクションの先取り

斎藤　また話が変わっちゃうけど、ところどころ「これは記さずにおこう」とか、そういう声を入れるのは何なんですか？

野崎　これはねぇ……。新訳を昔の学生とかが読んで、感想を言ってきてくれたりする。普段あまり本を読まない連中が、いま読んでも面白いと言ってくれたのは嬉しかったんだけど、前半のほうで「私は」とか、「私は共和派だ」とか何とか、作者がしょっちゅう顔を出してきますね。そういうのはおかしいんじゃないか、という感想がけっこうあった。確かにそうなんだけど、何とも言いようがないなあ。それがスタンダールという人の語り口なんでね。

斎藤　ここが面白いと思った。さっきも言ったように、ジュリヤンの周りで物事が起こるからすごくすっきり読めるし、イギリス小説に比べると読みやすい。唯一引っかかるのは、作者が出てくるところですね。特にこれなんかひどいな。「ここで作者は、まるまる一ページを点線で埋めたいと思った。すると出版社に、

映画『赤と黒』（1954）でジェラール・フィリップが演じるジュリヤン

『それでは体裁が悪いでしょう』といわれた。『このようなお気軽な本の場合、体裁が悪いとなったら、致命的ですよ[46]』と（笑）。こんなメタフィクションみたいなことを言っちゃうんだけど（笑）。

野崎　まるで作者がふすまを開けて奥から出てくるみたいなね。やっぱり、この作品を支えているのは最終的には自分なんだという意識がものすごくあるんだと思うね。十九世紀前半の小説からフローベールみたいに非常にクールな三人称に移行していく、まだその前段階だなという気もする。冒頭のところは旅行記みたいになっているでしょう？　私はこの街に何度か来たことがある、というスタンスで書かれていますよね。最初は案内役が登場するのが当然という感覚かな。

斎藤　その程度なら別にイギリス小説でもわりに起こりうることだからおかしくはないんだけど。

野崎　ところがその案内役が、あとになってまた割り込んでくる。特に政治関係の話題になると出てくるね。だから一種のアリバイ工作でもある。

斎藤　なるほどね。スターン[47]は読んでいたかどうかわからないけどね。イギリスではメタフィクションを先取りしている作家と言われているけど。

野崎　スターンはよく読んでいるはずですよ。

斎藤　ほんと。そうすると、スターンみたいな語り手の口吻というのかな。それも持ち合わせている。

(46)「ここで作者は…致命的ですよ』」　同訳、下巻三一九頁。

(47) ロレンス・スターン（一七一三 - 六八）　イギリスの小説家。本書七頁(18)参照。

野崎　ありますね。スターンはフランスではすごく人気があったから。スタンダールの頃は、十八世紀に続いて第二次スターン・ブームみたいな感じですね。だから学んではいるでしょう。ただ、スタンダールは学習とはまた関係のない強烈なエゴというか、叙述を食い破ってスタンダール本人の声みたいなものが突然響いてくるのが面白い。

斎藤　つまりね、スターンなんかだと作者づらした人間が出てくるのがわかっている。最初からそういうことだから、語りというか、話芸で展開していく物語で出てくるのはいいけど、これはもう、ここまでのめり込ませておいて出てくるかっていう強引さがあって、それはそれで面白いんですよね。そこをジッパーで止めちゃえばもうもとの世界に戻れるっていう（笑）。

野崎　その比喩、いいなあ。でも、そういう豪放なところがあるのと同時に、最後になると物語が見事な円環を描いて完結するでしょう？　冒頭に監獄を見学にいくところが出てくるけど、最後にまた監獄になるわけで。終盤になってまたお父さんや恩人のシェラン司祭が出てくるしね。着地点が実に見事。

斎藤　あらためて読んでみると、これはやっぱりすごいよ。

野崎　そう。それを声を大にして言ってください。

斎藤　翻訳で心理描写をきれいに括弧で括ったというところがわかりやすいよね。でも、フランス語では自由間接話法というのかどうか知らないけど、それをこんなに使いこなしていたとしたら、それはちょっと衝撃ですね。

野崎　フランスでも自由間接話法（disconrs indirect libre）と言いますけど、その先駆けですね。しかもそれが同時に一種のアクションになっている。ただし、そうやって心理が逐一出てくる人物と、絶対出てこない人物がいる。つまり、意識の流れをたどれるのはおもにジュリヤンやレナール夫人なんですね。副次的な人物とはその辺で差をつけている。主人公たちに関してはいわば心の窓があって、それを開け放って見られるような、そういう仕掛けになっているんだな。

斎藤　ここまで大胆に心理描写をやってのけるのはすごいね。この二作は本当に対極としていい選択だったかもしれないね。まったく対極。結末もハッピーエンドと、ものすごく悲劇的、暴力的で残虐な結末と、それぞれの持ち味が非常に出ている。

野崎　確かにオースティンの場合は、幸福というのは穏やかに長続きするっていうイメージだよね。スタンダールはもう燃え尽きるというか。一瞬の至福。

斎藤　そうね。そのはかない至福。ひと晩忍び込んでいったなかにすべてが凝縮されているようなところがある。でも、それもいいよね（笑）。どっちもいいな。

野崎　両方とも手にするわけにはいかないのが、われわれの人生なんですね。

II　英仏社会に対する挑戦

異文化衝突という現代性
――スコット『アイヴァンホー』(一八一九年)

――フランス小説に影響を与えたスコット

野崎　話は尽きないけど、そろそろ次に行かないと。スコット[1]の『アイヴァンホー』から行きましょうか。

斎藤　この『アイヴァンホー』はスコットの歴史物のなかでも古い時代を扱ったもので、やっぱり最高傑作だと思いますね。扱っているのは十二世紀末で、基本的な図式は当時支配層であったノルマン人対被征服民のサクソン人なんですね。一〇六六年のノルマン人の征服によって、イングランドはノルマン王朝になった。当時支配階級がノルマン人。その下でサクソン人が虐げられている。そういう図式なんですね。主人公のアイヴァンホーはサクソン人の父親のセドリックの息子、何とかサクソン王朝を復活させようとして、サクソン王家の末裔であるロウィーナ姫の面倒を見ているお父さんの一人息子なんですね。ところが、アイヴァンホーはロウィーナ姫に対して恋心を抱いたために勘当されて、リチャード獅子心王[2]

(1) ウォルター・スコット(一七七一―一八三二)　イギリスの小説家、詩人。『ウェイヴァリー』(一八一四)、『アイヴァンホー』(一八一九)、『ウッドストック』(一八二六)などの歴史小説を発表。

と一緒に十字軍に出ていったという話です。

その後、王は異国の地で捕虜となり、イングランドでは、王位を狙うリチャードの弟ジョンが馬上試合などの競技会を開くんだけど、実はアイヴァンホーとリチャード獅子心王が姿を隠して別々にイギリスに帰ってきていて、それに参加してノルマンの騎士を次々と打ち負かす。サクソン人にしてみれば、自分たちの国を征服したノルマン人をやっつけてくれるから大喝采を送るわけです。ところが、ある試合でアイヴァンホーが負傷してしまう。その負傷したアイヴァンホーの傷を癒すのがレベッカという、ユダヤ人アイザックの娘なんですね。レベッカはそれをきっかけにアイヴァンホーに恋をしてしまう。アイヴァンホーはロウィーナに恋をしているから、これはかなわぬ恋ではあるわけだけどね。

のちにこのレベッカは、ノルマン人によって魔女であるという嫌疑をかけられて魔女裁判にかけられてしまうんですね。魔女だということになると、火炙りの刑に処せられる。それを避けるためには何かで自分の無実を証明しなくちゃならない。そこで、いわば被告と原告が騎士を選んで戦わせることになった。この時代、神様は正しい方の味方をすると信じられていたわけですからね。そして、レベッカの無実を証明するためにアイヴァンホーが、それに対してノルマンのほうの騎士として、なんとレベッカに対して恋心を抱いているボアギルベールが選ばれた。この二人が戦って、アイヴァンホーがもう少しで殺されそうになったとき

Walter Scott, *Ivanhoe*（1819）の翻訳に、『アイヴァンホー』（上・下、菊池武一訳、岩波文庫、一九七四）などがある。

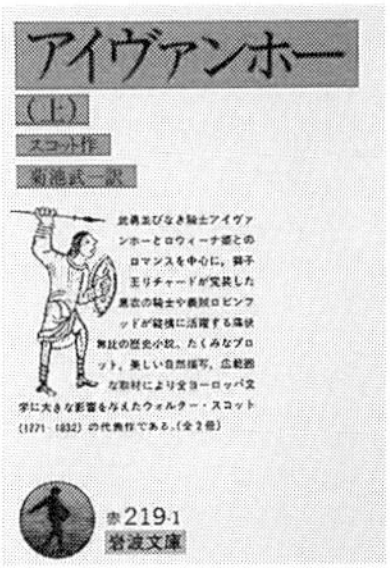

（2）リチャード獅子心王　リチャード一世（一一五七–九九）。イングランドの国王。

に、ボアギルベールが情念に心を燃やし尽くして死んでしまって、レベッカの無実は証明されるということですね。しかし、レベッカは最終的にアイヴァンホーと結ばれることはなくて、アイヴァンホーはロウィーナと結婚し、アイザックとレベッカはイングランドを去ることになると。そういうお話です。

当時としてはこれは大ヒットした小説なんですね。粗筋はそんなところなんだけど、僕はとにかくこういう壮大な物語、歴史物語が大好きでね。確かに心理小説としてはもちろん読めないし、人物描写も一人ひとりの人物の描き方を見た場合には、やっぱりオースティンに比べると遜色があるけども、大河小説、歴史ドラマとしての壮大さがこの作品の持ち味だと思いますね。野崎さんはどういうところが面白いと思う？

野崎　スコットというのは、とにかく僕にとってはいつかちゃんと勉強しなければならない作家で。なぜかというと、スタンダールに関してお話したように、フランス文学にも影響が甚大なんですよ。十九世紀フランスの小説家にとって、絶対的なお手本だった人なんですね。バルザック(3)もそうです。『ゴリオ爺さん』やフローベール(4)の『ボヴァリー夫人』のなかにもスコットの名前は出てくる。ただ僕には、どうしてそれほどのインパクトがあったのかが実感としてよくわからないところがあって、『アイヴァンホー』にしても、中世のチャンバラ劇がなぜ近代小説の祖になったのかと不思議だったんですよ。お恥ずかしいことに（笑）。

（3）オノレ・ド・バルザック（一七九九－一八五〇）　フランスの小説家。本書七一頁以下を参照。

（4）ギュスターヴ・フローベール（一八二一－八〇）　フランスの小説家。『ボヴァリー夫人』（一

ノルマン的な決闘裁判の由来

野崎　今回しっかりと読んでみて、実はなかなか面白いんだということがわかりましたけども、時代背景についてもっと詳しい解説つきで出してほしい本だなと思いましたね。たとえばユダヤ美女のレベッカが魔女裁判にかけられて、無実かどうかを合戦で決めるということになりますよね。ちょっとイギリス中世史の本をのぞいてみたら、ウィリアム公のイングランド征服後、ノルマン的な決闘裁判方式が導入されたなんていうふうに書いてあるわけなんだけど、そういうことなのかな?

斎藤　それは誰の本?

野崎　これはイギリス中世史の歴史家(5)。あと、もうひとつはロビン・フッドみたいなのが出てきますね。鹿狩りが規制されてしまったというようなことが出てくるじゃないですか。それもノルマン人の支配のあと、広大な王領林が制定され、その侵害を徹底的に取り締まる過酷な森林法が敷かれたと。そういう時代背景が描き込まれているんだなと思ったんだけど。

斎藤　そうなのかなあ。僕は森林法の話はわからないけども、何か無実を証明するときに戦うのは、別にノルマンだけじゃなくて、ケルト人の時代からあったんじゃないかと思うんだけど。

八五七)、『感情教育』(一八六九)など。本書一〇九頁以下を参照。

(5) イギリス中世史の歴史家　富沢霊岸『イギリス中世史』(ミネルヴァ書房、一九八八)を参照。

野崎　レベッカはユダヤ人で、この社会ではほとんど人にあらざる扱いをされているわけで、それならすぐに殺してしまえるのかと思うよね。それでも一応決闘というもってまわった形式に持っていく。なぜそうなるのかが、正直いってよくわからない。中世においてそういう秩序の体系があったということなんですね。

斎藤　ユダヤ人の問題はまたあとで触れるとして、何かの正義を戦いによって決める話は、古くはアーサー王[6]伝説の中にもあって、ランスロットがグィネヴィアとの不義を告発されたとき、決闘で身の潔白を証明するのしないのという話になりますよね。

ただ、さっき野崎さんの話を聞いていて自信がなくなったんだけど、アーサー王伝説はフランスに入るでしょう。そこでクレティアン・ド・トロワ[7]が新しい話をつけ加えている。だから決闘裁判がノルマン的なもの、つまりクレティアン・ド・トロワがそこで加えたものである可能性もありますね。

✝――フランス人とサクソン人の衝突

野崎　あと、いま若い人がこの本を読むとして理解が求められるのは、それこそこれは英仏戦記ですよね。この場合のノルマン人って、要するにフランス人でしょう。高校で世界史を習った頃からどうも変だと思っていたけども、ウィリアム公がイングランドを征服するっていうのは、本当はギヨーム[8]っていうべきですよ

（6）アーサー王（六世紀頃）ブリトン人の伝説的な王。侵入するサクソン人を撃退するために戦った。

（7）クレティアン・ド・トロワ（?-一一八三頃）中世の詩人。『ランスロット』『パーシヴァル』などのアーサー王伝説を描き、ケルトの要素に加えて、聖杯のテーマを盛り込んだ。

（8）ギヨーム　フランス人のフ

（笑）。ウィリアムは英訳で、フランス人ギヨームであり、フランス語を喋っているはずでしょう。フランス人が海峡を越えてイギリスを占領したのだから。これは翻訳を読んでいるといっそう混乱しかねない。全部イギリス人なのにどうして対立反目しているんだろうと思う人がいるかもしれない。ただ、もちろんスコットはそのことを最初に明記していて、これはノルマンとアングロサクソンが混じり合っていなかった時代の物語である、というふうに書いていますね。

スコットはこれを全集版か何かに入れるに際して序文[9]を書いているんだけども、その序文もつけてほしかったなと思うんですよ。とても明快に説明されているから。つまり、これはリチャード一世の治下、土を耕すサクソン人と、土着の民と交わりたがらない征服者ノルマン人との著しい対照の面白さを狙って書いたと言っている。同じ国に二つの民族が存在し、征服されたほうは質素で朴訥で鈍重で、古い制度にしがみついている。勝利者たる民族は武勇で冒険を好み騎士道の華として特色があるんだと。その対照が読者にとってアピールするんじゃないか、ってことなんだね。

そうすると、これはテーマとしてすごく現代性があるというか、異文化衝突を描いた作品なわけですよね。それがまず言葉という点でもはっきり意識化、テーマ化されていると思うんだけど、たとえば「フランス語だとものごとはみんな高級になってしまう」というのが最初のところに出てくる。「豚（ピッグ）」がポー

ァーストネーム Guillaume はイギリス人の William に相当。

（9）序文　一八三〇年、全集刊行時に付されたもの。『世界文学全集　Ⅲ-9　アイヴァンホー』（中野好夫訳、河出書房新社、一九六六）に収録されている。

クになると食卓に上ってくる」というわけ。そういう言葉の違いも含めて、まったく違う文化の者同士が征服・被征服という強力な葛藤関係のなかで共存しているということが背景にある。そのこと自体が最初けっこうとらえにくいかもしれない。

斎藤 なるほどね。スコットは流行作家だけど、これは出版当時、イギリスではきっとあたりまえのように受け入れられたんだろうね。だけど、翻訳を考える際にはちょっとわかりづらい。

野崎 そう。斎藤さんにぜひ、詳しい解説つきで新訳を出してほしいですね。

†――パレスチナやイスラムとの接触

野崎 もうひとつ背景にあるのは十字軍です。岩波文庫版[10]だと最初「パレスタイン」とか英語読みで出てきて、何だかピンとこない。パレスチナなわけだけど、リチャード王の出征ということは、第三回十字軍の頃ですよね。ところが、サクソン側の視点が強いということもあるのか、十字軍帰りというのがけっこう無法者のイメージで出てくる。それにもびっくりしたけど、同時にすごくモダンだと思った。たとえば「サラセン人三百人切り」なんていうのが出てくる。作中では、それが勇猛で素晴らしいとは決してとらえられてないよね。さらに面白かったのは、ブリアン・ド・ボアギルベールというのが、翻訳では「御堂の騎士」となっ

(10) 岩波文庫版 菊池武一訳、上巻三〇頁。

ているんですけども。

斎藤　テンプラーでしょう。テンプル騎士団(11)だよね。

野崎　そうか。英語だとテンプラーになるんだ。フランス語だとタンプリエで、要するに最近の『ダ・ヴィンチ・コード(12)』とかに至るまで、いろんな神秘主義的史観の源になっているテンプル騎士団に属しているわけだよね。そのテンプル騎士団員がここまで色とお酒に溺れた人物像になっているという。この辺が興味深かったんだよね。十字軍帰りというのは少し前のハリウッド映画に出てきた、ベトナム戦争帰りのトラウマを抱えた、現実に適応できない人物に近いイメージだったのかもしれない。

斎藤　そうか。そこに目をつけたか。

野崎　もちろん十字軍というのはイスラムと接触したわけで、いろんなレベルでの異文化との接触による葛藤とが非常にドラマチックに出ていると思った。

斎藤　単なるノルマン対サクソンという二項対立だけじゃなくてね。

野崎　そう。これはどう考えても、リチャード一世はかなり肯定的に描かれているよね。だからサクソン万歳でもない。滅びゆくサクソンの挽歌という側面もあるけども、その先にイギリスという国ができるわけだから、最終的な融和というのかな。その可能性も示しているよね。

斎藤　なるほどね。その辺はよくわからない。僕もこれ好きで、授業でも使った

(11) テンプル騎士団　一一一八年頃、エルサレムで結成された騎士修道会。

(12)『ダ・ヴィンチ・コード』（二〇〇三）　アメリカの小説家ダン・ブラウンによる推理小説。二〇〇六年に映画化。

けど。

野崎　えっ、授業で使ったことがあったんですか。

斎藤　ありましたよ。イギリス人の英文学者には無謀だと言われたけど（笑）。もちろん原文で読んだんだけどね。さっきの箇所、ポークのところは小説の授業だけでなくて、英語教育論の授業でもよく使うんですね。英語の歴史を説明する際に、非常に面白いんでね。それから、授業で語っているときには意外に気がつかなかったんだけども、最初に読んだときには、アイヴァンホーはサクソンの英雄だからサクソン万歳で、彼がロウィーナと結婚してめでたしめでたしになるので、征服者ノルマンに対してある程度恨みを晴らしたというような物語だと思った。だから、イギリス人が読んで面白いと思ったのかなという気もしていたんだけど、ではなぜフランスで人気があるんだろうね。

野崎　だって、リチャード獅子心王は格好よく描かれているし。これも実はフランス語読みでリシャール獅子心王としてほしいけど（笑）。

斎藤　まあ、そうなんだよね。だから、実はいろんな視点を持っていて、単純な二項対立ではないんだよね。

野崎　そう思った。原著刊行の直後に仏訳が出て、フランスでもあっという間に大ベストセラーになったらしい。サクソン万歳だとしたら、フランス人にはムカッと来るような話になりそうなところだけど、非常に複眼的だよね。

†——弱者に対する共感

斎藤　そうなんだよ。それと野崎さんが注目したユダヤ人の問題も含めて、なぜこんなにいろんな複眼的なものを持っているのかなとあらためて考えたら、やっぱりウォルター・スコットがスコットランド人であって、彼の文学の活動のひとつの大きなテーマがスコットランドを守ることにあることと関係があるんだろうね。文学を守り、しかも発展させると。で、スコットランド民謡などをいろいろ集めたり、スコットランドの歴史を描いたりした。なぜそんなことをするかというと、彼が文学活動を行っていた時代は、スコットランドがイングランドに併合されて大量のスコットランド人がイギリスに出稼ぎにいくわけですよね。そういうなかでスコットランドというものが失われていくことに対する危機感があって、ロバート・バーンズ(13)なんかもそうだけど、みんなスコットランドの文学を何とか維持しようと考えたわけですね。

そういうスコットランドを鮮烈に意識しているから、弱者というのかな、被征服者の目を持っていて、弱者に対してやさしいんですよね。だから、ノルマンに対してはサクソンをきちんと評価するし、特にユダヤ人をここまで温かく描いた英文学作品ってそんなにないわけですね。それまでの中世からの伝統で、ユダヤ人は典型的に悪人ですよ。シェイクスピアでもそうだし(14)、クリストファー・マー

(13) ロバート・バーンズ（一七五九－九六）　スコットランドの国民的詩人。

(14) ウィリアム・シェイクスピ

ローの『マルタ島のユダヤ人』(15)でも本当にひどい書かれ方をしている。だから、弱者に対するやさしい眼差しを持っているなと僕はあらためて思いましたね。

野崎　いやー、その点は本当にびっくりしました。まあ、すべては中世の話だから現代の基準では計れないのは当然としても、とにかく残酷なまでの差別が描かれている。同時に、その差別に喘ぐユダヤ人側の視点も取り込んでいる。つまり、ユダヤ人であるアイザックとレベッカが二人きりになったときの会話が出てくるでしょう。それは非常に重要なことだと思うんです。つまり、ユダヤ人の内部でどういう会話があって、どんなふうにその状況を考えているのかっていうことを描き込んでいるという点でね。

そして、前半では作者はごりごりの反ユダヤ主義者なんだと思わせるくらい、ユダヤ人に対するいじめの構造を容赦なく描き出しながら、同時にそれに負けずに華麗に花開いていくレベッカという美女の魅力を描いた。これはすごいと思うなあ。

さっきの「十年後の序文」というので、「あのユダヤ美女の性格は一部の女性読者たちから非常に目をかけられた。作者が登場人物の運命の筋立てをするとき、あまり興味ないロウィーナよりもむしろレベッカをウィルフレッドに添わせるべきなのに、そうしなかったのはよくないと叱られたものである」と（笑）。だから、読者にもレベッカ、ユダヤ人女性が人気だったということと、特に女性読者

ア（一五六四－一六一六）の『ヴェニスの商人』では、ユダヤ人シャイロックは無慈悲な金貸しとして描かれている。

(15) クリストファー・マーロー（一五六四－九三）の『マルタ島のユダヤ人』では、ユダヤ人バラバスは物欲の権化のように描かれている。

がレベッカ像に非常に共感を覚えたんだなってことがわかりますね。で、「あまり興味ないロウィーナ」というふうに書いている（笑）。

斎藤　確かにロウィーナはそんなに色彩豊かに描かれていないよね。

野崎　でも、彼女もしっかりした意志をもつ女性ではあるね。父親のセドリックが結婚相手に選んだ男を頑として退けるというのは、やっぱり現代的な感じがしましたね。セドリックはサクソン純血主義をどこまでも貫こうとする。しかし、時代はそうではないという流れで最後は終わっている。

斎藤　息子を勘当するまでにサクソンの血統を守るわけだからね。そっちを優先するわけだから、それはすごいものだと。さっきのユダヤ人の話に戻ると、最初のほうでユダヤ人に対する差別をありありと描ききったのは、あくまで史実として忠実に書いたということなんだろうね。だから、事実は事実として冷静に描いたうえで、しかしそれに対してやさしい眼差しを向けているというのかな。それはスコットランド人であるということと無関係ではないような気がするんだよね。

野崎　そう聞くと、迫害にさらされたもの、滅びゆくものに対する共感がこの作品を支えていることがよくわかりますね。

✝――ユダヤ人とは何か

野崎　それにしても、ノルマン人もサクソン人もデーン人もブリトン人も、おたがいどんなに仇同士であっても、誰が一番ユダヤ人を嫌っているかを競い合うような点があるわけだよね。いがみ合っていても、その点ではどうして一致するんだろうと思って。僕はこれを読みながら久しぶりにサルトルの『ユダヤ人』(16)を引っ張りだしたんだけど、とにかく考えさせられる。強力な問題提起力をもった作品であることは確かですね。フロンドブーフというのがアイザックを拷問しようとするところがあるじゃないですか。財産を全部よこせ、などといって。すさまじい迫力だよね。

斎藤　本当にユダヤ人のいじめ方はすごい。スコットがどれだけ緻密に時代考証をしているかという問題はまた別にあるんだけども、やっぱりそういう問題については、あらためて現代でも考えさせるものがあるかもしれないね。

野崎　ありますね。しかも、必ずしもキリスト教側が正義なんだというふうにはなっていない。それがさっきの十字軍への視点でもあって、フロンドブーフがアイザックを炭の上で焼くぞと脅して拷問しようとする。これはフロンドブーフもパレスチナにいたことがあったから、残酷な処刑の勉強をたっぷりしているんだというふうになっているわけ。つまり、十字軍騎士はパレスチナでイスラム教徒に対してそういうことをしてきたんだと。それがイギリスに帰ってきて、今度はユダヤ人を拷問している。これはかなり批評性があるよね。

斎藤　そうだね。もしかすると、いまの中東問題まで含んでいるような、かなり

(16)『ユダヤ人』(一九四七)ジャン＝ポール・サルトルによる評論。ユダヤ人とは反ユダヤ主義者によって作られた存在なのだとし、ユダヤ人差別の無根拠さを暴いた。

深い問題があるんだね。しかも、それをきちんと、正当に掬いとっている。レベッカはほとんどヒロインだよね。どんどんイメージが膨らんでいく。最初、僕はこれをサクソン讃歌だと思っていたけども、ボアギルベールは悪人かというとそうじゃないんですよ。最後にレベッカへの恋心に胸を焦がし尽くすんだから。その辺の何ともいえない民族同士の対立の図式。どっちがいいとか悪いとかじゃなくて、力関係でどっちが強いとか弱いということとは別に、異文化の衝突の悲劇みたいなものを描き切っているような気がするんだよね。

野崎　個人を通して、その個人が属している共同体同士の葛藤みたいなものを見事に炙り出していると思ったね。僕はむしろ騎士たちの戦いのシーンよりも、脇筋のほうにダイナミックさを感じた。たとえばレベッカは傷ついた者を治す力を持っているわけですね。ユダヤの医薬術の深い知恵を受けついでいて、それで魔女呼ばわりされてしまうわけだけど、アイヴァンホーが傷ついたとき治してやるところがありますよね。だから、アイヴァンホーにとってはレベッカは恩人だし、しかも大変な美女だから、一瞬二人の間に何か起こるかなと思う。ところがレベッカが自分はユダヤ人だと打ち明ける。そのときアイヴァンホーは思わず後退りしちゃうでしょ。あれは僕、リアルな描写だなと思って。「ユダヤ人」という一言が発せられたとき、思わずハッとして退いちゃう。アイヴァンホーというヒーロー像の限界までをもきちんと描き出しているというか。

斎藤　しかも退いた理由が、敬虔なカトリック教徒だったから、ということになっていますよね。だから、リアリズムもきちんと追求している。すべてを超越したヒーローじゃないんだと。誰が来てもたじろがないというヒーローではないんだよね。勘当もされていれば、傷も負う。だから、その辺はアイヴァンホー自身の人間性をよく描いているとは思うんだよね。ただ、確かに心理描写は弱いところがあるんで、のちの批評家からは酷評されて、残念だなという作品ではありますね。

†――リチャード一世は水戸黄門？

野崎　物語映画の父と言われるグリフィスに『国民の創生』(*The Birth of a Nation*)[17]という映画があるんですよ。『アイヴァンホー』は、イギリス版『国民の創生』だと思いましたね。イギリスという国家が単一の血から成り立ってはいないってことを見事に描いている。複数の要素の葛藤のなかから創り上げられてきたんだ、ということが実によくわかるような気がした。

斎藤　そういう作品ってイギリス人は好きなんですよ。歴史もので、異文化の衝突があって、王様から乞食まで全部出てくるわけですね。ああいうものに通じるような深さとか広がりを持っているよね。

野崎　なるほどなあ。王様でさえ身をやつして遍歴の騎士になる。岩波文庫訳の

（17）『国民の創生』(*The Birth of a Nation*, 1915)　物語映画の文法を確立したとされるアメリカの巨匠、D・W・グリフィス監督による無声映画の傑作。

「勘当の騎士」という訳語が面白い。「遍歴の騎士」というのは、フランス語だとシュヴァリエ・エランだけど、英語[18]だと何というんだろう。これはやっぱり、なかなかロマンチックな設定ですね。

斎藤　そうそう。これもまた俗な類比だけど、「水戸黄門」なんかもそうだよね（笑）。

野崎　この小説、水戸黄門が三人くらいいるような筋立てだからね。

斎藤　そうなんですよ。だから、日本の「水戸黄門」を説明するときには、『アイヴァンホー』のなかのリチャード一世だと言いたいんだけど、それを理解してくれるイギリス人はなかなかいなかった（笑）。あまり読まれてないからね。

野崎　でも、英雄が身を隠して放浪しているっていうシチュエーションはやっぱりぞくぞくするよね。

斎藤　そうでしょう。それは「水戸黄門」と同じ面白さだと思うんだよね。まあ、スケールは違うけど。

野崎　これはぜひとも新訳を出すべきだな。フランスではつい最近「プレイヤード[19]」という有名な文学叢書にウォルター・スコットが新訳で入って、僕は邦訳がわかりにくいとそっちをのぞいてみたんです。フランス語読みにすると『アイヴァンホー』は『イヴァノエ』になってしまうんですよ。まるで別人。『イヴァノエ』はいまなお愛されていて、これはプルースト研究の第一人者が監修してるん

（18）英語　スペイン語でDesdichado（勘当された）と書かれた盾を持って登場したことから、原文ではthe Disinherited Knightと呼ばれている。なおフランスの詩人ジェラール・ド・ネルヴァルの有名な詩「廃嫡者《エル・デスディチャド》」（一八五四）の表題はここからきている。

（19）プレイヤード　フランスの最大手出版社ガリマール社が一九三三年から出しているシリーズ。フランスのみならず世界各国の大作家の作品を、綿密な解説・注釈

ですね。まさに世界文学の柱のひとつなんだと思わされる。今回、『ミドロジアンの心臓』[20]というのも読んでみた。あれもすごい小説で、同時代のものだよね。

斎藤 舞台は十八世紀ですね。

野崎 僕が驚いたのは、冒頭に暴動シーンがある。暴徒、群衆の姿を描いているでしょう。ああいうのはフランスだったらゾラ[21]までないかもしれない。

斎藤 でも、これはスコットランドだからね。イングランドに対して独立を求める闘いをしているわけで、スコットランドの暴動は史実としてあるわけですよ。だけど、これを描いたというのはすごいよね。

野崎 そうでしょう。しかも、それが実にスケール豊かに描かれていて、大変な力動感がある。だから斎藤さん、やっぱりスコットを復活させてあげるべきですよ。正直いって、これだけ多文化的なものを束ねた小説だとは知りませんでした。そういう意味で勉強にもなるし、水戸黄門的な部分も楽しめるんだから。

つきで収録。

(20)『ミドロジアンの心臓』（一八一八） スコットによる小説。岩波文庫（全三巻）に玉木次郎訳で収録されている。

(21) エミール・ゾラ（一八四〇－一九〇二） フランスの小説家。実証的自然科学の影響のもと、自然主義を唱え、遺伝学の学説を援用して一族の運命を描く「ルーゴン・マッカール叢書」を構想。そこに含まれる『居酒屋』（一八七七）、『ジェルミナール』（一八八五）などで労働者の苦しみを描き出した。

善悪を超えたリアリズム

——バルザック『ゴリオ爺さん』（一八三五年）

†——悪としてのパリの社交界

斎藤　そろそろバルザック[22]のほうに行きましょうか。

野崎　これはカルチエ・ラタン[23]の下宿屋さんである「ヴォケー館」の描写で始まります。最初から描写がくど過ぎるというので有名なんですが。そのヴォケー館に、主人公である二十一歳の青年ラスティニャックが田舎からパリに出てきて下宿しているわけです。この下宿には得体の知れない不思議な人間がいろいろ住んでいて、そのなかでも謎めいているのがゴリオ爺さんという人物。昔はお金持ちだったらしいんだけども、すっかり落ちぶれて、いまでは一番家賃の安い四階に住んでいる。ラスティニャックも一緒に四階に住んでいるわけなんです。それともう一人不思議なのがヴォートランという、こっちは非常に体格のいい、エネルギッシュな中年男ですけども、これがまた何しているかわからない謎の男なわけですね。

（22）オノレ・ド・バルザック（一七九九－一八五〇）　フランスの小説家。『人間喜劇』の総題のもと、社会のあらゆる階層を描き出そうと野心を燃やし、『ゴリオ爺さん』（一八三五）、『谷間の百合』（一八三五）、『従妹ベット』（一八四六）などの傑作を生み出した。遺した作品は百編以上、登場人物は二千人を超える。

実はゴリオ爺さんには娘が二人いて、どちらも社交界の花形だということがわかってくる。ゴリオはその娘たちに散々貢いだあげく、自分はど貧乏になってしまった父親なんですね。ラスティニャック青年はとにかく社交界に出て、有力な美女に後ろ楯になってもらおう、それで出世するしかないと思い詰めていて、ゴリオ爺さんの娘の一人と仲良くなっていく。ところが一見華やかな娘たちも実は生活が破綻しかかっていた。ゴリオ爺さんは娘に見捨てられ、絶望のうちに死んで、ラスティニャックがその葬式を出してやるわけです。最後の台詞が有名なので引用しておくと、ペール・ラシェーズ墓地で「さあ今度は、俺とお前の勝負だぞ！」と言ってパリを眺め下ろして終わるというわけですね。

斎藤　僕は最初、対戦相手に『アイヴァンホー』を選んだとき、ちょっと軸が違ってしまったかなということで、選択が正しかったかどうか若干悩んだんですね。この『ゴリオ爺さん』はすごい作品で、これの対戦相手にはやっぱりディケンズ(24)しかないかなと。社会の下のほうにいる人たちの非常に不思議な生きざまを克明に描いているところなんか、ディケンズに通じますよね。だけど、謎の登場人物の正体がばれていくところは、ディケンズの小説とはちょっと筋立てが違う。おそらくディケンズだったらヴォートランがまたどっかで偶然にほかの主要人物と繋がっていて、こっちとこっちの出来事が関係し合っているという描き方をするんだろうけど、あえて屁理屈をいってスコットと結びつけるとすれば、異文化と

Honoré de Balzac, *Le Père Goriot* (1834-35) の翻訳に、『ゴリオ爺さん』（平岡篤頼訳、新潮文庫、一九七二）、『ゴリオ爺さん』（上・下、高山鉄男訳、岩波文庫、一九九七）、『ペール・ゴリオ——パリ物語　バルザック「人間喜劇」セレクション』（第一巻、鹿島茂訳、藤原書店、一九九九）などがある。

いうものの対立ではなくて、違った階級同士の対立を描いているというところで通じるかなと思ったんですね。

野崎　その階級というのは貴族とブルジョワ、平民ということですね。

斎藤　ええ。だから、ラスティニャックが最後にいう有名な台詞、「さあ今度は、俺とお前の勝負だぞ！」。あれは何を相手にしているのかよくわからないんだけど、やっぱり社会に抑圧されている人間とその社会との葛藤というか、そういうものを見事に描いているわけじゃないですか。だから、人種対人種がちょっとかたちを変えて……。

野崎　なるほど、つまりバルザックはそれだけパリを掘り下げているということですね。最後にラスティニャックはパリに向かって対決の台詞を吐いて、社会に対する挑戦の最初の行為として、ニュシンゲーヌ夫人の屋敷に晩餐をとりに出かける。これはデルフィーヌといって、ゴリオ爺さんの娘ですよね。ゴリオ爺さんの娘のところに晩餐をとりに行った。この娘は瀕死のゴリオ爺さんを見捨てて葬式にも来なかったわけです。まったく心の冷たい娘。自分はとにかくいい暮らしがしたい、華やかな人生を送りたいというんで、お父さんからは金を絞り取るだけ。実は商人だった父親のことを恥だと思っている。

　ここでのラスティニャックの思いは、要するにそういう人情のない、虚飾にまみれたパリのただなかで、「負けないぞ、自分は何としてでも勝ち抜いてやるぞ」

(23) カルチエ・ラタン　フランス語で「ラテン語地区」の意。かつて学問の代名詞だったラテン語にちなみ、学生の多く集まるセーヌ左岸、ソルボンヌ大学周辺の界隈がこう呼ばれるようになった。

(24) チャールズ・ディケンズ（一八一二－七〇）　イギリスの小説家。本書八八頁以下を参照。

ということだと思うんですよ。デルフィーヌのところに食事をしに行くというのは、彼女を肥やしにして出世するということですよね。だから、彼がある意味ですごくシニカルになっていることは確かなんだけど、このむやみな出世欲みたいなものはジュリヤン・ソレル[25]からバルザックまで流れている気がするね。

斎藤　パリの社交界というのは明らかに悪なんだね。

野崎　え？　そうかな。そう言われると僕にはすごく新鮮だなあ（笑）。確かにそれは悪ですよ。悪なんだけれども、そのなかで昇り詰められるものなら昇り詰めてみたい、それでこそ男だという感じもあるわけです。ジュリヤンにしろラスティニャックにしろ。要するに、パリっていうのは輝いている。ものすごいオーラを放っていて、その中心が社交界だった。オースティン[26]やスコットにはそういう構造はないでしょう。スタンダールもバルザックも構図としては完全にパリ中心なんですね。パリに行けばすべてであるし、パリで成功しなければだめなんだ、という価値観が樹立されている。だから中央集権なんですよ。僕なんかは完全にそれにやられちゃった人間だから、パリがまるで心の故郷みたいな気になってしまう。社交界の泥には、まったく汚れていませんけれど（笑）。

†――削ぎ落とされた文学的な救い

野崎　「セーヌ河の左岸、サン＝ジャック通りとサン＝ペール通りのあいだで青

（25）ジュリヤン・ソレル　スタンダール『赤と黒』（一八三一）に登場する主人公。

（26）ジェイン・オースティン（一七七五―一八一七）　イギリスの小説家。本書一四頁以下を参照。

春を過ごさなかったものに人生は語れない」[27]という一節があるでしょう。これがまさしくカルチエ・ラタンなんですよ。そこで青春末期を送った人間としては、もうたまらない気分になってしまう（笑）。俺に人生を語らせろという感じ（笑）。そもそもこのヴォケー館があったあたりは、留学生だったらいまでもよく歩く界隈なんですよ。それをバルザックはなにかパリの闇の奥底みたいに書いている。でも、これはやっぱりトリックで、カルチエ・ラタンのちょっと地味な一角というだけでしょう。そういうところにもとんでもない深みがひそんでいるんだよ、という仕掛けなんですね。バルザックはもともと怪奇小説とか、幻想小説をホフマン[28]の影響下に書いていたんだけど、それがちょっと残っているのかもしれない。

斎藤　実際、その一角というのは上の階に行くにしたがって安くなるの？

野崎　いまは上のほうが高い。でも、十九世紀まではフランスのアパルトマンは二階が一番値段が高いんですよ。上のほうは要するに使用人部屋とかね。

斎藤　これは本当にフランス的だよね。何というか、救いのなさというかね（笑）。

野崎　えっ、そうかな、救いがない？

斎藤　いや、題名に『ゴリオ爺さん』とあるからにはね。ラスティニャックの野心に感情移入すれば、いまから世界を征服してやろうとか、俺も昇り詰めてやるぞという、ちょっと歪んでいるかもしれないけど、出世欲みたいなものに一種の輝きというのかな、エネルギーを感じるということがあるんだろうけど、話の結

(27)「セーヌ河の…語れない」高山鉄男訳、上巻、一八七頁。

(28) E・T・W・ホフマン（一七七六－一八二二）　ドイツの小説家、音楽家、画家。多彩な才能に恵まれたが、とりわけ幻想小説の書き手として人気を博し、広範な影響を及ぼした。短編集『カロ風幻想画集』（一八一四）、長編『悪魔の霊液』（一八一六）など。

末としてはやっぱり救われない。つまり、ディケンズだったら救っているだろうと。ゴリオ爺さんの魂は天国に行くとかね。そういう描き方をするだろうと思うのね。

野崎　それはそうかもしれないなあ。温かい結末を用意するんでしょうね。

斎藤　だから、ものすごいリアリティがあって、しかもそれを目の当たりにしたラスティニャックが、「よーし、こんちくしょう」というところにリアリティがあり過ぎて、ガツーンとやられたような気がしますね。普通だったらそこで文学的な救いを演出するんじゃないだろうか。ところが、そこが見事に削ぎ落とされている。

野崎　確かに、この小説は進めば進むほど削ぎ落としていく小説ですよね。そのヴォケー館っていうのも住民がどんどんいなくなっていって、最後は老人の死という一点に向かって突き進んでいくという構成だからね。

†――「渇仰の美女」

野崎　そういう意味では、前半のほうに血沸き肉踊る、パリ小説としての何ともいえない魅力があるんですよね。パリという都市の輝き。それはもう半分以上幻想なんだけども、その中心にはやっぱり女性の姿があるんですよ。これがフランス的だと思うね。なぜか知らないけども、とにかく年上の貴婦人の庇護を得ないとどうにもならないというのがある。

ラスティニャックも最初はまじめだったわけですよ。でも、パリに出てくると、たとえば「夢想の美女をそのまま実現したかと見えるパリの女たち」というのがすごくきらめいていて、もう半分、なんか酔っ払ってしまっている（笑）。高山鉄男訳によれば、「渇仰の美女」というわけですよ。社交界の華麗なるスターというべき貴婦人の助けによってこそ、社会的な成功が開かれる。どこまで現実にそうだったのかはわからないんだけどね。まじめに勉強して出世する人だっていただろうけど。でも、この小説で貴婦人が言いますよね。とにかく女性にもてなかったら一生浮かばれない、社会的な成功なんか覚束ないのよと。そういう無茶な社会のあり方がまず、たまらなく面白い（笑）。

斎藤　でも、その女性たちがまた事もあろうにみんな癖があってさ（笑）、ディケンズに出てくる心のやさしい天使のような人は一人もいないんだよね。みんな浮気していたり、金をせびりに行ったりさ（笑）。

野崎　そこまで含めてやっぱり華麗なんだな（笑）。

斎藤　そうか。そう感じられるかどうかだよね。

野崎　それは僕が地方の高校生時代、これを読んでたちまちラスティニャックに自己投影してしまったということなんだな。自分もこれから東京に出て頑張るぞと力んでいたから、すっと入れたのかもしれない。

斎藤　東京が悪に見えたんじゃないの？（笑）

野崎　結局、僕はそれを「悪」っていう概念では見てないんだな。むしろ危険な誘惑に満ちた空間というか。同じことか（笑）。たとえばラスティニャックが貴婦人の家を訪ねて行ったら、ちょうどお風呂から出てきたところでというような場面があるでしょう。ラスティニャックはぼおっとなるわけですよ。パリ女の匂いを嗅いだと。考えてみると、ラスティニャックはたぶん風呂なんて入ったことないですよ。当時のフランスでは風呂は一般化してないから。それだけに湯上がりの貴婦人の艶姿にはころりと参っちゃったんだね。働きもせず朝風呂を浴びて遊びのことばかり考えている、この華美な女の暮らし。そこにパリの不平等社会の原理が一瞬にして見て取れる。

斎藤　そうだね。それはまさに冷徹なまでにパリの原理だよね。

✝――パッションとエネルギーの世界

斎藤　だけど、一人くらい救ってくれないかと。ラスティニャックは自分でその原理の中心にあって、その救いを見出していかざるを得ない。普通だったらヴォケー館のおかみさんがやさしい人だったりするものだけど、最後にゴリオ爺さんが死ぬときだって、赤字になっちゃうから相手にしないとか、もうほんと救いがないっていうかね。僕自身、パリに旅行したことがあって、確かにスリの一団に遭ったわけ（笑）。ものすごい恐怖だよ。もう冷たくて、何の救いもない。だけど華やかだっていうかね。

野崎　ラスティニャックは「パリは泥沼なんだね」って言っている。

斎藤　そう。タクシーの女性運転手に騙されて、ぐるぐる引き回されてぼられるわ（笑）。散々な目に遭ったよ。

野崎　なかにはやさしくて心のきれいな、ヴィクトリーヌ・タイユフェールという娘も出てくるんですよ。ところが、彼女は父に捨てられた子なんですね。父親が認知してくれなくて、財産ももらえないまま捨てられている。これはちょうどゴリオ爺さんのケースと対照的になっている。つまり、この下宿にはあらゆる境遇の人間が集まるっていうわけなんだけど、ゴリオ爺さんのように散々娘に貢いだあげく捨てられちゃうのもいれば、父親にはたいそう従順な気持ちを持っているのに無下に捨てられる娘もいる。でもやさしいだけの人間はどうしても踏みつぶされてしまう。なぜかというと、やっぱりエネルギーがないとだめなんだよね。

パッションとエネルギーによって運命を切り拓くのがバルザックの世界なんですよ。だから、ラスティニャックもそういうパリの恐ろしさを味わって、心やさしい人間になろうというのではだめで、負けないだけのエネルギーを持たなければならない。バルザックの世界というのはエネルギー論的なんですね。

斎藤　そうか。そのエネルギーの輝きに魅力を感じる人間じゃないと、この小説

ゴリオ爺さんを描いた
十九世紀の挿絵

は理解できないわけだな。いや、僕は好きだよ。この冷徹なまでのリアリズムに僕は惹かれるけども、どこかで救ってくれないかなという思いで最後まで行っちゃったね。

†──ミステリーとしての面白さ

野崎　僕も久しぶりに読んで、もう少しゴリオ爺さんに肩入れして読むかなと思ったけど、あんまりそうでもなかったね。「父性愛のキリスト」(29)というのがいまだにどうもピンとこない。

斎藤　それはなぜかというのは僕も感じたんだけど、ゴリオ爺さんの描写ってそんなに豊かではないような気がする。

野崎　意外にね。周りで噂はしているけど、実体がない。

斎藤　そうなんですよ。具体的な描写もないことはないけど、意外に影が薄いよね。

野崎　そうかもしれない。逆に、悪のテーマということでいうと、確かに救いはないのかもしれないけど、精彩に富んでいると思うんだよね。たとえば怪人物ヴォートラン。手の節々に赤い毛が生えているとか、熊の背中みたいな胸毛だとか。ほとんど獣人のような感じだよね。『ゴリオ爺さん』に夢中になる人はたいていそうなんだけど、僕にとってはゴリオ爺さん以上にヴォートランですね。悪の権

(29)「父性愛のキリスト」　バルザックは『ゴリオ爺さん』の中で、ゴリオを「父性愛のキリスト」と呼び、娘たちのために自己を犠牲にする姿を神聖なものとして描き出している。

化みたいな側面もあるけども、この男はいかがですか？

斎藤　筋金入りのならず者ですよね。外見もすごいし。パリの悪の部分を象徴する人物なのかな。もう一人、意外に印象的なのがミショノー夫人。

野崎　ヴォートランを警察に売る密告者ね。

斎藤　この二人をめぐるやりとりがこの作品にものすごく色合いを与えているよね。活力というのかな、プロットを動かす力にはなっていると思いましたね。ヴォートランは確かに強烈だよね。

野崎　この小説で、ヴォートランはもう一人の偉大な父親ともいえる。彼は「父が子を見るような」目をラスティニャックに注ぐ。だんだんわかってくるのは、要するにヴォートランというのは女嫌いであると。はっきりいってホモセクシャルのにおいがしてくるわけなんだよね。ヴォケー館の看板が冒頭に出てくるけど、「紳士淑女その他御下宿」[30]となっている。たぶんヴォートランは「その他」になるんだなという感じ。第三の性なんだよね。それでラスティニャックに目をかけてくるんだけども、それは悪への誘いでもあってね。

さっきのヴィクトリーヌに遺産をもらえるようにして、その遺産を山分けしようともちかけてくる。そのために俺がヴィクトリーヌの兄を消してやろうというわけで、その辺から俄然ミステリーとしての興味も出てきて、大都市での見知らぬ人間同士の関係が徐々に犯罪に結びついていく。そういう部分にもすごく魅力

（30）「紳士淑女その他御下宿」高山鉄男訳、上巻、一五頁。

を感じるんですけどね。

斎藤　だけど、それは彼の正体がばれるということで、謎解きみたいなものではないんだよね。

野崎　それは確かにそうかもしれない。

斎藤　そこがディケンズと違うところかなと。ディケンズだと必ずどこかに秘密があって、どこかと結びついて、偶然だらけなんだけども、この小説では逆にそれがないところがリアリズムなんですよ。ディケンズはむしろ不自然なくらいに謎解きをする。

野崎　逆にいうと、ディケンズの場合、人と人の偶然の出会いによる解決というのはある意味でファンタジー的だよね。ただ、バルザックも描写自体はものすごく誇張が多いから、描写を通して一種のファンタジーに近づくというところはあると思うね。

✝——日常生活におけるデモーニッシュ

野崎　ビアンションという医学生が出てきますね。『人間喜劇』[31]の登場人物中、随一の好人物として知られるお医者さんで、その後何度も出てくるんだけど、ラスティニャックが彼と会って話す場面で、こんな話があるんですよ。ラスティニャックが「中国の老大官（マンダラン）を、パリから一歩も動かず

（31）『人間喜劇』　バルザックは自作の長編・短編を『人間喜劇』の総題のもとに統合し、人間社会の全側面を描き出す壮大な絵巻にしようと構想した。全体は第一部

に自分の意志の働きだけで殺せて、しかもそのために財産を手に入れることができるとしたら、あなたならどうしますかって、ルソーが読者に聞いているところがあるだろう。君ならどうする?」と言うと、ビアンションは「僕はいま三十三人目の老大官をやっつけているところさ」なんて冗談を言うんだけど(32)。要するに、もし自分の手を汚さずに誰かを殺せて、それでお金が手に入るならその犯罪に乗るかと。これは明らかにヴォートランの教育が浸透して、ラスティニャックは悪に魅了されかけているわけだよね。この辺は推理小説を超えて、ドストエフスキーを予告している。つまり『罪と罰』(33)。

宮下志朗さんがこれについて面白いエッセーを書いているんですよ。『読書の首都パリ』(34)の中で。マランダンを殺せたらどうする? という問いかけを含む「マランダン小説」なるものがここから始まって、いろんな作品があるというんですね。『罪と罰』もそのひとつだと。人間の欲望を剥き出しにするというか、欲望のはらむ可能性をとことんまで考えるところにバルザックのすごさがある気がしますね。ラスティニャックはこのあと、ほかの作品(35)にも出てくるんだけど、彼はどうなると思いますか。

斎藤　うーん。『人間喜劇』はほとんど読んでないんだ。たぶん救いがないんだろうな。

野崎　結構出世して、大臣くらいまで進むんですよ。だから、パリとの賭けには

「風俗研究」、第二部「哲学的研究」、第三部「分析的研究」の三部からなり、全百三十七作が予定されていたが、実際に書かれたのは九十作に満たない。人物再登場の手法によって作品間には有機的なつながりが作り出されている。

(32) …冗談を言うんだけど　高山鉄男訳、上巻、二五七頁。

(33) 『罪と罰』(一八六六)　ロシアの作家ドストエフスキーによる長編小説。

(34) 宮下志朗『読書の首都パリ』(みすず書房、一九九八)。

(35) 「ほかの作品」　ラスティニャックはすでに『あら皮』(一八三一)に登場したのち、『幻滅』(一八四三)や『娼婦盛衰記』(一八四七)といった重要作にも登場する。

一応勝つんだけど、でもとんでもなく嫌味な奴になってしまうという点では救いがない（笑）。ディケンズならひとつの作品のなかでも複雑な人間の因果応報を織りなすのを、バクザックは作品をまたいでやったところがあるわけだよね。たとえば『ゴリオ爺さん』にランジェ公爵夫人というのが出てきて、悲恋の話がちらっと紹介されているけど、それについては『ランジェ公爵夫人』[36]を読むと大変なドラマが語られているとか。だから、これだけで終わらない。ほかのも読み合わせると善だったものが悪になっていたり、希望だったものが幻滅になっていたりという立体性、重層性を創り出した人だと思いますね。

斎藤　そうだね。だから、ひとつの作品だけで評価するというのはバルザックに対して不当なことだと。

野崎　いや、そうでもない。やっぱり『ゴリオ爺さん』は『人間喜劇』の要だし、斎藤さんが言ったような意味でもうちょっと希望があってしかるべきじゃないか、という見方もありうると思う。ただ、そういう物語でもバルザックの文章は実にエネルギッシュだし、けっこう滑稽というか、おかしなところもあるし、いろいろ格言みたいなものが散りばめられているでしょう？　それが必ずしもいつも当たってないというか、そういう面白さもある。だから、文章自体がやっぱり僕は好きですね。たっぷり分厚いステーキみたいなね。

斎藤　そうだね。だから、『赤と黒』なんかとは対照的なのかな。台詞回しとい

（36）『ランジェ公爵夫人』（一八三四）　写真はジャック・リヴェット監督による映画（二〇〇七）。

うよりも細部描写というか、細かいヴォケー館の描写とか、そんなに物語に絡まないところに色彩があるよね。バルザックは、想像力のなかで机の色まで全部鮮明に見えているんだね。

野崎　そのとおりです。まあ辟易するようなところまで含めてすごい。それがリアルであると同時に、ものすごくイマジネールでもある。アウエルバッハの『ミメーシス』(37)という名著がありますけど、彼はバルザックというのはリアルなものを描くというよりも、日常社会における「魔霊的」(デモーニッシュ)な力を描いていると。やっぱり善悪の基準を超えるような力の舞台というかな。なにかそんな気がするけどね。でも、これはもういちどディケンズのところであらためて考えたほうがいいかもしれないね。

斎藤　そう。これまた仕立てがディケンズとちょっと違うからね。

(37)『ミメーシス』　アウエルバッハはドイツ生まれのユダヤ人。迫害を避け亡命した先のイスタンブールで書いた『ミメーシス』(一九四六)は、ホメロスからヴァージニア・ウルフに至る西洋文学における現実描写の伝統を跡づけた、壮大なスケールの評論。

III

十九世紀文学の成熟

ユーモア・ペーソス・道徳の文学

――ディケンズ『デイヴィッド・コパフィールド』（一八四九－五〇年）

†――ストーリー・テリングとキャラクターの多様さ

斎藤　粗筋は簡単に言えないような複雑な小説で、要するに『デイヴィッド・コパフィールド』[1]という題名にある、この名前を持った人物が主人公ですよね。孤児のデイヴィッドは継父に虐待されて一人になり、働きに出されるわけだけども、そこを逃げ出してベッツィー・トロットウッドという大伯母、つまり死んだお父さんの伯母の世話になりながら恋愛、結婚、それから結婚相手のドーラとの死別、あるいは伯母の破産、あるいは親友であるスティアフォースの堕落と死、とにかくさまざまな艱難辛苦を乗り越えて、幼馴染みであるアグネスと結婚して一応めでたしめでたしになるという、そういう物語です。筋が複雑に絡み合っていて、いろんな面白いキャラクターが出てきて伏線が多いんで、なかなかすんなりと進めないんですけど。

野崎　一八五〇年に出た小説ですから、もう一六〇年もたっているわけですが、

（1）チャールズ・ディケンズ（一八一二－七〇）　イギリスの小説家。『オリヴァー・トゥイスト』（一八三七－三九）、『デイヴィッド・コパフィールド』（一八四九－五〇）、『荒涼館』（一八五二－五三）、『二都物語』（一八五九）、『大いなる遺産』（一八六〇－六一）など。

とにかく面白い。本当に大好きですね。といっても僕は翻訳でしか読んでないわけですけど。今回ちょっとだけ原書をのぞきましたが、これは発表当時から大人気だったんですか。

斎藤　これはディケンズ独特の発表のスタイルで、実は「五〇年」と書いてあるのもあるかもしれないけど、四九年から五〇年にかけて月刊分冊という形で出たものなんですね。だから読者は一部を読んで、この先どうなるかと楽しみに待って次のものを読むという感じ。当時としてもディケンズは流行作家だったので、非常に人気があったわけですね。

野崎　そういう形態でやると、読者の期待をストレートに感じて、待っている読者の顔を思い浮かべながら書くんだろうから、ある意味でいまの連載漫画みたいな感じで人気が出れば出るほど引き延ばすみたいなことだってあったんでしょうか。とはいえ、岩波文庫だと全五巻ですが、不必要に長いという感じはしません。どこまでも引っ張って行ってくれる。驚くべきストーリー・テリングの才能だなと思いますね。

斎藤　そうですよね。しかも、さっきも言ったように読者を飽きさせちゃいけないんで、そのところどころで面白いキャラクターが面白いことをしでかす。だから、いらない部分って確かにないんだよね。すんなりとひとつの筋に収斂していくタイプの物語じゃないけども、それぞれのプロットのなかに出てくるキャラク

Charles Dickens, *David Copperfield*（1849-50）の翻訳に『デイヴィッド・コパフィールド』（全四冊、中野好夫訳、新潮文庫、一九八九）、『デイヴィッド・コパフィールド』（全五冊、石塚裕子訳、岩波文庫、二〇〇二－〇三）などがある。

ターが面白いことをしでかすんで、まあ退屈はしないよね。

野崎　冒頭から続々といろんなキャラクターが登場して、奇人変人みたいな人もどんどん出てきて、それがいちいち愉快なんですね。一体作者は彼らをどこから連れてきたんだろうと、不思議なくらい。

斎藤　ええ、これは僕もわからない。この作品だけでもこれだけ多彩なキャラクターがいるし、ほかの作品にもそれぞれ名物はいるわけで、こんなキャラクターをどこから引き出してくるのかは、もう想像もつかないね。やっぱり天才といわれるゆえんだろうと思う。ディケンズを描いた有名な肖像画(2)で、ディケンズが一人書斎で考えていて、周りにわーっとキャラクターが浮かんでいるのがあるけども、やっぱり想像力によるところが大きいんだろうな。このなかに出てくる「ミコーバー」なんていうのは、はっきりとディケンズの父親がモデルであると言われているけど、そういう身近な人物がモデルになっていることもあるらしいですね。

野崎　まさに、多種多様な人の顔を描き分ける力をもった肖像画家という感じですかね。

†――ユーモアとペーソスによる大衆性

野崎　僕が読んで、ああ面白いなと思う理由を一言でまとめると、とにかくユー

(2) 肖像画　Robert William Buss, *Dickens's Dream* (1870)。

モアとペーソスが前提になっている。これが基本的な味つけで、そういうものだということが読み出してすぐわかるから、読者は安心して身を委ねられる。何があってもすべてユーモアで包んでくれるし、それからペーソスでもって感動させてくれるという気がするんですよね。要するに非常な大衆性がある。本来小説、物語が持っている、大衆の心に浸透していく力をディケンズは最大限に示してみせたんじゃないでしょうか。

斎藤　確かにそうですね。キャラクターでいうと、モデルがいる場合もあるし、これはどう考えてもいないだろうというぐらいに漫画的な、ひとつの固定的なイメージで最後まで変わらない登場人物がいてね。実際そんな人間はいないわけで、モデルがいるにしてもいないにしても、どっかでカリカチュアが入っている。野崎さんがいま言った安心感というのは、ひとつには登場人物が変わらないことから来ると思うね。ある特質を与えられたら、それをずっと持ち続けるわけだよね。やさしい人は最後までやさしくてね。どこかでペゴティーが意地悪になっちゃったら、これはもうとても読んでいられない（笑）。だけど、最後までやさしい。パーキスは最後までペゴティーを愛していると。そういう登場人物の不変性がひとつの作品の安定感でもある一方で、しかしやっぱりそのペーソスとか悲しみという部分では、きちんと近代小説の登場人物というか、スティアフォースみたいに複雑な人物をきちんと登場させて人間の暗い部分を描いて見せる。その辺の技は絶妙だよね。

野崎　ユーモアとペーソスのさじ加減で読ませる小説というのは、フランスには意外と少ないんですよ。ユーモア小説の伝統がそれほどあるわけではないし。だからいっそう、僕にはディケンズのユーモア作家ぶりが素晴らしいものだと思える。イギリスのある種の伝統なのかなと想像するんだけども。そしてペーソスとなると、フランスでは軽蔑をこめた言葉ですからね。「お涙頂戴」の意味ですから。「ペーソス」はもともとギリシア語の「パトス」ですよね。つまり「感じる」とか、「苦しむ」ということでしょう。ディケンズの本を読むと、そういうペーソス（パトス）というものの大切さを再認識するというか、あ、ペーソスっていいものだな、と思わされるんですよ。

さっき斎藤さんの口から、まずペゴティーの名前が出てきましたね。ペゴティーって本当に素晴らしい人物だなと思うんだけど、最初まるまると太った人物として出てくるじゃない？　デイヴィッドを抱っこしようとした拍子に、ボタンがパンパンパン！と弾けて連射的に飛んでいく。それは明らかに漫画チックな誇張ですよね。でも、その少しあとでデイヴィッドがお母さんと切り離されて家を出て行くとき、「僕はひょっとしてこれで捨てられるのかもしれないけど、あのボタンを拾っていくと童話のなかの主人公みたいにまた家にたどり着けるのかなと思った」なんて書いてある。これがディケンズ一流のペーソスで、人情に訴える。

しかも、彼が本当に辛いとき、ペゴティーが鍵穴から「坊ちゃん頑張れ」みたいなことを言うじゃない。要するに、自分はこの子を絶対に守るぞという思いに溢れている。子どもをとことん愛し抜くんだというものを感じさせるね。斎藤さんのおっしゃるとおり、ペゴティーは変わらないし、変わってはいけない。そこにあるしっかりした倫理的な土台が、あとで見るようなフランスの小説に比べるとある意味で非常に羨ましいし、慶賀すべきものだなということになるんですよ。

斎藤　前回に読んだ『ゴリオ爺さん』(3)もある意味でペーソス的なものは持っているけど、フランス小説はやっぱりその悲劇性というか、より劇的なものに訴えようとする指向性が強いよね。それはそれで僕はすごく好きで、すっと頭に入ってくるし、胸にすぐに突き刺さる。『ボヴァリー夫人』(4)なんていうのはまさに悲劇をそのままテーマにしたような小説だけど、確かにペーソスと言われるとイギリスの文学のほうが強い。それはひとつの伝統なのかな。

†——ピカレスク・ロマンの系譜

斎藤　つまり、この作品もそうだけど、ディケンズの前期の作品はわりにそういう明るさを非常によく持っていて、それはひとつにはピカレスク小説(5)の伝統だと言われていますよね。ディケンズは、特にスモレット(6)の小説をよく読んでいたんで、そういうピカレスク小説の持つユーモアをそのまま引き継いでいる。これは

(3)『ゴリオ爺さん』(一八三五)　バルザックによる長編小説。本書七一頁以下を参照。

(4)『ボヴァリー夫人』(一八五六)　フローベールの代表作。本書一〇九頁以下を参照。

(5)ピカレスク小説　愛すべき悪漢(スペイン語でpicaro)が各地を放浪してさまざまな出来事に遭遇する様子を描いた冒険小説。

ピカレスクから、さらにビルドゥングス・ロマン、つまり教養小説(7)の系譜のなかに数えられるんだけども、そういう系譜は、もしかしたらフランスにはないのかな。要するに、それはフランスに入らなかったのかなという気がするんだけど、どうなんだろう。

野崎　いい年をしたすれっからしの読者のはずが、ころりとディケンズの魅力にやられてしまう。そのときの一番の魅力は、やっぱりディケンズのなかに出てくる子どもなんですよ。いわゆる孤児の物語が多いですよね。デイヴィッドもそうだけど。英文学史の本をひもとくと、孤児というのはそもそも、ピカレスク・ロマンのテーマだった。孤児がどういうふうに世の中をさまよっていくかを描くのがピカレスクだったと言われていますよね。フランスにもそういうスタイルの小説が十八世紀になかったわけではないけれど、残念ながら子どもが世の中を横断していくという物語が、これだけのものには結実していないわけですね。斎藤さんに聞きたいんだけど、十八世紀のピカレスク小説っていうのは現代の一般読者にはあまり読まれてないでしょう?

斎藤　確かにそうだね。

野崎　ズバリ言って、読んでもあんまり面白くないのかな(笑)。

斎藤　そうかもね。ディケンズ以前でよく読まれている作家となると、やはりオースティン(8)ということになっちゃうけど、十八世紀のスモレットの小説は確かに

(6) トバイアス・スモレット(一七二一-七一)　イギリスの小説家。ピカレスク小説『ロデリック・ランダム』(一七四八)や『ハンフリー・クリンカー』(一七七一)など。

(7) ビルドゥングス・ロマン、教養小説　主人公がさまざまな経験を積んで人間的に成長していくさまを描いた小説。

(8) ジェイン・オースティン

いまではあまり読む人はいないね。
野崎　それはディケンズの作品とどこが一番違うんですかね。
斎藤　難しいなあ。スモレットの場合、筋がちょっと単調なんですよ。
野崎　単調さというのは予測がつくというか、驚きがないというような意味なんだろうか。
斎藤　つまりね、全体的な統一感に欠ける。テーマの深さというものではまったくディケンズには及ばないようなもので。要するに、これはある種、語りの原初的な形式の一つで、『カンタベリー物語』[9]なんかもそうで、『カンタベリー物語』では登場人物が語る物語がそれぞれ独立しているけど、スモレット小説では、たとえばこの宿場で何が起こって、次の町に行ったら何が起こってと、要するにエピソードの連鎖なんだよね。
野崎　双六みたいになっている（笑）。
斎藤　双六なんですよ。次にこうしてこうして、こうなったというプロットなんだよね。その場その場の面白さで読ませるものなので。でも、それはそれで僕は好きなんだよね。フィールディング[10]もそういうことをやっている。だけど、ディケンズは全体の統一というか、テーマとか、それをきちんと持っていて、そのうえで主人公の成長を描いていく、というところがひとつ違うのかなという気がしますね。

（一七七五－一八一七）イギリスの小説家。本書一四頁以下を参照。

（9）『カンタベリー物語』（一三八七頃－一四〇〇）イングランドの詩人、文学者ジェフリー・チョーサーによる物語集。

（10）ヘンリー・フィールディング（一七〇七－五四）イギリスの劇作家、小説家。イギリス小説の創始者とも呼ばれる。『トム・ジョーンズ』（一七四九）など。

野崎　なるほどね。ディケンズの場合、筋立て自体が双六式に次々にこういくっていうものではまったくない、常に複数のうねりをはらみながら進行していて、たとえば一度姿を消した人物がまた戻ってくる、というようなところが新たなスリルを呼びますよね。

✝――子どもと大人の視線

野崎　成長を描きながら、しかも子どもの目、子どもの視線が一貫しているという気もする。岩波文庫版では、主語が平仮名の「ぼく」になっています。非常に読みやすいし、いいと思うんだけど、ひょっとしたら英語以上に子どもっぽさが出ているのかなっていう気もしないではない。まあ最初の章題が I am Born でしょう？　そうすると、それは「子どもに成り代わって」というスタンスなわけだよね。

斎藤　だけど、いままさにおっしゃった文、I am Born というのは英語では普通ありえない文なんですよね、「私が生まれる」というわけだから。これは子どもの目を持っているんだけど、実は成人して小説家になったデイヴィッドが語っている、という仕立てになっているわけでしょう。ところが、子どもが生まれてその日に何があったかとか、本来成人したデイヴィッドすら知らないはずのことを克明に記している。子どもが見ているときの目と、大きくなってからのデイヴィッドの目、さらには全知の語り手の目が複合的に組み合わさっている。そこがまたひとつの面白さなんだよね。子どもが見ている、その眼差し、その印象に大人のデイヴィッドがさらに何かをつけ加えている。非常に複雑であるし、色合いが豊かなんだよね。

野崎　子どもの低い目線で大人を見上げたときの、その見上げる感覚をここまで鮮やかに出しているのは素晴らしいと思うんですよ。たとえばデイヴィッドがいよいよ学校に送られることになって一人で馬車に乗って行く。乗り換えのときにご飯を一人で食べるんですよね。定食でビールとかまでついてくる。そうするとウエイターが上手いこと言って、出てくるビールも全部飲んじゃうし、骨つき肉は体に悪いとか言って食べてしまう。デイヴィッドはその人が喜んで食べるのですっかり嬉しくなって、どうぞどうぞとあげてしまう。その辺は大人を前にしたときの子どもの弱さでもあるし、子どもというのは天真爛漫で年上の人には必ず信頼を寄せるものなんだという物語の基本的考えの表れでもある。子どもが経験し、感じていることが魅力的に生かされているなあと思いますね。

斎藤　そうですね。そしてお金なんか渡しちゃったりするわけだよね。スティアフォースとはじめて会ったときも、いわばボスみたいなスティアフォースに、金を持ってんだろう、俺が預かってやる、ちょっと宴会でもやろうじゃないかと言われておとなしく出す。しかし、それはやっぱり上の人が怖いから防衛本能みたいなところもあって、子どもはこの先どうなるかわからないから言われるがままにそういうものを出してしまう。その心理が非常によく出ているね。

ひとつこの文脈で指摘しておいたほうがいいのは、日本語訳だと「ぼく」ということになるんだろうけど、ディケンズの小説のなかで全篇にわたり登場人物が一人称で語っているのは、この『デイヴィッド』と『大いなる遺産』[11]の二つしかないわけですね。あと、『荒涼館』[12]では登場人物と全知の語り手が交互に語るけど、あとは全部全知の語りなのね。だから、なぜディケンズは一番自伝的と言われるこの『デイヴィッド』と『大いなる遺産』でそういう語りを使ったかというと、やっぱり自分が小さいときに覚えた景色をその目線で描きたいという衝動があったのかな、という気がしないでもないね。これは本当に想像ですけど。

野崎　なるほどね。しかも、そこでやっぱりユーモアが生きてくる。自分が幼い頃こんなに苦労したんだというのが先に立ってしまうと、読者としてはしんどいし、白けちゃうかもしれない。たとえば新しいお父さんが来て散々いじめられる。ほとんど虐待に近い。あるいは学校でも鞭でびしびし引っぱたかれる。でも、そういうのを描くときもどこか楽しんでいるというか、ヒステリックにならない。その辺は非常に大人の感覚なんだけど、同時に子どものやわらかさがあるなあという気がしますね。

斎藤　子どもは子どもでびくびくしながら世の中を見ているんだけど、読む側と

(11)『大いなる遺産』(一八六〇－六一)　ディケンズの長編小説。

(12)『荒涼館』(一八五二－五三)　ディケンズの長編小説。

すれば三人称の部分にきちんと安心できる大人を配していることで安心して読めるんだよね。どこかで必ずこの人たちが救ってくれるんだろうと。そのなかでデイヴィッドは一人びくびくしながら、しかし正義を信じて、いわばある種の性善説で生きていくと。その二つの目というのかな、あるいはもっと複雑な目なんだろうけど、それが面白いね。

野崎　しかもフィルターをかけてソフトにしていても、社会の暗黒面みたいなものは確実に感じとれるようになっていると思うんですよ。大人の目から見て子どもの無邪気さを楽しむというだけでなく、逆に子どもがこちらを見返してもいる。大人たちがいかに非道なことをやっているか、社会の悪を暴露する目でもあるわけだよね。

斎藤　そうね。そのすべてに目配りが利いているところがすごいんだけど、子どもの天真爛漫な眼差し、視線を描きながら、その子どもをどう扱ってきたかという、社会に対する批判もちゃんと入っている。『オリヴァー・トゥイスト』(13)なんかはそれがもっと明確に出ているわけだけども、学校で子どもがどういう扱いを受けているとか、そういうことを盛り込みつつ、しかもそれをおかしなキャラクターが演じているというところがいいよね。完全に批判だけが先に立ってしまえば、さっき野崎さんがおっしゃったように白けちゃうけど、それを上手く包み込むユーモアがあり、ペーソスで止めているから悲劇になりきってないという、そ

(13)『オリヴァー・トゥイスト』(一八三七－三九)ディケンズによる月刊誌の連載小説。

の辺のさじ加減は確かに絶妙だなと思うね。

†――異端者の解放

野崎　その絶妙さがよく出ているなと思うのが、ミスター・ディックという人なんです。働きに出されたデイヴィッドが、どうにも我慢できないというので伯母さんを頼って行きますよね。そうすると伯母さんはミスター・ディックという不思議な男を同居させていて、その男は斬首されたチャールズ一世の頭が自分の頭に乗り移ったなどと不思議なことを言う。精神的にちょっとおかしなところを持っている人なわけだけども、そういうふうなとらえ方ではない書き方になっている。奇人だけど、愛すべき人物であって、ときどき素晴らしい発言をする。憔悴しきったデイヴィッドが転がり込んできて、伯母さんは「どうしましょうか」とディックさんの意見を聞くと、「お風呂に入れたらいいでしょう」とか言って（笑）。そうすると伯母さんが「ディックさんよく言ってくれた。握手しましょう」なんていうところは名場面ですね。ディックさんは実は精神病院に入れられて監禁されていた。それをデイヴィッドの伯母さんが義憤にかられて連れてきて、一緒に住んでいる。だから、全体がある種、途方もない話ではある（笑）。

ミシェル・フーコーが十八世紀を「大監禁の時代」[14]と呼んでいるんだけど、要するに精神異常者とか、あるいは乞食や貧窮者に至るまで、社会秩序にとっての

（14）「大監禁の時代」　フランスの哲学者ミシェル・フーコー（一

異端分子は全部監禁しちゃうと。この伯母さんはその大監禁に一人で抗って、自分の手で解放してあげているわけだよね。そういう意味では、これは狂気を抑圧、排除しないどころか、それを日常に取り入れることによって非常に充実した生き方ができるんだということを示している。この辺のさりげなさというのが素晴らしいと思いますね。深い知恵を感じる。

斎藤　ディケンズの登場人物には概して奇人変人が多くて、そのなかでもミスター・ディックは精神的に異常と思われる人の典型ではあるけども、それはディケンズのキャラクター設定のなせる業でもあり、またイギリス的な発想なのかなという気もするんだよね。丘の上なんかで一人隠遁生活を送ってるような奇人はとてつもない知恵を持っている、という信仰があって、『トム・ジョーンズ』[15]にもそういう人物が出てくる。ビートルズの「フール・オン・ザ・ヒル」[16]もそうだよね。そういう伝統があるんだよね。だから、それと結びつくのかなとも思えるし、まあディケンズが自分で想像してつくり出した人物像だと考えるほうが面白いかもしれないけどね。

野崎　ミスター・ディックにあたるような人物を各国から代表として選べるかといったら、フランス代表はなかなか難しいなあ。これだけ自然に息づいている狂気のチャーミングさというのは。あとの回で『ナジャ』[17]なんか出てきますけども、それこそ逆に非常にパトスを含んでいますね。ディケンズの場合、日常と非日常

九二六－八四）が著書『狂気の歴史』（一九六一）において、十七・十八世紀を称した言葉。

(15)『トム・ジョーンズ』（一七四九）ヘンリー・フィールディングの代表作。

(16)「フール・オン・ザ・ヒル」アルバム『マジカル・ミステリー・ツアー』（一九六七）に収録。

(17)『ナジャ』（一九二八）フランスの詩人、文学者アンドレ・ブルトンの散文作品。本書一四九頁以下を参照。

いる世界は実に多様な要素を含んでいるんですね。

や常識と非常識が、ある意味ではごく平穏に共存している。ディケンズが描いて

✝——ドストエフスキーに対する救い

野崎　ペゴティーさんたちの一家にも、つくづく驚かされた。つまり、デイヴィッドは孤児になっちゃうけれども、生まれとしては労働者階級ではないよね。それに対してペゴティーさんたちは海岸に乗り上げた漁船みたいなところにみんなで住んでいる。「原始状態の原始人たち」なんていう言葉が出てきていましたが、実際のところそういう感じかもしれない。最初にデイヴィッドが遊びに行ったときも「魚のにおいがぷんぷんする」という描写が出てくる。要するに、普通なら使用人たちの世界だから、そこには非常な差異があるはずですよね。ところが、デイヴィッドはペゴティーさんが大好きで、ペゴティーさんのことをすごい美人だと思っているわけだし、社会的な眼鏡をかけることなく見ている。それがこの作品の大きな魅力になっていると思う。本物の庶民たちの生き生きとした人情溢れる世界がこの小説を支えていますね。

斎藤　そうですね。それは当時の社会にあってはすごく衝撃的なことだったんじゃないかと思うんだよね。ただ、ディケンズもリアリスティックにならざるをえなかったのかなと思うのは、どうしてもこの安定感のあるキャラクター設定から

いくと、マードストンに虐待されているデイヴィッドをペゴティーが引き取って自分が育てると言ってもいいはずだけど、そうはいかない。つまり、そのぐらいにいい人なんですよ。ところが、それはやっぱり社会的に許されない。あくまでデイヴィッドはマードストンの子どもとして学校に行かされ、働きに出される。それはペゴティーにはどうしようもないわけ。いつもあなたのために部屋を開けてあるからいつでも来なさいと言うんだけど、あんな幼い子どもを自分が引き取るとまで言い出せないのは、こちらのペゴティーに対する期待が過剰なのかもしれないけど、ディケンズはやっぱり当時の社会慣習に照らし合わせてぎりぎりまで壁を低くしたけど、取り除くまではやっぱりできなかったのかなという気がする。

野崎　そうか、そこまでは考えなかったな。それは子どものデイヴィッドにも自覚できていない、見えてないけど、本当ははっきりとした壁はあるんじゃないかということなのかな。

斎藤　ええ、そうなんだよね。

野崎　なるほど、それは思いつかなかった。今回ちょっと英語で見てみると、そのペゴティーさんたちの喋っている英語はかなり崩れているというか、あれは庶民的な英語なのかな。

斎藤　ええ、崩れています。ペゴティー自身の英語はそうでもないけど、お兄さんのミスター・ペゴティーやハムの英語は表記法でも崩してあるし、テレビ・ドラマとかで演じられるときにもそれなりに聞きづらい。どのバージョンを見てもね。とにかく相当癖のある英語ですね。

野崎　言葉遣いひとつで、階級や文化の差は明確にわかるわけなんでしょうね。

斎藤　こういう表記法もディケンズ独特の文体技巧なんだけど、当時の人はこれを読んで、頭のなかで階級を割り出したんだろうね。それだけでも当時の読者の知的レベルっていうのはすごいと思うね。この綴りを見たときに、やっぱりある種の社会階級がきちんとわかるような書き方になっているんだと思いますね。

野崎　読者の印象からすると、そういう異質なもののなかにすっと身を置けるというのはやっぱり子どもの力だなという気がするんですよ。子どもを主人公に据えるということの意味をディケンズは知り抜いているというか、それによって逆に広い社会を描けてしまうという不思議をつかんでいる。『オリヴァー・トゥイスト』ももちろんそうだろうし。ドストエフスキーはディケンズに心酔していた作家ですよね。『骨董屋』(18)のネルなんていうのは、『虐げられた人びと』(19)のなかのネリーという女の子にいわば転生をとげているんですけども。

ただ、さっき斎藤さんが言ったようにディケンズだったら何人か頼りになる大人を配して、そのなかで子どもを設定しているんだけど、ドストエフスキーの場合は、頼りになる大人が全然いなくなっちゃうので（笑）、何とも救いのない状

(18)『骨董屋』(一八四〇–四一)　ディケンズによる連載小説。

(19)『虐げられた人びと』(一八六一)　ロシアの作家ドストエフスキーによる小説。

態になる。とはいえドストエフスキー以後の世界においても、ディケンズの物語はいささかも魅力を失っていないって思うな。むしろ、ドストエフスキーに対する救いがディケンズのなかにあるのかもしれない。

斎藤　救いが予定されているわけですからね。

†――ヴィクトリア朝作家のモラル

斎藤　でも、これはディケンズの前期の特徴で、後期はもうちょっと暗くなりますよ。救いが次第に少なくなってくるけど、どこかで救いを信じている。努力すれば高いところに行けるという、サミュエル・スマイルズ[20]の考え方にも通じるんだろうけど、そういう考え方をみんなが共有していて、読者を楽しませるためにはやはりそういう道徳を盛り込むのがいいということを作家として自覚していて、あるいはこちらの読み過ぎかもしれないけど、社会改革者という自覚があって、そういうモラルを説いていく。確かにヴィクトリア朝の作家はちょっと説教くさいところがあってね。ディケンズの語り手はあんまりやらないんだけど、サッカレー[21]の語り手なんて、読者に対して直接説教したりするわけですね。だから、そういう使命を当時の作家たちは感じていたのかもしれないね。

野崎　なるほどね。確かに、こちらを直接励まし、指針を与えてくれるような言葉がこの小説のなかにはたくさんありますよね。たとえばデイヴィッドがいよいよ

(20) サミュエル・スマイルズ（一八一二–一九〇四）　イギリスの著述家、社会改良家。『自助論』（一八五九）など。

(21) ウィリアム・メイクピース・サッカレー（一八一一–六三）　イギリスの小説家。『虚栄の市』（一八四七–四八）、『ニューカム家の人びと』（一八五三–五五）など。

よ世の中に出ていくときに、伯母さんが「いつでも自分に誇りを持つんですよ」なんて言うのを読むとほろりとなる。どう生きるべきかということをストレートに伝える部分がある。

でも同時に、これもまた魅力の一部なんだけど、いま斎藤さんが言ったような倫理的な部分を逸れる部分はかなりぼかして書いてあるでしょう？　たとえば昔風にいうと「淪落の娘たち」というか、身を持ち崩していく娘、世間の批難を浴びる女が出てきますよね。エミリーなんかもそうだけれど、実際に何をしたかの描写は非常に曖昧ですよね。さらにいえば、エロス的な部分は完全に覆いをかけて見えないようにしてある。だから、たとえば不義を犯す妻が出てきても、踏み込んだ書き方ではない。そこまで踏み込むとやっぱりディケンズの世界は壊れちゃうのかな。

斎藤　難しいですね。エミリーもそうだし、彼女の幼馴染みで先に堕落してしまうマーサという女がいるでしょう？　明らかにロンドンあたりに行って落ちぶれ果てて、要するに fallen woman「堕落した女」になって、きっとそういう商売をするんだろうね。だけど、その描写は一切ない。ただ、そういうことは書かないんだけど、周りの描写からわかるんだよね。おそらく当時の読者もわかっていたんだろうと思う。やっぱり許されないと。キャラクターとしてはここに脚光を当ててはいけない。しかし、もともとの性格は悪くはないんだよ。要するに、救うべき人物なんだよね。

そういうときどうするかというと、最後の装置として出てくるのは「オーストラリア」なんですね。それは時代の限界で、エミリーを含むペゴティー一族もそうだし、ミコーバーもそうだし、マーサもそうだし、要するにイギリスでは結局救われない。どうしようもないんだけど、これをどうやって救うかというときに、植民地で解決しちゃう（笑）。当時の読者もおそらく「なるほど、オーストラリアね」というところで納得しちゃったんだろうと思うね。

野崎　想像の外に出ちゃうわけなんですね。

斎藤　新天地ということですね。だから、当時の倫理観の約束事にはすべての結末がきっちり適っているんだよね。その結末の持って行き方は最近の批評では確かにずいぶん批判されてはいるけども、ディケンズ自身はそういう約束事のなかで当時の倫理観をきっちり書いて楽しませようとしたんだろうと思うけど。

野崎　いろいろ賢しらの批判はできるにせよ、とにかく誰もが楽しめる小説だから、これぞイギリスの国民文学ということになるのかな。ディケンズはいまでも熱心に読まれていますか。

斎藤　読まれているかどうかはわからないし、とにかく日本と同じように本離れは世界的な問題で、イギリスでもそんなことが言われているけど、ただ古典文学として何を読むかというときにはやっぱり真っ先にディケンズが出てくるし、そ

（22）最近話題になった映画・ドラマだけでも、翻案映画『大いなる遺産』（アルフォンソ・キュアロン監督、一九九八）、ミュージカル・ドラマ『クリスマス・キャロル』（アーサー・アラン・シーデルマン監督、二〇〇四）、『オリヴァー・トゥイスト』（ロマン・ポランスキー監督、二〇〇五）、

れが映画化されたり劇になったりする頻度からいえば、ディケンズは日本文学の比じゃないですね。本当に何度も作品が映画化されているし、『オリヴァー！』というミュージカルはロングランでいまだに人気がありますよ。

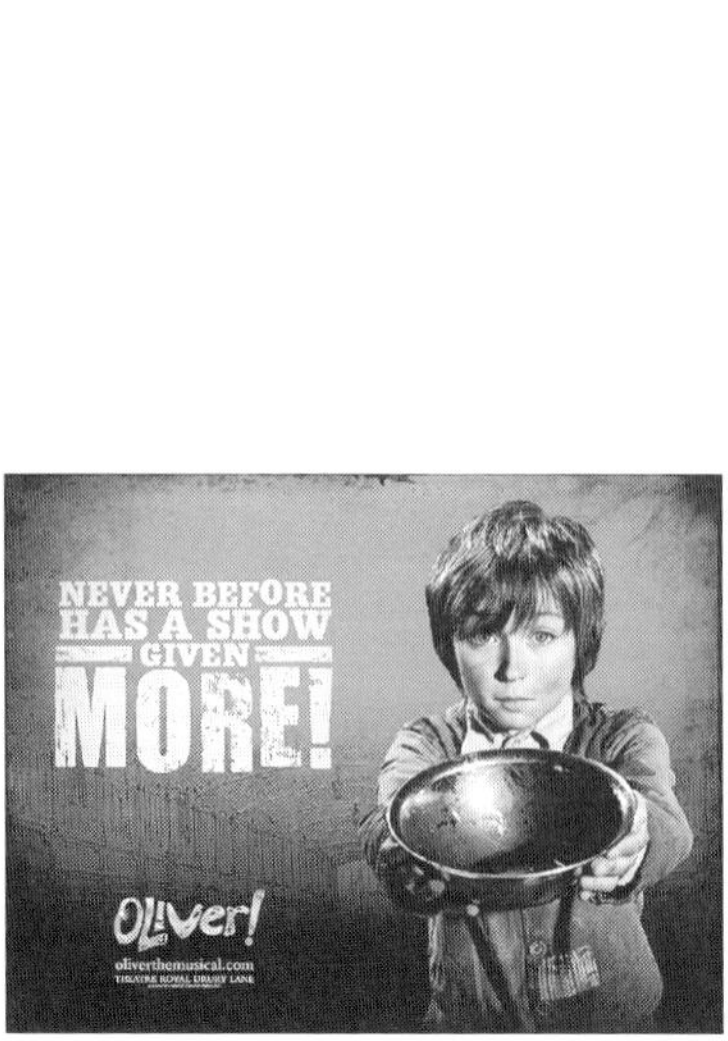

(22) ディズニーのアニメ『クリスマス・キャロル』（二〇〇九）などがある。
また、劇としては、本文中で触れたミュージカル劇『オリヴァー！』（写真）に加え、ロイヤル・シェイクスピア劇団による『ニコラス・ニックルビー』（一九八〇）も話題になった。この他、ディケンズ作品を映画や劇にしたものは数え切れない。

言葉の力としての文学
——フローベール『ボヴァリー夫人』（一八五七年）

✝——語りの視点の不思議さ

野崎　フローベール[23]に移りましょうか。構成自体は非常にわかりやすい小説です。一応筋を追っておくと最初にシャルル・ボヴァリーという人物が登場してきて、彼の学校時代から医者として開業するまでが描かれるんですね。一度結婚するんですが、その頃農場の往診に行って、そこの娘さんのエンマと出会う。ちょうどうまくというか、最初の奥さんがあっけなく亡くなってしまい、エンマとシャルルが結婚する。だから、表題の『ボヴァリー夫人』というのは、この言葉だけ取ると作品中でもシャルルのお母さんもマダム・ボヴァリーと呼ばれてもいるし、シャルルの最初の奥さんもマダム・ボヴァリーだったわけだけど、直接にはこのエンマのことを指しているんですね。ところがエンマは新婚早々、夫にほとほと幻滅してしまい、もともと本を読んでロマンチックな夢想に耽るのが大好きだっただけに、平凡な現実に耐えられなくなる。それでちょっと神経衰弱みたいにな

（23）ギュスターヴ・フローベール（一八二一‐八〇）フランスの小説家。長編小説に『ボヴァリー夫人』（一八五七）、『サランボー』（一八六二）、『感情教育』（一八六九）がある。短編集『三つの物語』（一八七七）も傑作のほまれ高い。

ってしまい、仕方がないので引っ越して気分を変えようということでシャルルは別の村で開業する。

　そこからが第二部で、いよいよ男女のドラマが本格化します。エンマは、農業共進会という農業見本市みたいなお祭りに、一人の色男にエスコートされて出かける。そしてたちまちそのロドルフという男との恋愛に走るわけですね。駆け落ち一歩手前まで行くんだけど、男が裏切っちゃう。それでまた気がちょっと変になり、一瞬心を入れ替えたりもするんだけど、今度はまた旧知の若い男レオンと出会って、ふたたび愛欲の日々を送る。エンマは出入りの小間物屋ルールーという男の口車に乗って、次から次へとツケで買い物をしていた。それが突然取り立てが来てしまって家財差し押さえを申し渡される。いまのカード破産みたいなものですね。昔の男たちも助けてくれず、砒素をあおいで死んでしまう。遺された夫と娘のうち、夫のシャルルもやがて寂しく死んでいく。そういう筋立てです。

斎藤　いろいろ思うところがあって、本当に聞きたいことがたくさんあるんだけど、僕が純粋にわからないところから質問すると、この小説はどの視点から語られているのかなと。「私たち」というのが出てくるわけですね。まず冒頭がそうでしょう。要するに、この「私」はシャルルの同級生なんだな。「私たちの誰も、この少年のことをいまでは思い出す者はあるまい」(24)と。なぜこの視点を設定する必要があったのか、研究者の間では議論にはならないんですか？

Gustave Flaubert, *Madame Bovary* (1857) の翻訳に、『ボヴァリー夫人』（上下、伊吹武彦訳、岩波文庫、二〇〇七改版）、『ボヴァリー夫人』（生島遼一訳、新潮文庫、一九九七改版）、『ボヴァリー夫人』（山田𣝣訳、河出文庫、二〇〇九）などがある。

野崎　これはもう、大いに議論されていますよ。「私たちが自習室で勉強していると、そこへ校長が平服を着た『新入』と、大きな机をかついだ小使いを連れてはいってきた」というのが冒頭ですから、この「私たち」が語り手になるのかと当然思うわけなのに、いま斎藤さんが言われた箇所のあとはもう出てこない。とすると、「私たちの誰もこの少年のことをいまでは思い出す者はいない」というのは、「私たち」にはこの小説を語る能力はない、非人称の話者に語り手の座を譲るほかないということじゃないかな。

斎藤　ああ、そういうことなのか。

野崎　ただし、いわば先発投手としてほんの数ページだけ「私たち」を出す必要がどうしてあったのか、最初からエース級の神の視点の語り手でいいじゃないかという点については、意外と説得的な説明はないんですよ。確かなのは、この最初の「私たちが自習室で勉強していると」というのを、作者は執筆の最後の段階になって書き加えたという事実なんです。三人称の視点で統一できていたはずなのに、一種混乱を招くような加筆をしたんですね。

　その結果何となく、退化したはずのサルのしっぽがまだ少し残っているという印象になってしまった。一般に小説というのはフィクションなのに現実である、というふうにして語るわけですよね。小説家はそのことの居心地の悪さをいろんなかたちで乗り越えようとする。この前の『赤と黒』(25)の場合は、最初旅行記みた

（24）「私たちの誰も…思い出す者はあるまい」生島遼一訳、一四頁。

（25）『赤と黒』（一八三一）スタンダールの代表作。本書三四頁以下を参照。

いにして始まったよね。あるいは、メモワール、つまり回想形式というのもかつてよくあった。この「私たち」はどちらかといえば一種回想記っぽく始まるというか、学校の思い出というスタイルなのかなという気がします。

ただ、どちらにしても「私たち」という複数形になっているのが不思議なんですね。小説が「私たち」で始まるという先例はまずない。フローベールの独創でしょう。これはやっぱり読者を物語に誘い込む装置というか、みんなで新入りのシャルルというのをちょっと見てみようと。はじめからシャルルが一段弱い立場に置かれているというか、これから彼がどんなふうにいじめられるか見てやろう、というニュアンスも出ている気がします。しかも実際には、小説は「私たち」の視点をはるかに超えるものとして展開されていくんですね。

斎藤　ああ、なるほど。それは面白いね。つまり、最初に何かを設定してそれが物語に取り込まれていくのはイギリスもそうなんだけど、つまり物語には原初的には誰か語り手がいてね、みなさんいまから私が物語を語りますといって、まず語り手と聞き手との社会的な関係性を結ぶ。その言説が現在形であって、あるところから「ではいいですか」といって「昔々あるところに」となる。そこで敷居を超えて物語に入る。それが原初的な形で、イギリスだと十八世紀に小説の形式が現れたときはそれはまだ残っていたわけですね。

『ガリバー旅行記』[26]でも『ロビンソン・クルーソー』[27]でも、最初に編集者とか

（26）『ガリバー旅行記』（一七二六）　アイルランド作家ジョナサン・スウィフトによる物語。

出版者とかいう人が、いまからこういう物語をご披露しますといって出てくるわけ。その部分が、さっき言ったフィールディングあたりになってくると第一章に取り込まれる。「作者」による「私はいまからこういう話をします。いまから出てくる登場人物は」という言説に取り込まれていって、だけど次第にその部分がなくなっていって過去形で物語が始まる。ディケンズのいくつかの小説にもこの部分はまだ残っていますね。でも、ここではシャルルの同級生という、非常にリアルな人物設定が出てくるところがなにか面白いなと思ってね。

野崎　そのとおりですね。リアルなのでいっそう記憶に残ってしまう。フローベールはこのあと『感情教育』(28)を十年ちょっとのちに発表していますけども、その冒頭はいきなり「一八四〇年年九月十五日、朝の六時ごろ」云々という客観的記述になっている。一切正当化なしに、あたかも歴史の一ページを語るようにフィクションに入っていく。逆にいえば、最初の『ボヴァリー夫人』のときはそれを回避したと。もちろんバルザックなんかは、一八三〇年代からそれを抜け抜けとやっていたわけだけど。

斎藤　それは少しスタイルが変わったというか、作家として成長したのかよくわからないのだけど、変化したんだろうね。それはすごく面白い説明というか、納得しました。

（27）『ロビンソン・クルーソー』（一七一九―二〇）イギリスの作家ダニエル・デフォーによる冒険小説。

（28）『感情教育』（一八六九）フローベールによる自伝的長編小説。写真はフランスで刊行されている folio classique 版。

†――細部描写のリアル

斎藤　僕は語りの文体を研究することが多いので気をつけて読んだんですけど、やっぱり文体がすごい。「モ・ジュスト」[29]を重視したのはフローベールだったたっけ？　言葉の「適材適所」みたいな、この部分の描写にはこの言葉しかないというような、そういうスタンスで書いているから、ものすごくリアルでね。特に細部描写が素晴らしい。ぞくっとしちゃうのは、たとえば最初にシャルルがエマを見たときの印象ですが、第一部の三でエンマがグラスでものを飲んでいるところで、「女の舌のはしが美しい歯のあいだからちらちらと見え、グラスの底をチビチビとなめた」[30]というね、エロチックだよね。全然そういう場面じゃないんだけど、ものすごくありありと目に浮かぶし。

野崎　斎藤さんがそこを引用してくれたのはまさにわが意を得たりだな。ちょっとしたしぐさにはしなくもエロチックなものが匂いたつ。じつに見事な描写ですよね。

斎藤　それと時間の計り方もね。これはシャルルが求愛するところかな。お嫁さんにくださいと言いに行く前に、時間がまだちょっと早いというので外で懐中時計で十九分数えた[31]というんですね。この十九分という中途半端さね（笑）。普通ならもうちょっと、二十分まで待とうと思うんだろうけど、気が焦って十九分だ

（29）「モ・ジュスト」　フランス語で「的確な語」の意味。フローベールは置き換えのきかない的確な語に達するまで、何カ月も推敲を重ねたとされる。ゾラの評論「作家フローベール」（一八七五）がそうした神話的作家像を決定づけた。

（30）「女の舌…チビチビとなめた」　生島遼一訳、三三頁。

（31）懐中時計で十九分数えた　同訳、三六頁。

と。あとでも同じようなところが出てくる。馬車でイヴェールが五十三分も待ってくれたのにもういなくなってしまった(32)とかね。この時間が絶妙なんだよね。一時間じゃないんだよ。五十三分まで待ったんだけど待ちきれなかったと。

野崎　端数なんですね。

斎藤　これは意図的にやっているのかもしれないけど。とにかく、この細部描写が素晴らしいというのがひとつ。

野崎　そこに注目すればフローベールの小説の豊かさが一番よくわかる。小説家のナボコフが、これは「散文よりは詩に属する特徴(33)」を備えた小説であると言っているんだけども、そういう文章の美しさ、味わい深さは格別ですね。

斎藤　それから治療とか医術の描写(34)がたくさん出てくるでしょう？　これは本筋にはそんなに絡まないはずなんだけど、妙にリアルでね。さらには非常にエロチックで、なんでそんなことを書く必要があったのかなと思うんだけど（笑）。だから、「フローベールと医学」なんて研究論文がありそうな気がするんだけど、そういう視点で書かれたものは……。

野崎　いまでも十九世紀の医学史を研究する人がこれを読んで参考にしている、と言われるほどでね。鰐足の手術なんか、すさまじい迫力でしょう？　しかも丹念な描写が非常にネガティブな結果に行き着くという構図が一貫しているよね。丹念に緻密に、ネガティブな過程を描いていくんですね。

（32）もういなくなってしまった　同訳、三三七頁。

（33）「散文よりは…特徴」　ロシアで生れ、後にアメリカに移住した小説家ウラジミール・ナボコフ（一八九九－一九七七）による『ヨーロッパ文学講義』（野島秀勝訳、TBSブリタニカ、一九八二）、二三三頁。

（34）治療とか医術の描写　生島遼一訳、二二二頁など。

斎藤　そう。細かく描写されるけど、最後のエンマの治療は結局上手くいかなくて死んでしまうというあたりがね。あれはすごくリアルでね。そしてまた前にも言ったけど、救いがないというか。そういう感じはディケンズとちょっと違っていて、逆にそれだから胸にぐっと迫ってくるものがあるわけだけども。それで細部描写というんじゃないけど、やっぱり文体の妙で感じたのは、さっきの農業共進会でロドルフが誘惑する場面(35)ですね。これも演説と口説き文句とのリズムがものすごく絶妙なんですよね。最後に口説き落とされるあたりになってくると、その共進会の演説と二人の会話が代わる代わる、小刻みに現れる。本当にエンマが誘惑されてドキドキ、ドキドキって鼓動が激しくなっていくのが伝わるような描写なのね。これは素晴らしい。本当に細部まで考えて書いているというのがよくわかるね。また、このロドルフっていうのはなかなかいいね（笑）。これほどの技を持っているんだから。

野崎　憧れますか（笑）。

斎藤　最初から別れるときのことまでちゃんと考えているでしょう（笑）。計算して迫っておいて、落としといて、ちゃんと最後に上手く別れる。これはフランス小説でなければ出てこないよ（笑）。

野崎　『ボヴァリー夫人』でロドルフに憧れた人に初めて会ったよ（笑）。

（35）ロドルフが誘惑する場面　同訳、一八九頁以下。

†──「ボヴァリー夫人は私だ！」

野崎　やっぱりタイトル・ロールであるエンマに思い入れを持つ読者は多いと思うんですね。例のフローベールの「ボヴァリー夫人は私だ」という言葉。ある批評家の話が伝聞として伝わっているだけで確証はないんだけど、そう言ってもおかしくないだろうなというところがあるわけでね。つまり、現実の世の中とか暮らしというものの凡庸さに我慢ができない、平凡なことに満足できない性格。これはある意味で文学とか芸術に憧れる人間の心そのものですよね。フローベールの内にももちろんそうした傾向はあったはずです。

それからエンマというのはとにかく小説ばっかり読む。「夜本を持って暖炉のそばにいるときほど楽しいことがあるでしょうか」なんて言う。働いているわけじゃないし、新婚生活に幻滅して、いよいよ本でも読んでいるしかないわけだけども、この気持ちっていうのは本好きの人間にとって、もうすんなり共感できるものでしょう。本当はもっといい人生が、もっと素晴らしいことがあるはずなんだと、小説を読みながら夢みる気持ちをエンマは恥ずかしいほど具現しているわけですよね。そういう意味で、ジェンダーを超えて「ボヴァリーは私だ」と言いたくなる部分がある。やっぱりこれも地方の高校生時代、完全に同一化して読みました（笑）。

ペルーの作家のバルガス・リョサという、確か大統領候補にもなった小説家が同じようなことを書いていました。工藤庸子さんがスペイン語から訳した『ボヴァリー夫人』論[36]なんですが、フランスに留学したときこの小説を読んで、これは私のことが書いてあるんだって大感動した。私を生かそうとしてエンマはこんなふうに死んでくれたんだとかってね。それくらい熱狂したと。ただ、この小説には、そういう読み方は一面的でしかないぞ、という突き放した部分も明らかにある。

斎藤　もちろん一番感情移入できる、つまりよくわかる人物はボヴァリー夫人だよね。現実逃避で、結婚生活に飽き足らずに空想上の恋愛に憧れてしまうのはよくわかるしさ。それが最終的に上手くいかないから、僕なんかはああやっぱりそういうのは上手くいかないんだというところでさっと退いちゃうんだよね（笑）。そこはしょうがないんだけど、一方でロドルフみたいにまんまとやってのけるのにちょっと憧れちゃったりするのもいけないことなんだろうと。ディケンズを愛読していると、そういうところで怯んでしまう（笑）。ディケンズなんて、決して夢を見るために読むもんじゃないからね。

野崎　なるほどね。つまり、斎藤さんのとらえ方では、ディケンズは現実生活を充実させる力を持つということなのかな。平凡な日常と矛盾しない文学のありようということですか。

斎藤　平凡な日常と矛盾しないというのはどういうこと？

（36）『ボヴァリー夫人』論　ペルーの小説家マリオ・バルガス・リョサ（一九三六-）による評論（邦訳『果てしなき饗宴――フロベールと『ボヴァリー夫人』』（筑摩書房、一九八八）。リョサは小説『緑の家』（一九六五）、『世界終末戦争』（一九八五）などで著名。一九九〇年、ペルーの大統領候補になるが、落選。

野崎　つまり、エンマみたいな人間は常に現実を否定しがちで、あるべき「本当の人生」に対して日常は嫌悪の対象でしかない。もともとのそういう傾向が読書によっていっそう掻き立てられる。ボードレールの詩に英語のタイトルで"Anywhere out of the world"[37]というのがありますけど、これはまさに一種の病でもある。

斎藤　ええ。ディケンズの世界はそういう性質は帯びていないわけでしょう。ディケンズの小説はこちらを誘い込む妖しさを持った作品ではないでしょう。キャラクターの面白さとか、そういうものを楽しんで、ああ楽しかったというものだよね。でも、フランス小説の特徴なのかもしれないけど、やっぱり妖しいよ（笑）。魅力的だよ。この世界に入り込んじゃったらもう抜けられないんじゃないかと。

✝——小説の社会的な意味

斎藤　つまり、ロドルフに憧れちゃうというのは、そんなことしちゃいけないのがわかっていながら入っていくという、一種危険なものの持っている魅力でしょう？　そこなんですよね。だから、本当に意外だったのは、『赤と黒』でもそうだけど、小説を読むのを禁じるなんて描写が出てくるじゃない？　それがわからない。

野崎　確かにそれはディケンズには出てこないですよね。フランスでは、重大な

（37）"Anywhere out of the world"　フランスの詩人シャルル・ボードレールによる散文詩。一八六七年に雑誌掲載されたのち、『パリの憂鬱』（一八六九）に収録された。

例としてジャン＝ジャック・ルソーの『新エロイーズ』[38]があるんだけど。十八世紀最大のベストセラーといわれる、書簡体で書かれた非常に清純な恋愛小説ですよ。その序文に「もしこの本をいま手にしている若い娘がいるとしたら、その娘はもう救いがない」というようなことが書いてあるわけ。小説っていうものは、とりわけ女性は決して近づいてはいけない毒物だという発想がある。

ただ、これはキリスト教の教えとの関係で、逆に小説側はいわば自分の不道徳さは承知のうえで、それでも世の悪を正すための作品なんだと自己弁護するという一種のレトリックがずっとあったわけです。このなかでもボヴァリー夫人があんまり元気がないので、シャルルがルーアンに芝居を見に連れて行こうとする。それに神父が反対するよね。そこに、教会に盾突く啓蒙主義者を自任するオメーが、いまだにそんな愚かなこと言っているのかと食ってかかる。イギリスでもそうかと思うけど、芝居に関わる人間なんていうのはかつてはもうそれだけで外道扱いだったわけだよね。小説もそれと似たものだという位置づけなんでしょう。ただ、フランスの場合はむしろそれを逆手にとって、悪の部分が肥大していく。

斎藤　あ、なるほどね。面白いね。いままさに言おうとしたのは、確かにこの内容では禁止するだろうなと思うんだけど、逆にそれがひとつのアイデンティティになっていくと。

野崎　この小説は雑誌連載の時点で――当時はナポレオン三世の時代ですけども

(38)『新エロイーズ』(一七六一)　スイス生まれのジャン＝ジャック・ルソーによる長編書簡体小説。身分違いゆえに結ばれなかった青年と娘のたどる運命を描き、十八世紀ヨーロッパの一大ベストセラーとなった。

——起訴されるわけだよね。無罪にはなったんだけど、風俗壊乱の罪に問われたわけです。もうひとつは宗教に対する侮辱罪というので、要するに、有害視されかねないことは出版する側も意識していたわけですよ。作中でもシャルルのお母さんは、とにかくエンマには小説を読ませるなと言って、小説を禁じますよね。それが良識の側の小説観を代表している。エンマが変になっちゃうのは小説を読むばかりで、家の仕事をろくにしないでぶらぶらしているからだ、日々労働して、小説ではなく聖書を読んでいれば人間なにも悩むことないんだと。反対に、労働と宗教による生活の保障というのを取っ払ったところにエンマの世界があるわけね。

斎藤　前回もそういう話題に触れたけど、小説の社会的な意味がまったく違っていて面白い（笑）。イギリスだと、特にヴィクトリア朝だと炉辺で誰かが物語を読んで聞かせる。それは非常に平和な家族の風景だよね（笑）。ところが、一方の国ではそれが禁じられているという。

野崎　エンマの最後のシーンとか、そんなものは家庭の団らんのひと時に読めないよね（笑）。

斎藤　本当ですよ。面白いのは同じ小説の読み方も違う。またここでもウォルター・スコット(39)が出てきますよね。イギリスでは決してそんな読み方はしない。たとえば、前に読んだ『アイヴァンホー』などは、ナショナリズムを高揚させるような壮大な騎士道物語だよね。少なくともイギリス小説を読みなれた人間はそう

(39) ウォルター・スコット（一七七一‐一八三二）　イギリスの小説家、詩人。本書五四頁以下を参照。

読むわけだけども、いつか白馬に乗った、このなかでは黒馬だけど、王子さまが私を迎えに来てくれるという、そういう中世趣味の恋愛感情を喚起するようなものとしてスコットは出てくるんだよね。だからフランスではスコットもだめなんですよ。

野崎　エンマはスコットの「だめ」な部分に特に反応しているわけですね。

斎藤　そうなんですよ。だからスコットはそう読まれていたっていうことだよね。

野崎　スコット原作の『ラマムーアの花嫁[40]』という小説、それが劇仕立てになっているものを見てエンマが感激するところがある。このオペラは今でも上演されている、有名なもののようですね。原作はルーシーとエドガーという二人の悲恋物語で、二人は熱烈に愛しあっているのに、エドガーが旅に出ているあいだにルーシーは無理やりほかの相手と結婚させられる。戻ってきたエドガーは、それを知って激怒、結局ルーシーは夫を刺し殺し、発狂して終わる。だから、かなり刺激的な内容なんですね（笑）。エンマにとってその原作は忘れられない思い出の作品だった。そうした恋愛ドラマの部分と同時に、スコットは中世的なエグゾティスムも含めて異国趣味を掻き立てる。「いまここではない世界」というのに対するむやみな憧れを満たしてくれたんだと思う。

†——何の支えもなく虚空に浮く小説

(40)『ラマムーアの花嫁』（一八一九）　スコットによる小説。『ランメルモールのルチア』の題名でオペラ化（作曲ガエターノ・ドニゼッティ、脚本サルヴァトーレ・カンマラーノ）され、一八三五年ナポリで初演。

野崎　フローベール自身そういうロマンチックなものに対する憧れは根っこにあって、若い頃の習作を見ても、むしろ時代遅れのロマン主義者として自己形成してきたわけなんだけど、『ボヴァリー夫人』ではそれを完全になぎ倒すところまで突き進んでいる。それはやっぱり大変なことだと思う。つまり、そうやって憧れたところで結局どうなるっていうのを全部見せてしまっているわけですよね。

この『ボヴァリー夫人』から「ボヴァリスム」という単語ができて、いまでも辞書に載っています。『ロワイヤル仏和中辞典』(41)を引くと「ボヴァリー夫人気質」と訳してあって、「若い女性の社会的、情動的不満足、想像への逃避などを指すのに使われた心理学用語」と説明してあるんですが、ただし『ボヴァリー夫人』の場合は想像だけで終わってはいないわけだよね。ロドルフとの情事もそうだし、レオンとの関係もいわば爛れたものになってくる。やがてエンマはどうしようもなく色恋に飽きてくる。アンニュイです。これがしんしんと怖い。つまり、実際に自分が恋愛小説のヒロインとなっても、そこで結局退屈が襲ってくるんだな。逃げようのない倦怠。ボードレールの『悪の華』(42)でも、冒頭の詩でいろんな悪を登場させておいて、「一番手強い奴が大あくびしている。それこそまさにアンニュイだ」というので、やっぱり悪を極めるとアンニュイに到るという気がするんですね。

斎藤　そうすると、どっちみち救いがないんだね。この小説のなかでどこに感情

(41)『ロワイヤル仏和中辞典』(第二版、旺文社、二〇〇五)。

(42)『悪の華』(一八五七)ボードレール唯一の韻文詩集。刊行直後、初版に含まれる六篇が反道徳的であるとして有罪判決を受け、削除を命じられる(同判決は一九四九年に至って破棄された)。悪と憂鬱をめぐる思考の迫力、そし

移入しようかと悩んじゃうよね。もちろんモラルを求めちゃいけないけどさ、イギリス小説を読みなれた人間としてはどうしても求めちゃう。何がいいんだと(笑)。このなかで救われているというか、上手くいくのはオメーとか、全部俗物だよね。わからないのは、最後になぜオメーの叙勲の場面で終わるのか。

野崎 その点は、あとで論じる『ハワーズ・エンド』(43)に出てくる、ウィルコックス一家の息子で、いわば俗物のチャールズ。彼は子どもをどんどん作るよね。かくしてウィルコックス家のような人間は栄えるんだと。あれと似ていませんか。ただ、ではオメーを憎めばそれでいいのかというと、全然そうではないというところが、実に読む人間を追い詰めてくれる小説なんですよ。実際、エンマ自身が一番追い詰められているわけで、「どうして自分の人生はこれほどまで自分を満たしてくれないのか。寄りかかろうとするとその寄りかかるものが立ちどころに腐れ、潰えてしまう(44)」なんていうぞくっとするような台詞があります。どんな価値も寄りかかろうとすると全部潰えてしまうじゃないかと。これが何とも現代的というか、しびれるところだよね。

斎藤 そうか。そこをもうちょっとしっかり読むべきだったなあ。

野崎 いまのエンマの台詞はフローベール自身の文学観にも直結していて、これはフローベールの手紙に出てくる有名な言葉なんだけど、自分が書きたいのは「ほとんど主題がない」本、「なんについて書かれたのでもない」「なんの支えも

て象徴的表現の見事さにより、後世の詩人たちに絶大な影響を与えた。

(43)『ハワーズ・エンド』(一九一〇) イギリスの作家E・M・フォースターの小説。本書一三〇頁以下を参照。

(44)「どうして…潰えてしまう」伊吹武彦訳、下巻、一七五頁。

なしに宙に浮いている」ような本なんだというわけです。(45) エンマが何に支えを求めても、小説も宗教も、恋愛にしても結局は腐ってしまう。それが全部腐ってしまったあとに、はじめて真の芸術というか、創造というか、創作行為がフローベールには残されていたということだろうね。

斎藤　そうだね。何に頼っても腐っていくイメージというのは……。さっき僕はなぜそんなイメージが出てくるのかわからないと言ったけど、医学的な、非常にどろどろした、あまりに現実的で見るもおぞましいイメージとどこか共通するところもあるのかもしれないね。

野崎　フローベールは医者の息子で、父は有名な外科医ですからね。子どもの頃病院に隣接した家で育って、人生のいろんな側面を見てしまったということはあったでしょう。すべてが腐っていくという実感を早々と得ていた人ではあると思うね。

斎藤　そうか。本当に上手くいくのは全部俗物で、ルウルーというのがまた嫌らしいよね。何か新しい品物を買うように仕向けて、金を貸してどんどん利子を稼いで、最終的にはきちんと取り立てる。だけど、ルウルーは悪役なのかな。どうなんだろうね。

野崎　まあ、そうでしょうね。でも誰も罰する人がいないっていうところがね。

斎藤　そうなんですよ。結局エンマは自業自得というかね、そういう泥沼に落ち

(45)「ほとんど…宙に浮いている」ような本　一八五二年一月一六日の手紙。工藤庸子編訳『ボヴァリー夫人の手紙』筑摩書房（一九八六）、一〇一頁。

込んでいっちゃうわけだよね。

野崎　エンマの死についても、伏線として砒素を薬屋の助手がちゃんとしまってなかったということが出てきますよね。はっきりいうとオメーの管理責任が問われてしかるべきで、あんなに簡単にエンマが砒素を手にすることができたということ自体おかしい。本をはじめとして彼女のまわりは毒物だらけなんだ（笑）。ある意味でこれは、エンマ殺人事件みたいなところもありますよね。

†――官能的な比喩

斎藤　それから文体ということでいうと、細部描写もそうだけど、比喩が素晴らしいね。これはロドルフとの密会の場面かな、「彼女の自尊心は、蒸風呂のなかで疲れがほぐされる人のように、この言葉の熱にすっかりあてられてやわやわと伸びて行った」(46)と。

野崎　それについてはジャン＝ピエール・リシャール(47)という、偉大な批評家が、フローベールの人物たちは官能的瞬間にやわらかくなっていく、溶けていくんだと指摘している。斎藤さん、さすがに目のつけどころが違うね。

斎藤　これがものすごく実感としていいよね。それから、なぜこのイメージを使う必要があったのか、これもロドルフとの場面で、「血が乳の流れのように体内にめぐる」(48)と。なんで血が乳の流れのようにめぐるのか。イメージがちょっとエ

(46)「彼女の…伸びて行った」生島遼一訳、二一〇頁。

(47) ジャン＝ピエール・リシャール（一九二二－）　フランスの批評家、文学研究者。『文学と感覚』（一九五四）、『詩と深さ』（一九五五）。作者の意図とは直接関係なく、複数の作品間で反復され

ロチックなんだよ。それからロドルフが駆け落ち寸前で手紙を出してごまかしちゃう場面だけど、エンマがそれを受け取った直後、「手紙は指のあいだで金属板のようにきしんで鳴った」と。だいたいわかるわけでしょう、女が手紙をもらって中身が何であるかというのは。それを「金属板のようにきしんだ」というね。

野崎 駆け落ちを取りやめるところですね。そういう比喩でこちらの胸も突き刺されるような感じがしてくるもんなあ。

斎藤 そうなんだよね。耳学問では知っていたけど、これは素晴らしいなあ。僕はもっと研究してみたくなったね。自分の本棚を整理していたら、これは原文で読んだ形跡があるんだよ。

野崎 おっ、これはまさに僕が学部の頃に読んだフォリオ版ですよ。表紙がなつかしい。

斎藤 一切覚えてないのは、やっぱりフランス語では読めなかったんだろうね(笑)。全然わかってないんだ。だから今回あらためて読んで、これはすごいなと思ったよ。

野崎 斎藤さんを感心させた文章のすごさ。嬉しいね。

斎藤 これだけ考えて、考えて……。おそらくこれは相当計算してるなと思うんだけどね。

野崎 四年半、この一作に打ち込んだ結果なんです。その頃の書簡を読むと、と

る無意識的な主題の生成を読み取ろうと図る、いわゆるテマチック批評を代表する存在と目される。

(48)「血が乳の流れのように体内にめぐる」 生島遼一訳、二一八頁。

『ボヴァリー夫人』のなつかしのフォリオ版

にかく「苦しい」と訴えてばかりいる。必死の努力のなかから生れてきた文体で、しかもテーマがない本を書くんだなんていうことを言っているわけで、ポジティブなテーマはないわけだよね。それをこれだけ練り上げるというのはもともと無茶な話でしょう。でも、逆にフローベールの賭けはそこにこそあった。ネガティブなもの、意味のないものを材料にして、言葉の力でまったく違う世界を成り立たせようということ。それがかなり実現されているよね。

斎藤　そう。これはすごい小説だと思いましたよ。

野崎　ディケンズとの比較でいうと、僕はディケンズの岩波文庫版の挿絵というのが大好きで。ハブロット・K・ブラウン、通称「フィズ」というんでしょうか。デイヴィッドの子ども時代、大人に比べてまだこんなに小さかったんだとか、この愛情に満ちた挿絵のおかげであらためて味わいが増す。ところがフローベールは自分の本に挿絵を入れることを絶対に許さなかったんですね。そこでもスタンスがまったく違う。言葉以外には置き換えられない表現というか、美を求めたということだよね。

斎藤　絵に描いた瞬間に嘘になっちゃうということか。どのイメージとも違うんだろうね。次の『ナジャ』の写真もそうだけどさ、これでいいのかと。

野崎　とにかく、満足だな。斎藤さんを心底うならせるフランス小説がついに登場したということですね。

ディケンズの岩波文庫版の挿絵

IV　二十世紀モダニズムの登場

資本主義のなかの芸術
——E・M・フォースター『ハワーズ・エンド』(一九一〇年)

†——価値観のぶつかる思考の実験

野崎 さて、そろそろ次に行きますか。E・M・フォースター[1]の『ハワーズ・エンド』。

斎藤 粗筋を説明すると、自由主義的な気質を持ったシュレーゲル姉妹と非常に帝国主義的な指向性を持つウィルコックス家がひょんなことで知り合いになって、その関係を深めていくわけですけども、そこにバスト夫妻が参入して、ひとつの化学変化が起こって大変な問題が引き起こされる。けれども、すべての人間関係が新しい平衡状態を迎えて終わる。一貫するイメージとして「ハワーズ・エンド」というものが出てきて、これは田舎の古い屋敷なんだけども、これが人間の求心力というかあるいはイギリスの伝統というか、そういうものの象徴として存在していて、それをめぐっていろんな事件、物語が展開する。そういう話ですね。

野崎 実ははじめて読んだんですけど、面白かった! これは本当にしびれた。

(1) E・M・フォースター(一八七九-一九七〇) イギリスの作家。『天使も踏むを恐れるところ』(一九〇五)、『眺めのいい部屋』(一九〇八)、『ハワーズ・エンド』(一九一〇)、『インドへの道』(一九二四)など。そのほかエッセイと短編小説も多数。

もう読んでいる間じゅう恍惚として、面白くてしかたがなかったですね。アクチュアルな問題をたくさん含んでいて、いま読んでもまったくズレのない議論が展開されていると思う。そもそもこれ読んでいるとき、僕は花粉症の季節到来で体調が目茶苦茶になっていた時期で、作中にヘイ・フィーバー、「枯れ草熱」っていうのが出てくるじゃないですか。登場人物もティッシュが手放せない状態で（笑）、その辺からもうすっかり物語にとりこまれてしまった。

ハワーズ・エンドという田舎の家にやってきて枯れ草を集めているとくしゃみが止まらなくなってしまう。これは自然な環境に適応できなくなっている人間の姿というふうに僕は読んだんだけども、逆にウィルコックス一家の男たちは資本主義の歯車を力強く回している側の人たちですよね。そういう都会人のロジックが田園的なルーツを踏みにじり始めた時代を浮き彫りにしているのかなというふうに僕は勝手に思って、これはいまの自分と一緒だと思って読んだんだけど、とんでもない勘違いだったのかな（笑）。

斎藤　僕はヘイ・フィーバーのところは全然気にならなかったけど（笑）。でも、全編を通じて、イギリスが近代化して自然が滅びゆくなかで、それを一方で守ろうとする人たちがいて、その象徴としてハワーズ・エンドも出てくるわけだけど、その「近代性」と「伝統」との二項対立が軸になっていることは確かですよね。フォースターの小説には必ず二項対立の軸があって、相反するものを繋ぎ止める

E. M. Forster, *Howards End*（1910）の翻訳に、『ハワーズ・エンド』（吉田健一訳、集英社、一九九二）、『E. M. フォースター著作集3　ハワーズ・エンド』（小池滋訳、みすず書房、一九九四）、『世界文学全集I-7　ハワーズ・エンド』（吉田健一訳、河出書房新社、二〇〇八）などがある。

求心力がある。そういう書き方をするので、ヘイ・フィーバーもそれを表すためのひとつのモチーフとして使われている可能性は大いにあるんで、正しい読み方だと思うけど。

野崎　先ほどの斎藤さんの要約で上手な言い方だなと思ったのは、化学変化を起こしているんだと。大きく三種類の人間、家族が出てきますよね。まず資本主義的、帝国主義的といってもいいのかな、そういうばりばりのやり手の家柄のウィルコックス。ウィルコックスというのはウィル（意志）と関係しているのかな。関係ない？　ものすごく意欲に満ちている男たち、というイメージなんだけど。

斎藤　たぶん、そこに目をつけてそういう論じ方をする人がいるだろうし、そんな研究論文もあるような気がするけど。

野崎　大した発見ではないな（笑）。とにかくウィルコックスは男性的な、僕の読んだ小池滋訳では「ど根性」のある人間というふうに出てきて、「ど根性」ってガッツというのかなと思って原書を見たら、そうじゃなかった。グリット（grit）という単語があるんですね。それと対照をなすのがシュレーゲル家。こちらは姉妹が仕切っていて、基本的に女性中心ですよね。非常に文化的レベルが高くて、教養がある。両家の色合いがはっきり分かれている。でも、どちらも上流であり、金持ちであることには変わりない。そこにバストという、ほとんど極貧に喘ぎつつあるような人間を投じることで、まさに化学反応を起こす。

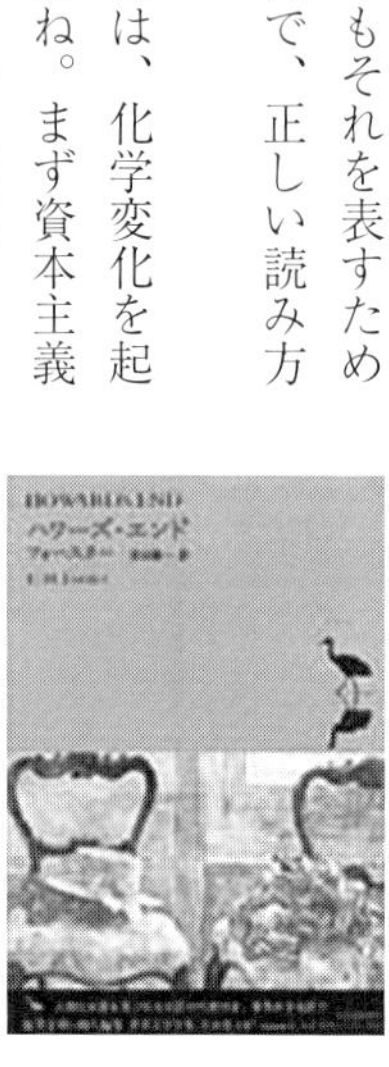

ただ、この小説の欠点というわけじゃないけども、おやっと思ったのは、その三者の出会いがすべて偶然で、プロットのつくり方がやや偶然に頼り過ぎているかなって。特にウィルコックスとバストの結びつきが弱い。バストと同棲しているジャッキーという下品な女が、実はウィルコックス家のある人物の元愛人だったというのが、単に説明づけとして出てくるよね。なんだ、みんな偶然かという感じはある。バストとシュレーゲル姉妹が触れ合うのは、たまたまコンサート会場で隣り合ったバストの傘をヘレンが持っていっちゃったという偶然のなせる業。でも、設定としては非常に都会的だし、現代小説としてありうる設定だとは思いますよ。

結局、そういう設定のわざとらしさを超えた観念性というか、アレゴリー性を備えた小説だと思いましたね。つまり、それぞれの人物が背負っているイデオロギーとか文化的な立場っていうのがはっきり見えますよね。だから、人間同士のドラマであると同時に、大きい価値と価値のぶつかり合いであり、ある種の思考の実験という感じがします。

†——小説に対するアイロニーと信頼

斎藤　そうね。偶然に頼り過ぎているというのはまさにそのとおりだと思うし、それはそれでひとつのイギリス小説の伝統でね。フォースターは二十世紀初期のモダニズムの時代の作家だけども、古い偶然に頼る小説の伝統をわりあい引き継いじゃっているところがあってね。偶然を多用するということでいえばディケンズ(2)のほうがはるかに上だけど、オースティン(3)あたりがたぶんフォースターの直接のモデルじゃないかという気がするわけですよ。フォースター自身が『小説の諸相』(4)という本のなかでウォルター・スコット(5)をこき下ろすわけだけど、一方でジェイン・オースティンを持ち上げる。やっぱりオースティンが彼のなかではひとつのモデルになっていると思うね。恋愛とか結婚というものが物語の中心になっているのもそうだし、やっぱり偶然という仕掛けもそういうところから引き継いでいるなと思いますね。

野崎　ちなみに、スコットをどういう観点からこき下ろすんですか。

斎藤　何か登場人物を描くときに上手く距離が取れていないと。それはどういうことなのかな。確かにその文章だけを読むと、意味はよくわからないんだけども、オースティンのどういうところがいいのかを書いている部分と照らし合わせると、登場人物が上手く描けていないということなんだろうね。確かに、スコットは絶妙な人物描写で読ませる作家ではなくて、やっぱりストーリーの面白さで読ませる作家だから、一人ひとりの登場人物はわりあい平板なんですよ。やっぱり英雄とか、ヒロインとか、レベッカは美しいとか、そういう役回りで出てくるんで、それを批判するのはちょっと酷だと思うんだけども、やっぱりオースティンみた

(2) チャールズ・ディケンズ（一八一二-七〇）イギリスの小説家。本書八八頁以下を参照。

(3) ジェイン・オースティン（一七七五-一八一七）イギリスの小説家。本書一四頁以下を参照。

(4)『小説の諸相』（一九二七）フォースターによる小説論。

(5) ウォルター・スコット（一七七一-一八三二）イギリスの小説家、詩人。本書五四頁以下を参照。

いにもうちょっと人間を冷やかにこっちから見たり、あっちから見たり、そういう見方が浅薄であるということなんだと思うんだよね。

野崎　なるほどね。確かにフォースターの場合、ちょっと距離を置いて見るというのは冒頭の一行から現れていますね。これはちょっとびっくりするような一行目だけど、翻訳では「まずヘレンが姉に宛てた手紙から始めたらいいだろう」となっています。つまり、普通の小説ではこんなこと言わないよね。自分の頭のなかでそう思っても書く必要はないわけで、ある意味では創作者の手の内を見せているとも思える。以下に始まるフィクションに対して最初に距離を設定していると考えていいのかな。

斎藤　そうなんですよ。語り手は妙な距離を取るんだよね。ところどころで介入したりもするし。

野崎　冷やかしたりもするよね。

斎藤　そう。こういうタイプの語り手、特にフォースターに典型的に出てくる語り手をイントゥルーシヴ・オーサー（intrusive author）、「介入する作者」という言い方をするんだけど、あるところでパッと出てきて変な批判をしたり、茶化したりする。これはオースティンに似ているわけ。オースティンもそういうちょっと意地悪なところがある。フォースターのほうがもうちょっと皮肉屋だという気はするけども。だから、さっきの出だしもまさに『高慢と偏見』[6]の冒頭を思わ

（6）『高慢と偏見』の冒頭　本書二九頁（13）を参照。

せる、何かちょっと皮肉を込めた語り手の声が非常に強い。しかも、批判的な目で見ていることを冒頭から宣言しているような一文だと思うね。

野崎　スタンダールの場合もイントゥルーシヴな傾向が目立ったわけだけれど、フォースターの場合はそれが非常に知的な刺激という感覚で、読んでいて心地いいんですね。自分の小説世界に対して、さらにいえば文学、小説自体に関してフォースターはある種のアイロニーというか、皮肉をにじませるけども、そこに破壊的なものはない。どこかまだ信頼関係、信頼が保たれているんだと思うんですよ。そのなかでとことん皮肉な批評精神を働かせてみよう、というふうな姿勢だと思う。これがフランス側のブルトン[7]みたいになるともう正面突破するというか、文学という枠自体も完全に取っ払おうとするような強烈なことになってくるわけだけども、その手前で熟しきった小説の愉しみみたいなものをつくづく感じたわけなんです。

斎藤　ディケンズとはちょっと違うけども、一種の安心感があるよね。それは作者もそうだし、語り口もそうだし、どっか理性を信じているんだなということが随所から伝わってきてね。皮肉は言うけども、茶化すけども、そこに何かひとつのバランス感覚というか、そういうものに対する信仰を持つ語り手だというのが随所からにじみ出てきている。それが醸し出す安定感なんじゃないかなという気がするね。

（7）アンドレ・ブルトン（一八九六－一九六六）　フランスの詩人、批評家。本書一四九頁以下を参照。

野崎　おっしゃるとおりだな。フランスで言ったら十九世紀的な小説が二十世紀に入って爛熟しているっていうのは、やっぱりプルースト(8)でしょう。文体の力からしてもね。たとえばこの作品の冒頭でベートーベンの『第五』を聞いているマーガレットの頭のなかで、宇宙規模で妖怪が戦っているなんていう不思議なイメージが繰り広げられる。そういう言葉の展開のさせ方は、十九世紀小説的なものを、さらに言葉の潜在力を発揮させるようなかたちで突き詰めていったものでしょう。僕はその辺プルースト的だなという気がしたんですよ。

✝——帝国主義と芸術性

野崎　とにかく、伝統的なポジションに踏みとどまりながら、しかも現代的な主題を自在に取り扱って鮮やかに思考を働かせているのが実に新鮮でした。少しでも英語で読みたくなって、このペンギン・クラシックス版を買ったんです。そうしたらデイヴィッド・ロッジ(9)という斎藤さんと縁のある作家の序文がついていて、大づかみにテーマを分析している。キャピタリズムはどういうふうにしたらヒューマンなものになりうるだろうかと。それから不平等な社会において、いかに人間としての尊厳を保って正しい生き方ができるんだろうかと、そういうテーマ。それは確かにそうだと思う。

それにつけ加えるなら、キャピタリズムの社会において芸術とか文学というも

（8）マルセル・プルースト（一八七一－一九二二）　フランスの小説家。七編からなる大長編『失われた時を求めて』（一九一三－二七、五編以降は死後出版）は、二十世紀文学の最重要作の一つとされる。

（9）デイヴィッド・ロッジ（一九三五－）　イギリスの小説家、批評家。小説『小さな世界』（一九八四）、批評『フィクションの言語』（一九六六）など。

のの意義をどういうふうに位置づけられるのか、というのが重要なテーマになっているると思う。たとえばいま文学部や教養学部は日本で何の役に立っているのか（笑）、そういう問題とまさに結びついている気がする。

さらに言えば、扉に掲げられている「オンリー・コネクト」という有名な文句がありますね。マーガレットは帝国主義、資本主義的なウィルコックス家のお嫁さんになるわけだよね。つまり異質な一族とコネクトする。シュレーゲル家のほうは名前からして、イギリス的というよりはドイツ、ヨーロッパ的ですね。ヨーロッパ的な人文主義というか、芸術というものが資本主義にコネクトされると。これはいまの日本でいったら産学協同だな（笑）。われわれの学生の頃「産学協同」なんていうのは大学の堕落以外の何物でもないと言われたものだけど、いまは正反対になっています。これはまさにオンリー・コネクト、産学協同だなと僕は思ったんですけど（笑）。

斎藤　そうか。僕はそれには気がつかなかった。でも、二つの裕福な階級だけど、丹治さんなんかはその経済的な違いを重視した論じ方[10]をするわけですね。僕はこの二つの家族の立場の違いをそんなに鮮烈に意識して読んだことはなくて、むしろ気質の違いだと思ったんだけど。一番大きいのは、ウィルコックス家は帝国インドゴム会社という会社を経営して、自分たちで働いて莫大な富を築く。ところがシュレーゲル家は親から受け継いだ財産を持っていて、公債や株の配当で生き

（10）丹治さん…論じ方　丹治愛「『ハワーズ・エンド』の文化研究的読解——都市退化論と「土地に還れ」運動」、「『ハワーズ・エンド』の文化研究的読解への不満——貧困と帝国主義をめぐる人間主義的問い」、林文代編『英米小

ているわけで、働かないわけですよね。だから、全然資産の持ち方のありようが違うということを丹治さんは非常にはっきりと言っていて、なるほどそれはそうなんだなと思いますね。そういう階級がいわば文学とか芸術というものを楽しむことができる階級であると。ウィルコックス家はまったくそういう感性はない帝国主義的な近代化一本やりの家族。だけど、それと芸術性を持った伝統的なものが結びつくことによって、いわばいい社会ができるんだと。多少そういう希望に満ちた小説ですよね。

説の読み方・楽しみ方』（岩波書店、二〇〇九）一一五－一五五頁。

✝――社会のなかの教養と芸術

野崎　そう思いますね。「富と芸術という上部構造物」というふうに書いてあって、芸術も富があってはじめて享受できるんじゃないか、ということはしきりに出てきますよね。その意味で、僕にとって一番当時の状況がよく感じられたのはバストという人なんですよ。なぜかというと、彼は大変芸術に憧れているわけです。逆に現代では、こういうタイプは想像しにくいだろうなという気がした。彼はシュレーゲル姉妹を見ていて、自分は一日十時間勉強したってああいうふうに教養ある人間にはなれない、絶対的な差がある、教養人は生まれながらにして教養人なんだ、というふうに階級差を即、教養差として受け止めているよね。その背景には、教養というものがある絶対的な豊かさとして受け継がれていた時代があるわけだ。このバストの感じ方は、現代ではもはや失われているかもしれないなという気がしたんです。

斎藤　なるほどね。確かに彼はそういうものに憧れるんだけど、本当に芸術を楽しめるというか、理解できる立場にいるかというとそうではないわけで、まさに地位とか収入とかがそういうものへの憧れにどこかで制限を与えることになっちゃっているわけでしょう？　たとえば音楽会でも傘が、自分の非常に大事な財産の一部がなくなっただけで芸術はもう楽しめなくなって、気もそぞろになっちゃうわけだから。非常に帝国主義的、資本主義的な世界を代表するウィルコックス家と、いわばその犠牲というか、下積みで働いている人間は教養とかそういうものとは無縁の人間なんだけども、しかし伝統的なイギリスの価値観を持った者がそれを救えるんだと。それを救うのが文学的な感性であり、想像力であり、センス・オブ・プロポーション（sense of proportion）なんだと。たぶんそういう原理なんだと思うんですよね。

野崎　シュレーゲル姉妹、特にマーガレットを主人公と考えれば、彼女は一人で十分満ち足りた人生を送れると思っていたわけなんだけども、まったく肌合いの違うウィルコックス、それからバストとの出会いを通して、異質な共同体のほうへ踏み出していくわけだよね。それが小説の動きにもなっている。その動きを支える、非常に肯定的なヴィジョンが伝わってきましたね。

つまり、問題設定は、あとで見るアンドレ・ブルトンの『ナジャ』と意外にもピタリと重なっているんですよ。とにかくマーガレットは日常生活の灰色とか愚劣とか、そういうものと芸術はまったく別物なんだと信じていて、灰色の暮らしに埋没しているバストを助けなきゃいけないと思いこむ。するとウィルコックス氏に言われるんですよ。どうしてあなたはバストの生活が灰色だって決めつけられるんですかと。これは一本取られたなという場面ですよね。

フランス文学の側から見ると、ロマン主義からシュルレアリスムに至る道のりのなかでは、ウィルコックス的な人生とかバスト的な人生っていうのは本当の人生じゃないんだという、前回のエンマ・ボヴァリーみたいな考え方の伝統がある。マーガレットは憐れむべき日常のことを、原文で見ると outer life と言っている。つまり外面的な、精神性の欠けた人生なんだと。そこで人々は電報を打ったり、怒声を発したりしている。telegram and anger とかいうわけなんだけど、この感覚はフランス文学側からもよくわかるんですよ。ところが、その彼女が急速にウィルコックス的世界に接近していくところが驚きなんだよね。予想を覆す、新鮮な展開だった。

斎藤　芸術とか教養というものだけを純粋に信奉しているのはむしろヘレンのほうで、ヘレンはある意味では非常に急進的だよね。

野崎　突飛な行動に出るしね。

斎藤　そう。だけど、それだけではだめだという思いがどこかでフォースターのなかにはあるわけですね。マーガレットのようにきちんと現実もわかって、真ん中に立って、センス・オブ・プロポーションを持って求心力となるものがいて、はじめて教養とか芸術とかが社会のなかで生きてくるんだと。たぶん、そういう信仰があるんだと思うんだよね。それは必ずしもフォースターだけじゃなくて、この時代の作家に共通するテーマだと僕は勝手に思っているんだけども、たとえばキプリング(11)もそうだね。ヴァージニア・ウルフ(12)は特にフォースターと非常に近い関係にあった人だけども、彼ら作家からすると当時の社会の矛盾が非常に色濃く見えて、教養もへったくれもない資本主義が非常に力を持っている。しかも、まだ帝国主義は終わってないわけだから、植民地支配に対する疑問も彼らなりの人道主義的な立場から持っている。

✝――親和力をもった女性

斎藤　しかし、現実として政治があるわけだから、自分たちは作家としてどうしようもないわけですね。そういうときに不思議なのは、彼らがそういう帝国主義を作品のなかで描くときに、それを緩和するものとして出てくるのが親和力を持った女性なんですよ。ウルフのなかでも『灯台へ』や『ダロウェイ夫人』にそういう女性が主要な人物として出てくる。もちろん『ハワーズ・エンド』でもマー

(11) ラドヤード・キプリング（一八六五－一九三六）　イギリスの小説家。『ジャングル・ブック』（一八九四－九五）、『キム』（一九〇一）など。

(12) ヴァージニア・ウルフ（一八八二－一九四一）　イギリスの小説家。『ダロウェイ夫人』（一九二五）、『灯台へ』（一九二七）、『波』（一九三一）など。

ガレットだけじゃなくて、ルースというウィルコックスの死んだ奥さんもそういう親和力を持っているよね。

野崎　そうですね。ルースからマーガレットへと受け継がれる。

斎藤　そうそう。それが『ハワーズ・エンド』のイメージと繋がってくるわけよね。フォースターの『インドへの道』[13]では、ムーア夫人という登場人物が親和力を持っている。そういう作家としての使命感がこういう人物をつくり上げるのかなと、僕みたいにモラルを読んじゃう人間としては思うわけね。

野崎　なるほどなあ。ウルフの『灯台へ』も最近ひさびさに新訳で読んで、あらためて感服したけれど、そのとおりですね。『ハワーズ・エンド』の場合、亡くなったルースという奥さんが驚くべき遺書を残していたわけですよね。その直前まで旦那のヘンリー・ウィルコックスは「決して人に指図されたことのない男」とされていますよね。ところが、決して夫を裏切ることのない従順な妻が、死後ハワーズ・エンドをマーガレットに贈るべしというメッセージを密かに残していたわけだよね。まったく男の理屈では理解できない遺言を残していた。ある意味でそのとおりになっていくわけだから、最終的に女の意志が融和をもたらすんだし、世界を変える力を持っているということになるのかな。

斎藤　そうだよね。しかも、その理由というのが、まあ現実的に考えて説得力をどこまで持つのかわからないけども、少なくともひとつのきっかけになったのは

(13)『インドへの道』(一九二四)フォースターの代表作。写真はデイヴィッド・リーン監督による映画(一九八四)。

シュレーゲル姉妹が家を追い出されるということだよね。自分が生まれ育った家から出なくちゃいけないというのはいかに悲しいことか、とルースは言うわけ。かわいそうにとマーガレットに同情して、それがひとつのきっかけだった。そしてマーガレットという人間を信頼し、脈々と受け継がれてきたイギリスの伝統と精神性を象徴するようなハワーズ・エンドをマーガレットに託した、という読み方を僕はするんだよね。

野崎　その説明はじつに腑に落ちるな。そして『灯台へ』と合わせて考えると、イギリス小説はモダニズムの最高の作品においてもなお、「家に戻っていく」というのが大切なテーマなんですね。

――イギリス的な男女の仲

野崎　ただ、もうひとつだけいちゃもんでもないけれど、スタート地点ではマーガレット・シュレーゲルとヘンリー・ウィルコックスのあいだにはかなりの隔たりがありますよね。ヘンリーは五十歳ということになってたっけ？　僕らとちょうど同じ年なんだよね（笑）。その前にはエンマ・ボヴァリーのお父さんが五十歳で、あの人は「おじいさん」と呼ばれていた（笑）。『ゴリオ爺さん』の下宿の婆さんも読み返してみると五十歳で、相当衝撃を受けました。斎藤さんも五十歳でしょう？

斎藤　ついこの間なった（笑）。

野崎　考え方だけでなく年齢もずいぶん離れている二人が結婚に至る部分は、意外と淡く描かれているという気がしませんか。

斎藤　ええ、確かにね。

野崎　おそらく肉体的な要素も含めての魅力っていうものが相互に働いているはずなんだけども、そこはあっさりしているよね。

斎藤　ほんとですね。特にヘンリーのほうから見たマーガレットなんてね。マーガレットは二十九か三十歳くらいの設定なのかね。二十歳は離れているわけだから本来すごくエロチックな目線で見ているはずなんだけど、それはないよね。

野崎　ええ。突然キスしたりするけど、それはいかにもぶきっちょで、官能的な高まりを感じさせないシーンだから。その辺もイギリス的なんですか（笑）。

斎藤　うん、イギリス的かもね。

野崎　しかも、そのあとで出てくる、さっき少し触れた、汚れた女ジャッキーの使い方はやっぱりディケンズ流かなと思うんだけども、彼女は一体何者なのか。その辺かなりベールが掛かっていますね。娼婦というわけではないよね？

斎藤　確かキプロスにいたんだよね。ヘンリーは外国にいたときにすごく寂しくて仕方がなかったから、たまたまそのとき非常に貧しくてお金に困っていたジャッキーを買ったということなんだろうね。娼婦を商売にしているわけではないと思うけどね。

野崎 でも、彼女が最初に登場してきたときから、その描写は「簡単に言ってしまえばまともな女ではない」と書いてあるんですよ。いきなり、すいぶん決めつけるなという気がしちゃう（笑）。とにかく不思議なのが、マーガレットとヘンリーの結婚に至るまでの過程があまり書かれていない。会話はしていますよ。で、会話は味わいがある。さっき見たとおりヘンリーが意外なところで一本取ったりするし、そこはいいんだけども、二人でお昼か何か一緒に食べに行くところがあってね。羊の股肉などというものを食べるんですよね（笑）。saddleという英語になっているんだけど、その肉が何か妙にエロチックというか、そういうところに身体性がシンボリックに描かれているんでしょうか。

斎藤 いやー、そこまでは考えていないと思うけど。

野崎 だめ？　ああそう（笑）。とにかく意外な淡さがまた上品で、美しい印象を与えますね。

✝——"towards end"

野崎 あと、海の描写が何回か出てきて、最初のほうでマーガレットが、自分たちは島に住んでいるんだという場面がある。(14) そこまではあくまで比喩だったのが、物語の流れの中で、次第に本当の海に浸されてくる。結婚の話が持ち上がって、

(14) 自分たちは…場面 「『私たちはお金という島の上に立っているのですわ』」小池滋訳、九一頁。

入り江の潮の満ち引きを見ながらずっと話しますよね。あそこは何とも言えず美しくて、感動的ですね。

斎藤 やっぱりそういう比喩はすごいね。

野崎 もちろん、丹治さんの分析のような社会的な背景は非常に大事だと思うし、かなりの部分で説明がつくんだけど、あとはやはり作家の文学的感性だと思うんですよ。入り江の場面なんか、ほとんどコスミックな感性ですね。地球の潮の満ち引きというものとヒロインたちの運命の満ち引きみたいなものが見事にコネクトされている。

斎藤 そうだね。センス・オブ・プロポーションのイメージもそうだし、すごく静かな流れとか動きを感じさせる小説で、これはもう少し細かく文体分析してみないといけないんだけどね。それから、最後のほうにいって、これは僕の勝手な読みかもしれないけど、towards 何とかとか、end という言葉がたくさん出てくるんですよ。目的に向かって、最後に向かって予定調和的に、大した場面ではないけれども、何かに向かっていっている方向性が現れる。ほかの批評家は誰ひとりそんなことを言ってないけど、『ハワーズ・エンド』というのは“towards end”ということで、語呂になっているんじゃないのかなと思う。

野崎 それは素晴らしい……。

斎藤 僕は昔、この小説のなかの「コネクト」(connect)という言葉、全部数えたからね。いまみたいにデータベースがないから。

野崎 へぇー、ほんと！　大学に入ったらこういうものをこそ読んで、これまで英語を勉強してきて本当によかったなあという気分をたっぷり味わうべきだったのに、僕はそういうことを駒場の学生だったころしなかったのがいまさらながら残念です。まあ駒場の英語教育もいまいろんなことあるんだろうけど、『ハワーズ・エンド』のペンギン・クラシックス版を各自に持たせて、授業なんか半年後くらいから始めればいいんじゃないか。みんなこれを読んできて議論したり、これについて英語で作文書いたり、そういう授業があったらどれほどよかったかと思う。遅ればせに傑作に出会ってしまった興奮に浮かされて言うんですけれど。

斎藤 ああ、いいこと言ってくれた。これは絶対使わなきゃだめだね。

野崎 もったいないですよ。こんなに素晴らしい富があるのに、それに気づかずにただコミュニケーションの道具としてだけ英語を勉強するのでは物足りない。

斎藤 そうだね。

野崎 英語が読めたらこういう世界にコネクトできるんだからね。僕もこうなったらフォースターのほかの作品もみんな読みたいと思う。本当なら英語で読めるといいんだけど。

斎藤 でも、読めるじゃない。読んでくださいよ（笑）。

野崎 それがなかなか……（笑）。

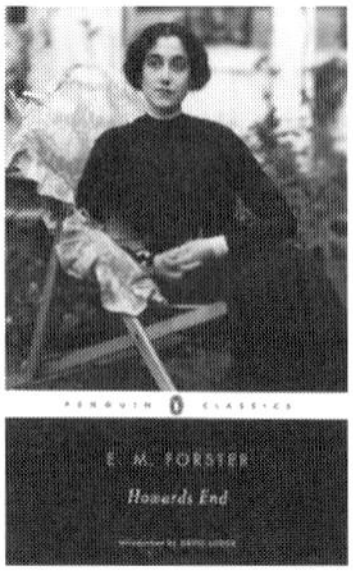

『ハワーズ・エンド』
ペンギン・クラシックス版

生活に介入する芸術
——アンドレ・ブルトン『ナジャ』(一九二八年)

†——小説のジャンルをはみ出すテクスト

野崎　では、一気に『ナジャ[15]』に行きましょうか。フォースターについて「モダニズム」という言葉を使いましたよね。二十世紀になるとモダニズム的な文学の大きい運動が起こってくるわけですが、フランスの場合はさらにそれがアヴァンギャルド[16]というかたちで前衛運動としての自覚が先鋭化する。その方向性として二つほどあると思うんだけど、ひとつは集団的活動であるということなんですね。もうひとつはマニフェスト(宣言)を出して、政治運動のような目的を掲げたものとして成り立たせると。その代表がシュルレアリスム[17]、それを率いていたのがアンドレ・ブルトンということになるわけですね。

シュルレアリスム自体については詳しく言っている余裕がないので、『ナジャ』にすぐ入ると、一九二八年だからブルトンが三十二歳のときに出した、「小説」とは言えない、何とも呼びようのない不思議なテクストなわけです。フォースタ

(15) アンドレ・ブルトン(一八九六―一九六六)　フランスの詩人、批評家。『シュルレアリスム宣言』(一九二四)、『ナジャ』(一九二八)など。

ーと対にして話をするには、文体の香り高さや小説の完成度という点ではやっぱりプルーストだろうとは思うけれども、僕としては同じ時期にこういうことが起こっているということはやっぱり見ておきたいという気持ちがあって。この辺からフランスの文学に何とも呼びようのないテクスト、というのがいろいろと出てくることになるわけなんですよ。「小説」というジャンル自体を大きくはみ出す、あるいはそれを否定する。もう少しあとになると、「反小説」（アンチ・ロマン）や「新しい小説」（ヌーヴォー・ロマン）(18) というような動きも出てくるけど。

『ナジャ』について簡単にいえば、端的に「私」＝ブルトンと読んでもここでは許されると思うんですが、ブルトンが十月の初めに何もすることなくパリのラファイエット通りをぶらぶら歩いていた。以下、地名も明確にあげられていて足跡がたどれるようになっているわけですが、ギャラリー・ラファイエットという大きなデパートやオペラ座近くの通りですけど、そこをぶらぶら歩いていたら、向こうから非常に不可思議な様子をした若い女性がやってくる。で、言葉を交わして一緒にカフェで話をする。その女が「ナジャ」と名乗るわけですね。ロシア語で「希望」という単語の始まりだから、自分は好きでこのナジャという名前にしているんだと。その辺から読む人によっては、なんだか危ない女だなっていうことになるかもしれないけど、ブルトンはその女性にたちまち魅かれて、それから十日間くらい、毎日のようにランデヴー（約束）を交わしては一緒にパリを歩

André Breton, *Nadja* (1928) の翻訳に、『ナジャ』（巖谷國士訳、岩波文庫、二〇〇三）などがある。

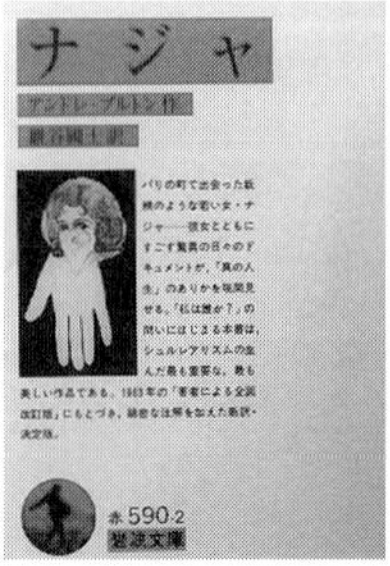

(16) アヴァンギャルド　「前衛」を意味するフランス語名詞。英語でも名詞、形容詞として用いられる。もともとは軍事用語だが、十九世紀後半以降、一方では共産主義的政治運動、他方では芸術上の革新運動を指す言葉となった。

(17) シュルレアリスム　一九二〇年代、ダダイズムに続いてフランスに興った芸術運動。既成の美学・道徳の桎梏を打破することで、無意識の解放、およびブルジョワ社会の変革を目指した。超現実主

いてさまざまな不思議な事柄を体験するんです。
　ある日、ついにパリの郊外まで出かけて一夜をともにするわけですけど、そこでふっつりと日記体の文章が途切れ、しばらくすると二人がまったく理解し合えなくなってきたということが明かされる。そして、ナジャは精神病院に入れられてしまい、もうブルトンの手の届かない存在になってしまう。そのあと一番最後に、今度は突然「君」に対する呼びかけが出てくる。ナジャを指しているのかと思うとそうではなくて、まったく別の新しい女性がブルトンの前に出現し、その女性への呼びかけで終わる、というテクストですね。

斎藤　これは私に言わせれば、『ナジャ』というより「なんじゃ、こりゃ」ですよ（笑）。どう理解していいのかよくわからない。まず最初の「認識論」みたいな部分がわからない。

野崎　ナジャ登場以前の部分[19]ですね。

斎藤　ええ。これ、本当にわからない。文によってはすごく意識を集中させて読もうとするんだけど、どうもピントが合わないんですよね。ここでも「ピント合わせほどにむなしくはない目標をかかげながら」と言うけど、全然ピントが合わないような感じで読みましたね。でも、ここはきちんと分析するとわかるのかな（笑）。ナジャ登場以前は全然わからない。ナジャが出てきて少しわかるようになったんだけども、この二人の関係……。

義。

（18）「反小説」（アンチ・ロマン）や「新しい小説」（ヌーヴォー・ロマン）　前者はナタリー・サロートの小説『見知らぬ男の肖像』（一九四八）の序文で、ジャン＝ポール・サルトルが用いた呼称。以後、「新しい小説」（ヌーヴォー・ロマン）とほぼ同義で用いられた。

（19）ナジャ登場以前の部分　巖谷國士訳、七‐六九頁。

つまり、何がわからないのかというと、一方で非常に即物的で現実的な描写があって、一方で非常に不可思議なことが起こるんだけど、それは決して不条理ではないんだよ。カフカとは違う。だけども、現実にはありえないようなことを現実に起こったことと信じさせる書き方だよね。つまり、いきなり虫になるとかっていうようなことは絶対起こらないんだけど、こんなこと普通はないだろうと思いながら作者の言葉を信じていくしかないところがあって、こんなこと本当に体験したんだろうかと。もちろん、注だと実際にあった話だっていうんだけども、どこかを歪めて繋げないとこんな話にはならないよね。

野崎　その斎藤さんの話、まさしくこのテクストの核心に触れていると思う。つまりカフカではない、虫に変身するというような非現実の話で、それでぶっ飛ぶというのではないと。シュルレアリスムの考え方についてブルトンが一番言葉を尽くして言っているのは、それは超自然とか、現実の彼方、超越的な何かとか、そういうものでは決して無いんだと。つまりエンマ・ボヴァリー(20)が逃げようとした現実のなかにこそまさしく超現実があるんだと。だから、斎藤さんがこんなことがあるのかと言った、そういうことがまさに起きたんだとブルトンは断固言い張るはずだと思う。それが崩れたら、このテクスト自体意味がなくなってしまうよね。

(20) エンマ・ボヴァリー　フローベール『ボヴァリー夫人』(一八五七)の主人公。本書一〇九頁以下を参照。

†——日々に何かをもたらすシュルレアリスム

野崎　逆に言えば、ナジャはいわばブルトンに取りついて、しかもはかなく消えていくわけですけども、その尋常でない十日間をそのまま提出しようとした本であって、少なくとも僕にとっては、だからこそ魅惑の体験だった。高校の頃ブルトンを読まなかったら仏文に進んでいたかどうかわからない。それくらい、空前絶後の一冊だった。でも、斎藤さんもこれまでこんな本に出会ったことがないという感触は共有してくれたんじゃないかな。

斎藤　それは出会ったことないですよ。イギリスにもメタフィクションなんていうのはありますよね。語り手が途方もないことを喋るという点では『トリストラム・シャンディ』(21)があるし、あるいは二十世紀後半に入ってからだと『フランス軍中尉の女』(22)に始まるメタフィクションの系譜があるよね。だけど、どこかでそのなかにすーっと入って行ける仕掛けがあって、ひとつの約束事のなかで小説自体を問題化しているなっていう感覚はあるんだけど、『ナジャ』の場合はこっちでピントが合っているようであり、しかしそれでこっちを見ると見えないというね。だから、どこに焦点を合わせて理解したらいいかわからないテクストというのははじめて。それだけに衝撃的でもあり、ものすごく面白かったよ。

野崎　僕が昔取りつかれた一番の要素は、いま斎藤さんが言ったようなメタフィ

(21)『トリストラム・シャンディ』(一七六〇－六七)　イギリスの小説家ロレンス・スターンによる喜劇的小説。

(22)『フランス軍中尉の女』(一九六九)　イギリスの小説家ジョン・ファウルズの小説。

クション的ではないかたちで、フィクションの彼方というか、むしろフィクションの手前かな。そういう可能性を示したということだと思うね。逆にいえば、もう文学は問題じゃない、生きることが問題だと。実際の自分の日々に何か起こるのでなければ満足できないというか、それでこそ意味があるんだと。生活に何かをもたらすための運動なんですね、シュルレアリスムというのは。

ブルトンとしては『シュルレアリスム宣言』[23]という本を一九二四年に出して、とにかく日常を変革するためにいろいろ手を尽くすわけです。『宣言』には「精神の最大の自由」とか、「狂気にまで接するような想像力の賞揚」といった言葉が踊っていて、夢や不可思議なものへの希求がそれこそ錯乱的な、しかもピントの見事にあった文章で綴られているわけだけど、それが現実化した一番の出来事はやっぱり『ナジャ』なんだと思いますね。作者が自分の作品世界を育てて、登場人物を上手く膨らませていって書くとかというのとはまったく次元が異なる……。自分の意識を超えたところで、外の現実から「介入」してくるものを求めた。

ひとつだけ『宣言』との関係で言っておくと、『宣言』のなかで、たとえばヴァレリー[24]の言葉を引いて、ヴァレリーは若い頃ブルトンが先達と仰いだ人なんだけど、自分に関する限り「侯爵夫人は午後五時に外出した」などと書くことはきっぱりと拒みたい。つまり、大抵の小説は「侯爵夫人は午後五時に外出した」と

(23)『シュルレアリスム宣言』(一九二四) 運動としてのシュルレアリスムの出発を告げた、ブルトンによる著作。

(24) ポール・ヴァレリー(一八七一－一九四五) フランスの詩人、作家、評論家。小説に『ムッシュー・テスト』(一八九六)、詩

いうような言葉で書かれているわけだけども、その虚しさには耐えられないと言うわけです。あるいはやはり『宣言』のなかで『罪と罰』(25)の一節を引用してから、これは読み飛ばしを許されたいと言うわけ。こういうのは時間の無駄遣いだと。人生において真に思いがけない出会いが待っているのはこんな場所ではない、というふうに言うわけなんだよね。それなら一体、どうするの？　というひとつの答えが『ナジャ』なんだろうと思うんですけど。

斎藤　うーん。確かにものすごく濃いよね。だから、これが現実だったらものすごく濃い十日間だという気がするね。さっきの不条理ということとの関係で言うと、不条理だと割り切っちゃえば不条理として楽しめるのかもしれないんだけど、これ本当に起こったんじゃないかと思わしめるところがあってね。どうなんですか？

野崎　僕なんかあたまから信じて、まったく疑いを抱かなかった。作りごとなんじゃないかと疑う斎藤さんの姿勢自体が驚きというか、不意を突かれた（笑）。

斎藤　それが僕なんかからすると、フランスだからあるのかなっていう気になる（笑）。だって、ナジャとはじめて会っていきなり声をかけたわけでしょう？　普通そんなことないから（笑）。

野崎　誰かに紹介されない限り、知らない人とは口も利かないというのがイギリス人のジェントルマンだとよく言われるけどね（笑）。

に『若きパルク』（一九一七）、評論集に『ヴァリエテ』（一九二四－四四）など。

（25）『罪と罰』（一八六六）　ロシアの作家ドストエフスキーによる長編小説。

斎藤　それとナジャがある駅の改札で新しい二フラン硬貨のお釣をもらって、それを両手に挟んで、いきなり切符切りの駅員に向かって「裏か表か」と問いかけたと（笑）。でも、フランスだからあるのかなとかね。

野崎　なるほど（笑）。意外なところから攻めてきたな。

斎藤　それとか、どこかで食事をしているときにそこのボーイがナジャに見とれて、ナジャのところに来ると次々に皿を割ったりする。しかも、ここがリアルでしょう？「十一枚もの皿がこわれることになる」と（笑）。そんな十一枚も立て続けに皿割るなんて、普通そんなことないだろうと。これ誇張なのか、実際にあったことなのか知らないけど、そういうところからまず楽しいわけですよね。

野崎　そうか。実はいろいろと文学的な仕掛けが凝らしてあるところもあるのかな。

†──パリ小説の極致

野崎　月村辰雄さんが『恋の文学誌』[26]という本を書いていて、十二世紀以来いろんな妖精が騎士道物語なんかに出てきて人を惑わしてると。月村さんみたいな中世文学の専門家が読むと、ナジャもその妖精の化身のひとつに見える。こちらが油断しているところにぬっと顔を出し、出会い頭に心を奪うというのはまったくあつらえたような妖精の登場の定式である、とおっしゃるわけですね。

(26) 月村辰雄『恋の文学誌』(筑摩書房、一九九二)。

中世文学に無知な人間からすれば、まさに斎藤さんが言ったように、こういう出会いはパリでしかありえないだろうと思ってしまう。パリの街というのは歩いているだけでこんな不思議な事態が次々と起こるようなところなんだなあと思って、それでフランス文学への憧れもつのったわけですよ。

斎藤　そう。僕のなかにもパリへの憧れが出てきたんですよ。やっぱりパリだったなあというね。

野崎　だから、これはある意味でパリ小説の極致。『ゴリオ爺さん』[27]もそうだけど、どうしたってみんなパリですね。特にこの本は通りの名前もちゃんと書いてあるし、建物の写真もあるし、いまでもある銅像とか建物がいっぱい出てくるわけで、要するに「妖精の都パリ」ですよね。

斎藤　そうか。なんかフランスに行きたくなってきたな（笑）。

野崎　ナジャ自身、街が一番好きなんだって言うよね。フランス語で言えばla rueで、意味としては「通り」なんだけども、パリのrueっていうのはやっぱり特別なんだっていうのが強烈にアピールされている。だから僕はこのなかに出てくるサン・ルイ島のあたりとかをよく歩いたけど、でも何も起こらないんですよ（笑）。

　そんな経験をへて考えると、ある意味ではシュルレアリスムは失望の始まりなんだよね。ナジャは希望の始まりですけども。逆に言えばシュルレアリスムとい

（27）『ゴリオ爺さん』（一八三五）バルザックによる小説。本書七一頁以下を参照。

マジャンタ大通りのスフィンクス・ホテル（『ナジャ』所収）

うのは始まりの天才なんですよ。始まりをつくるのは素晴らしく上手い。あるいはマニフェストの天才だよね。「精神の最大の自由」とか、「欲望をアナーキーに保つ」とかそういうことを言われただけでこっちは若い頃はかーっと燃え上がってね（笑）。『シュルレアリスム宣言』では有名な「オートマティスム」というのが提唱されているんですよ。意識のコントロールを突破するにはペンを持って無意識の書き取りをやると。それがオートマティスム。それで書いたのが『溶ける魚』[28]だということになっているんですね。これを読んで、さっそく僕は友だちとやってみましたけど、読むに値するものは何ひとつできない（笑）。でも、そういうふうに誘い込む力にはすごいものがあると思いますね。

斎藤　ナジャのデッサンなんかもある意味でオートマティスムなのかもしれないね。わけわからないけど、普通に見たらね。でも、何も考えずに人間の欲望をたどってものを書いたらこんなふうになるのかなと思わしめる力はあるよね。たぶん、これは本人が描いたものなんだろうし。

✝——ナジャという謎の存在

斎藤　ただ、ひとつ物足りないというか、これは専門の研究者はどう考えるかわからないけど、イギリス的な考え方からするとナジャの人物描写というか、ナジャがどういう女なのかがいまひとつわからない。妖精みたいにふわふわしていて、

（28）『溶ける魚』（一九二四）ブルトンの『シュルレアリスム宣言』に併収された自動記述による詩的テクスト。『宣言』は当初、この作品の序文として構想された。

ナジャのデッサン
（『ナジャ』所収）

即物的、肉感的には出てこないよね。写真は本人なんですか？

野崎　もちろん、断言はできませんよね。僕もその写真を見るときは、何か不安な気持ちになってしまう。

斎藤　だから、これは逆にほしくなかったんですよ。

野崎　「羊歯の目」というキャプションの入ったやつですね。いやー、これは一番心惑わす写真だよなあ。

斎藤　僕は逆にこれがないほうがいいんじゃないかなと。つまり、どうせならあくまで謎の存在としてね。ここだけ見ちゃったために……。ほかのところでもそうなんだけど、写真とテクストとのギャップの面白さがあるところはあるけど、ナジャは最後まで謎の存在でいてほしかった。

野崎　でも、これは目だけだから、本当の顔はわからない。ブルトン自身の肖像写真は最後に麗々しく載っているけど、ナジャの完全な肖像写真は載ってないですよね。「すべてガラスの家に住むのが自分の考えだ」「扉を開け放った書物にしたい」と言っているわりには、ナジャに対する神秘化は強力ですね。

　僕は若い頃、ブルトンたちの運動、彼らのグループとしてのあり方にとにかく憧れて。きら星のごとき若きスターたちが結集していたわけですよ。画家ではエルンスト[29]やダリ[30]やタンギー[31]、映画でいえばブニュエル[32]みたいな人まで入ってくるわけで、圧倒的な才能の持ち主たちがこうやってパリの街で冒険を求めてやって

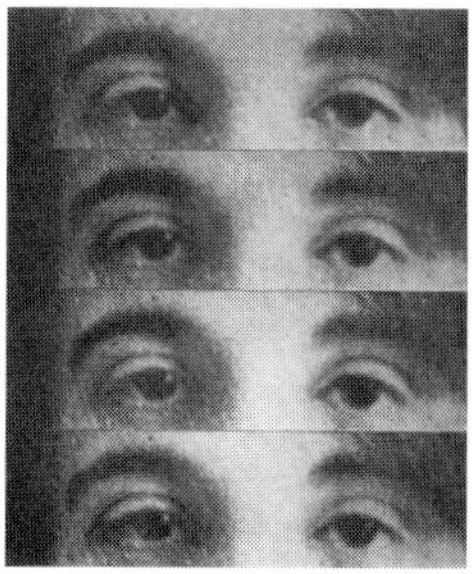

ナジャの写真（『ナジャ』所収）

（29）マックス・エルンスト（一八九一－一九七六）ドイツの画家、彫刻家。ドイツでダダイズム

いたんだなと思うと、もうたまらないものがあったわけ。

ただ、研究が進めば進むほど、ある意味で脱神話化を促すことになる。これは巖谷國士さんの解説[33]でも触れられていますが、ナジャの手紙というのがいろいろと出てきたらしい。この作品の中で、あるとき彼女が「アンドレ？　アンドレ？」と呼びかけて、「あなたはあたしのことを小説に書くわ。きっとよ。いやといってはだめ。気をつけるのよ。なにもかも弱まっていくし、なにもかも消えさっていくんだから。あたしたちのなかの何かがのこらなければいけないの[34]」と、『ナジャ』という本の成立を予告するようなことを言う。最初に読んだときは鳥肌の立つような思いがしたよね。それこそ妖精が囁いているような、「私は消えていくけども、あなたはきっと私のことを小説に書くわ」という感じ。

ところが実際に、ナジャは本の原稿の一部を読んでいるんですね。ブルトンがナジャに読ませたら彼女はひどくショックを受けて、こんな「報告書」は全然期待してなかったと。要するにナジャの目から見たら、それこそ妖精物語みたいな素敵なヒロインと恋人というふうに書いてほしかったんだろうけども、まったく期待外れだと。だから、これは徹頭徹尾ブルトンの本なんですよ。現実のナジャはブルトンの欲望というか、彼の哲学というか、その刺激剤としての存在だったのかもしれない。

斎藤　そうか、なるほどね。確かにナジャは謎めいた存在で妖精みたいで、肉感

に加わったのち、パリのシュルレアリスムに参加。コラージュによる小説『百頭女』（一九二九）など。

（30）サルバドール・ダリ（一九〇四‐八九）スペインの画家、芸術家。マドリードの美術院で学んだ後、パリにてシュルレアリスムに加わるも三八年、除名される。「偏執狂的批判的方法」と自称する方法にもとづき、超現実的世界をリアリスティックに描き続けた。おもな作品に「記憶の固執（溶ける時計）」（一九三一）、「ナルシスの変貌」（一九三七）など。

（31）イヴ・タンギー（一九〇〇‐五五）画家。まったくの素人として描き始めた絵が、ブルトンに絶賛される。一九二六年にシュルレアリスム運動に参加した後、三九年にアメリカへ渡る。海底のような仄暗い世界に独特なオブジェが生成、増殖していくさまを終

的なところがあまりないよね。唯一僕がそそられたのは、これはブルトン自身の注の部分[35]なんだけども、長い注で、あっ、こういう女性だったのかとここではじめて僕は気がついたんだけど、車を運転しているときに果てしなく長いキスをして、木にぶつかってもいいからと相手に乗っかかってくるという、ここは素敵だな。だって死ぬかもしれないんだからさ。

野崎　素敵だよね。だから、ナジャは常にブルトンを上回っているんですね。「私はそのような誘惑にどんな場合にもますますさからえなくなっている自分を感じる」というブルトンの言葉は、ある意味では腰が引けている。逆らえないならそうすればいいじゃないかと思うけど、そうはできない自分がいるわけだ。でも、最後に「愛については、もしもあらゆる必要条件がそろった場合」——やっぱりちょっと回りくどいんだけど——「私にとって、あの夜のドライヴを再開することだけが問題になりうるだろう」とある。格好いいなあって、やっぱり僕はしびれちゃうんだなあ（笑）。

斎藤　いいよね、ここの注は特に。ここはちょっとそそられたよ。

野崎　本当に素晴らしい。確かにナジャの肉感性というのはないかもしれない。そういう意味ではブルトンの書き方は純情ですよね。ただ、最初出てくるとき、ナジャは乱れた姿で登場するでしょう？　髪の毛も乱れて、化粧も途中で終わっている。それはやっぱりしどけないよ。それが十月四日で、翌日に会うと別人の

生、描き続けた。作品に「個の増殖」（一九五四）など。

（32）ルイス・ブニュエル（一九〇〇－八三）　スペインの映画監督。ダリとの共同監督による短編『アンダルシアの犬』（一九二八）など実験的な作品を発表。四七年にメキシコに移住し、低予算商業映画を多く撮った後、ヨーロッパに戻り、『ビリディアナ』（一九六一）や『昼顔』（一九六七）といった傑作で健在ぶりを示した。

（33）巖谷國士さんの解説　巖谷訳、三二一－三二二頁。

（34）「あなたは…いけないの」同書、一一八頁。

（35）ブルトン自身の注の部分　同書、一七八－一七九頁。

ようにきれいにしているんだよね。十月六日に会うとまた乱れている（笑）。その辺の気の許せなさみたいなものが魅力的だと思いましたね。

✝——人生の意味は労働ではない？

野崎　彼女が貧しいということも事細かに書かれていて、これは昔読んでいたときある意味で見ないようにしていた気がするけども、要するにナジャはもう食い詰めているんですよね。体を売るか、さもなければ、というところに追い詰められていることが端々に出てきている。ついついこのディテールを忘れてしまうんだけど、それでブルトンがお金を渡すんです。差し当たって幾ら必要なんだと聞いたら、五百フランとか言って、その次に会ったときにその三倍のお金を渡す[36]わけなんですよ。そうすると、これはお金で繋がれた関係でもあるんだよね。そういうところはさっきのフォースターの作品において、シュレーゲル家の姉妹に対する貧しいバストみたいな要素をはらんでいますね。

このなかでブルトンは「労働というものの価値は自分は一切認めない」と書いています。それは言い過ぎだろう、とも思うんだけれど、人間が本当に求めるべき人生の意味というのは労働ではないんだと。たいていの人はそう言われたら困るよね。特に日本人なら、自分はやっぱり仕事が生き甲斐ですからとなる。でもブルトンに言わせれば、それは逃避なんだろうね。そうではなくて人生にはまだ

(36) 差し当って…お金を渡す　同書、一〇九頁。

まだ汲み尽くせぬ不思議なものとか出会いがあって、それをこそ求めろということになる。
斎藤　格好いいね。いまの若者たちがそれに憧れてフリーターになって、結局定職に就けずに路頭に迷う、ウィルコックス家の勝利ということになるのかな。ルウルーの勝利とかさ。それでいいのかと。
野崎　うーん。そう言われると困るんだけど、でもフリーターが人生を充実させる秘密はここに詰まっているとも言えるんじゃないの（笑）。
斎藤　そうだね。決して悲劇でも何でもないからね。そして最後に、非常に不思議な言葉だけど、「美は痙攣的なもの[37]」と言うわけだよね。目の前に美しさがあって、そこにある美は最後まで破綻しないわけじゃない？　そういう魅力は最後まできらきらしているんですよ。だから、僕なんかは読んでいてわからないところもあるけど、どこに焦点を合わせて見たらいいかわからないものがきらきらきらきらしていて、しかしぱっとこっちを見ると写真があって、非常に即物的にわかりやすいなという、その眩さですね。
野崎　たぶん、その眩さというのは物語としての整合性を求めてないから出てくると思うんですよね。たとえば、ナジャが「一分たつといま暗い窓が赤く光るわ」とか言って、一分たつと本当に光ったとかいうのが出てくるよね。それには一体どういう意味があるのかという説明はない。それから噴水を見てね、あの噴

（37）「美は痙攣的なもの」同書、一九一頁。

水は何とかって魔術的なことを言い出したり、パリは地下道が全部繋がっていてとか言い出すじゃない。その一瞬一瞬に幻惑されるんだけども、それらを全部繋ぎ合わせて、なにかそこに宗教的なものが出てくるとか、哲学的なものが出てくるということはないですよね。

ただ、ブルトンの言葉でいうと、それは全部信号なんだよね。彼にとっては、現実のなかにいっぱい超現実の信号が瞬いているわけなんだ。それを見逃すなと。見つけてどうなるものでもないって言われると困るんだけども、でも信号は確かに光っているんだなという感覚を一度与えられてしまうと、いいなあと思ってしまうんだよね。

斎藤　そうすると、そういうのが見えちゃったりするのかな。

野崎　残念ながらなかなか見えないからこそ、僕の場合、憧れが強まってしまうんでしょうね。ブルトンにはこのあともいろんな出会いがあって、斎藤さんはいよいよ呆れるかもしれないけど、街角で突然話しかけたりしてまた始まっていくわけだ。彼の散文四作は全部そうなんですよ。前の女性と別れたところから始まって、また新しい女性との出会いがある。自分が昔書いた詩と同じ状況のなかでいま彼女と歩いているじゃないかとか、そういう神秘的な展開が語られていくわけね。ただ、それでも女性の名前をつけた本は『ナジャ』だけなんですよ。ブルトンはここまでナジャに執着して、『ナジャ』というタイトルの本を書いた。ある意味で彼の理論を超えた存在だったからだと思うんですね。

読み返してつくづく思ったのは、ブルトンはナジャと会っても本の話ばっかりするんですよ。ところがナジャは素直にパリの街に感応して、周りのものと交流し合っている。ブルトンはやっぱり頭でっかちですよ。それがよくわかるように書けているところが、男の物語として感動的だと思いました。

僕も若い頃、『宣言』にいかれたんだけど、『溶ける魚』のほうはその実践編なわけですね。これははっきりいって愛読するというところまでは行かなかった。実際、オートマティスムで書かれたものは研究者以外はあんまり読まないのではないかと思う。ところが、ナジャはブルトンがこの本を手渡したら、いきなり一番最後の実践編のところだけ見たって書いてあるわけ。これはやっぱり偉いなと思って。ナジャは理屈は求めていないんですね。解説は求めていない。彼女こそは生きた作品であり、人生のなかでシュルレアリスムを実践していた。だから、やっぱりナジャは感動的だなあ。そのあと彼女が精神病院で一生を終えたということがいまではわかっているけども。

斎藤　そうなの。いやー、すごい。とにかくこんなの見たこともない。

✝——誘いとしての写真

斎藤　だけど、この写真の意味ね。なぜこれを載せるのかと。後ろの解説文でも、本来は小説ではないとか、最終的に小説であるかのような書き方[38]をしているよね。
野崎　その場合だったら、私小説ということになるよね。
斎藤　だから、そういうものとして形にとらわれて読んでしまったときに、どうもこういうものを見ると……。たまにメタフィクションのなかに絵とか図とか、変な記号があったりするけども、これはどういうつもりだったんだろうね。
野崎　ひとつはさっきも言ったように、ドストエフスキーの描写でさえ読み飛ばすべきだというくらいだから、描写なんかしたくないという姿勢の表れではあるね。同時に、読者にとってはこれも一種の信号になっている。写真は全部現実に送り返されるわけだよね。ここに行けばそういうものがあるよっていうことになっているわけで、現実と直結しているんだという感じがする。
たとえばこの「サン゠ドニ門」なんていうのは、僕も留学して友人とパリの夜をふらふらさまよっていて、ふと見たらずらりと娼婦の立ちならぶ通りに出てしまっていた。通りの向こうを見るとバーンとものすごく立派な門が建っていて、それがこのサン゠ドニ門だったんだよね。先にこの写真で見てはいたわけだけど、びっくりするようなパリの発見だった。そのための地図作りという感じもする。
斎藤　ということは、いちいち描写はしないから、写真で見せてしまえということなのかもしれないよね。そうか。娼婦がたくさんいて、これがバーンと向こうに見えるって、いまの野崎さんの言葉がそのまま文字になったら、僕の立場から

（38）小説であるかのような書き方　同書、三一七頁。

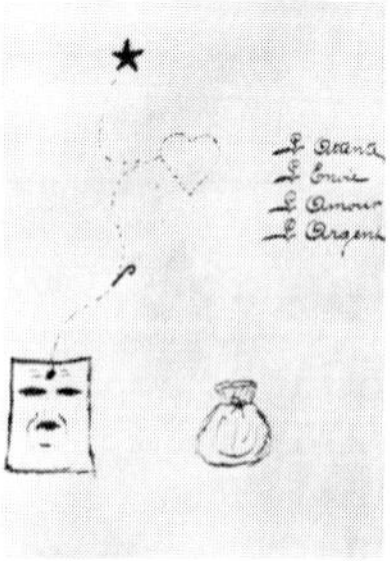

絵、図、記号
（『ナジャ』所収）

したら、へぇーって驚くよね。それは確かにナジャになるな（笑）。そうか。これは全部パリの現実なのか。

野崎　そうそう。まさにそれですよ。ここを彼らが歩いているっていうふうに考えると、突然この風景が生々しく生命を宿してくるんだなあ。

斎藤　そうなのかあ。

野崎　写真はどれも、いわば現場写真だよね。『ナジャ』という記録の現場はここなんだという。それはやっぱり写真固有の力じゃないですか。実際にあるんですよという。だから、この本は最終的にはむしろブルトンのテクストから写真へ、そして現実へという段階があるんじゃないかと思うんですね。最後のほうに「本なんか書いて悦に入っている人が羨ましい」みたいなことを書いてあるよね。でも、ブルトン自身もそうなんだろうし、しかもそれをガリマール[39]という大出版社から出すわけだから自己矛盾ではあるんだけど。とはいえ「私は私の愛するがままの、目の前に差し出されるがままの人生」、つまり「息を切らさんばかりの人生を裏切っているに違いない」とも述べていますね。逆に言えば写真の向こうに街があるとすれば、そこに息を切らさんばかりの人生が待っているんじゃないかという。

斎藤　誘いなんだな、これは。

野崎　いまの「息を切らさんばかりの人生」というのは、単語はちょっと違うけ

サン＝ドニ門（『ナジャ』所収）

（39）ガリマール　フランスの最大手出版社。アンドレ・ジッドらの「新フランス評論出版社」を母体として、ガストン・ガリマールが一九一九年に創立。仏文学の重要作家の作品を刊行すると同時に、世界文学の仏語訳出版においても重要な役割を果たしている。

ど、ゴダールの『勝手にしやがれ』[40]という映画がもともと「息もたえだえ」という題なんですよ。どちらもパリを舞台にして、パリで息を切らさんばかりに生きられたらこんなに素晴らしいことはないという思いを秘めている。

斎藤　二十代に読みたかったなあ（笑）。最後にひと言だけ。小林秀雄[41]の抽象的な文章を読むときの感覚とちょっと通ずるものを感じたんだけど、影響関係はないんですか。

野崎　あるとしたらブルトンたちの崇めたランボーですね。ランボーの『地獄の季節』[42]。のちには、小林秀雄はむしろ常識の意義を説くようなスタンスで、ランボーやブルトン的なものから離れていったけども、やっぱり一度は通過しているよね。思考と文章にその痕跡が残っている。

『ナジャ』にもランボーの名前は出てくるけど、ブルトンは文学を破壊するようなことばっかり言っているようでいて、実はフランス文学の流れのなかで一番反抗的でもあり、同時に創造的でもある人々の系譜を受け継いでいるんですね。だから、ブルトンから逆にたどっていくといろいろな文学の姿を見出すことができて、そういうのも僕にとっては非常に刺激的だったんですよ。

斎藤　そうか。じゃ、もう一回あらためて読んでからパリに乗り込もうかな。来年サバティカル休暇を取ってパリに行こうかな（笑）。ぜひ声かけてみよう。

野崎　そうしたら、ぜひともこういう本を書いてくださいよ。

（40）『勝手にしやがれ』（一九六〇）　フランスの映画監督ジャン＝リュック・ゴダールの出世作にして、フランス映画の「ヌーヴェル・ヴァーグ」（新しい波）の狼煙を上げた一本。主演はジャン＝ポール・ベルモンド。

（41）小林秀雄（一九〇二－八三）文芸評論家。ランボー、ヴァレリーらフランス文学の影響下に出発。鋭利な批評眼と個性的文体により独自の批評文学を確立、多大な影響を及ぼした。『様々なる意匠』（一九二九）、『無常といふ事』（一九四六）など。

（42）『地獄の季節』（一八七三）フランスの詩人アルチュール・ランボーが十九歳で刊行した散文詩集。日本では小林秀雄による翻訳（岩波文庫）が一世を風靡した。

V 第二次世界大戦の痕跡

帝国主義にむけられた毒

――ゴールディング『蠅の王』(一九五四年)

✝――子どもの神話の転覆

斎藤　またイギリスから行きますか。『蠅の王』[1]ですけど、まず粗筋だけ先に言ってしまうと、飛行機事故の生存者となった少年たちがいるわけですね。この飛行機事故というのは、墜落と不時着の中間くらいで島に突っ込むわけですが、その飛行機事故の生存者となったのが、これまた不思議なことに少年たちだけなんですね。その一団が南海の孤島で救助を待ちながらできるだけ民主主義的な共同体をつくって生き残ろうと努力するわけです。しかしながらいわゆるロマン主義的なそれまでの冒険小説などの展開や慣例に反して、その子どもたちは社会秩序を失って弱肉強食の野蛮人と化して殺人まで犯すようになる。子どもが二人死ぬんですけど、皮肉なことに、ラルフという主人公が追いかけられて殺される寸前に島に火が放たれるものだから、それが目印となって、これまた皮肉なことに、人間社会の最大の野蛮な行為とも言える戦争を生業とする軍人に救われるという、

(1) ウィリアム・ゴールディング(一九一一-九三)　イギリスの小説家。『蠅の王』(一九五四)、『後継者たち』(一九五五)などを発表、後期の作品には『通過儀礼』(一九八〇、ブッカー賞)、『クロース・クオーターズ』(一九八七)、『下方の炎』(一九八九)の三部作がある。一九八三年にノーベル文学賞受賞。

そういう物語です。
　野崎さんの感想を言ってもらいたいんだけど、まず野崎さんが事前にこれはあんまり得意じゃないんだと言った理由が何かわかりましたよ（笑）。いままで対談をやってきて、なんとなくわかった。野崎さんはこうだと勝手に僕が規定してしまうのは失礼だけど、このあとのウエルベック(2)もそうだけど、『ナジャ』(3)みたいに普通ありえないんじゃないかと思われるものをリアリズムと認識できるくらいの感性があるんだと思いますよ。ああいう非常に鮮烈な、もうキラキラするような、眩いくらいの、それでもこれはリアルなんだというくらいの感覚が好きなんじゃないかな。僕の感覚からするとありえないというところまでリアリズムに取り込むことができると思うんだけど、野崎さんは要するに鮮烈なリアリズムが好きなんだね。非常に激烈というかね（笑）。それに比べると、この『蝿の王』ってあまりに図式的じゃないですか。構成が整い過ぎていて。実をいうとこれはちょっと負けたなって（笑）。話す前に早くも投げてしまったところがあるんですよね（笑）。

野崎　ほほう、珍しく弱気だな（笑）。でも、実によく書き込まれた小説ですよね。非常に緻密に描かれていて、確かに設定はかなりアレゴリックというか、無垢な子どもという神話を完全にひっくり返す企み自体はちょっと見え見えなんだけれども、小説としては非常に稠密に書き込まれていると思いますよ。

William Golding, *Lord of the Flies*（1954）の翻訳に、『蝿の王』（平井正穂訳、集英社、一九七三）、『蝿の王』（平井正穂訳、新潮文庫、一九七五）などがある。

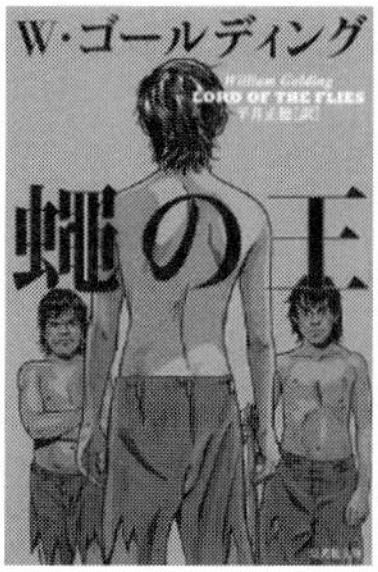

（2）ミシェル・ウエルベック（一九五八-）フランスの小説家。『素粒子』（一九九八）、『ある島の可能性』（二〇〇五）など。本書

ただ、僕が苦手と言ったのはそういう文学観以前の問題で、ピギーという子に対する扱いなんですよ。彼は結局「ピギー」つまり「ブタちゃん」というあだ名でずっと呼ばれていて本名がわからない。そういう意味でもきわめて屈辱的な扱いを受けているわけだけど、その彼が実は「唯一考える力を持った子ども」なんですよね。ところが身体的な非力ゆえに悲惨な目にあわされる。ピギーは眼鏡をかけているじゃないですか。眼鏡を取られるともう何も見えないんですよね。これを僕は自分の身に引きつけて、人ごとでなく辛くてね。白昼夢というか、なんか頭がゆるんでいるときに、ここがもし絶海の孤島だったらどうなるかな、とか思うことがあるじゃない？

斎藤　うーん。

野崎　あんまりない？（笑）

斎藤　それはないな。

野崎　そうなの？　そういうときに僕は必ず、そのときもし眼鏡が壊れたらどうなるんだろうって思うんですよ。昔はコンタクトをしていたけど、コンタクト落としたらどうなるんだろうとかね。だから、ピギーがジャック一派に散々いじめられて眼鏡を片方壊されるところなんか、あれは読んでいて耐えがたいんだよね（笑）。

斎藤　ああ、そこか！

二二二頁以下を参照。

（3）『ナジャ』（一九二八）アンドレ・ブルトンの小説。本書一四九頁以下を参照。

野崎　そう。しかも、眼鏡が火をおこすための道具として価値があるからこそ奪われもするんだけど、眼鏡で火をおこすのは実際には不可能でしょう。そこはどうなんだろう。設定は架空でも文章はそれこそリアリズムで押してるのに、ピギーを散々いじめておいて、眼鏡については誤解じゃないかと腹立たしくて（笑）。

斎藤　そうか、それはわからなかったな。視覚に対するこだわりというかね。僕も昔は目が悪くなって、急速に度が進むときに心配したけど、そういう悪夢というか、トラウマ的な感覚っていまはあんまりないね。

✝――反ロマン主義の冒険小説

斎藤　だけど、いまの眼鏡で火をおこすのはインチキだというのは実は重要な意味がある。眼鏡で火がおこせるかどうか知らないんだけど、ピギーの眼鏡では無理なんですよ。近視の眼鏡だから。凹レンズだからね。遠視の眼鏡だったらもしかしたらできるのかもしれない。これは非科学的であって、ゴールディングはそういう科学の理屈を知らなかったんじゃないかという見方もできるけど、そんなはずはない。彼のお父さんは理科の先生だし、彼自身船乗りや水兵をしていたことがあって、おそらくは『通過儀礼』(4)なんかはその経験を元にして書いているよね。だから、その程度の科学的知識を持っていないはずはない。つまり、これはあえてリアリズムではないよ、そう読んではだめだよということを示すサインな

（4）『通過儀礼』（一九八〇）ゴールディングの小説。ブッカー賞受賞。十九世紀初め、オーストラリアに向かう船が舞台。

のではないかと思う。もちろん真実はわからないんだけどね。

そういう意味でいうと、どの設定だってリアルじゃないでしょう。こんなふうに飛行機事故で生き残る、しかも大人は全部死んで男の子だけが生き残るなんてことはありえないわけだし。だから、そういうことを示すための標識なんじゃないかと。

野崎　いやあ、これはまさに蒙《もう》をひらかれました。そういうリアリズムばなれした設定によって、見事に転覆した神話になっているわけですね。僕が一番思い出すのは『二年間の休暇』という、日本では『十五少年漂流記』(5)の題でお馴染みのジュール・ヴェルヌの有名な作品だけど、それとはベクトルの向きがまったく逆ですね。ヴェルヌの作品は子どもたちの間の喧嘩もあるんだけど、やっぱり成長の物語になっているわけ。最後は「すべての子どもたちによく知ってほしいのだ。秩序と熱意と勇気とがあればたとえどんなに危険な状況でも切り抜けられないものはないということを」という文章で終わるんですよ。

ところが、この『蠅の王』ではまず秩序がなくなるし、熱意というのは殺しの熱意しかないですよね。それに対抗する勇気は完全に潰えてしまうという、徹底的にそういう絶望のベクトルに貫かれている。これはどこから出てきた発想なんだろうね。

斎藤　わからないな。やっぱりロマン主義批判というか、それは明らかに見て取

(5)『十五少年漂流記』(一八八八)　フランスの作家ジュール・ヴェルヌによる冒険物語。

れますよね。ゴールディングは自分の経験に照らし合わせて、こんなのは嘘だろう、こんなロマン主義的な冒険物語はあるはずないってどこかで思ったんだろうけど、これは明らかにロマン主義を意識している。ジュール・ヴェルヌがどこまで彼の意識のなかにあったかわからないけど、バランタインの『珊瑚島』(6)とかスティーヴンスンの『宝島』(7)では、子どもがほかの登場人物たちと一生懸命に力を合わせて何かやれば最後には必ず上手くいくということになっている。それが嘘だというね。それがこの本の非常に強いメッセージで、それがあまりはっきり見えちゃうものだから、フランス小説のような、メッセージはわからないけどいいじゃない(笑)、というところがないので、僕はあらためて読んでみるとなんだか教科書的でね(笑)。

(6)『珊瑚島』(一八五八) イギリスの小説家R・M・バランタインによる作品。

(7)『宝島』(一八八三) イギリスの小説家ロバート・ルイス・スティーヴンスンによる冒険物語。

野崎　ノーベル賞作家に鞭打ってるね(笑)。

斎藤　授業で説明するには、いままでの冒険小説はこうでこうで、ときれいに区別できるわけですね。もしかしたら、そこの面白さはもう感じていないのかな。あるいはさらに突っ込んで読むと面白いのかなという、いまその辺の葛藤がありますね。

✝――第二次大戦後の文学

野崎　そのイノセンス・ロストというか、数々の少年冒険物語のちょうど対極で終わるという感じですけども、それに加えて、全体として人類の悪への転落、そして文明の滅亡というのを描いていますよね。そういうアイデアは誰しも思いつくかもしれないけど、それをここまで迷いなく徹底的に書いている。よっぽど確信があってやったんだろうなという気がするんです。この情熱は一体どこから来るのか。

斎藤　そう言われてみれば確かにそうですよね。しかも最初は戦争で始まって、はっきり書かれてないけど、戦火を逃れるために子どもたちは明らかに疎開するわけだよね。しかも皮肉なことに、そのなかでも聖歌隊の少年がたくさん乗っていて、それが一番野蛮になっていくわけだけど、戦争という残虐な営みが人間の営みのまず大きな外枠としてあって、そういうなかで唯一無垢だと思われていたものがどんどん野蛮になっていく。外枠で大人が野蛮なことをやっているなかで、今度は子どもたちだけになってロマン主義的な冒険物語が始まるかと思いきや、年上の子は年下の子をいじめ、年上の子に敵わない年下の子は海の生物なんかを突っついていじめているわけ。最終的にそれを助けにくるのが戦争をやっているイギリスの海軍で、「イギリスの子どもなら、もう少しまともかと思ったよ」みたいなことを言う。つまり、一番野蛮なはずの軍人が秩序を持っているという。これはどうしようもないわけですね。救いがない。

野崎　そうですよね。だから、最初と最後はやっぱり戦争の影が落ちていて、世界全体が戦争状態にあるというイメージが残る。ゴールディングという人は一九一一年生れ、当然ながら第二次世界大戦の痕跡がある。戦後の文学だなという気がしますよね。こちらの選んだ『ペスト』[8]なんかも、ファシズムとの戦いの寓意という側面があるし。

この『蠅の王』ですぐ思い出すのは、大江健三郎の『芽むしり　仔撃ち』[9]で、一九五八年なんですよ。『蠅の王』が五四年だから、大江さんも読んでいるかもしれないけど、『芽むしり　仔撃ち』というのも疎開していった少年院の子どもたちが、子どもたちだけで山中の村で過ごす日々を描いているんですけど、そのなかで子どもたちはむしろ大人にはない価値を身につけていくんですね。ある意味でイノセンスの最後の輝きみたいな物語になっている。それがここまで理路整然と全部悪に向かっていくっていうのはね。いままでディケンズ[10]とかジェイン・オースティン[11]という流れで読んできたなかでは、戦争がイギリス小説をも狂わせたのかなっていうふうに単純に思ってしまいますけどね。

斎藤　そうですね。でも、どこかにやっぱりイギリス的な、何か人道主義みたいなものがあって、ピギーとかラルフにそれを残しているわけでしょう。完全に全員を嫌な奴にしきれないところに作家の人道主義が見えるかなと。だから、「ピギーの眼鏡」は科学でないということを示す標識であると同時に、理性とか知というものを表すひとつのサインでもあるわけですね。ピギーは死ぬけど、一

(8)『ペスト』(一九四七)　フランスの小説家カミュの小説。本書一八九頁以下を参照。

(9)大江健三郎『芽むしり　仔撃ち』(講談社、一九五八／新潮文庫、一九八四)。

(10)チャールズ・ディケンズ(一八一二-七〇)　イギリスの小説家。本書八八頁以下を参照。

(11)ジェイン・オースティン(一七七五-一八一七)　イギリスの小説家。本書一四頁以下を参照。

方ラルフは生き残るという、そこが完全に悪ではないというね。

野崎　そうかもしれない。ただ、放っておけば文明は敗れるんだというメッセージも伝わってくる。眼鏡は壊れるし。それから、とにかく煙を出してなければ絶対に船は来てくれないというのは、これは子どもでも必ずわかる理屈だと思うんだけど、みんなそれを忘れてしまって兵隊ごっこみたいなことに耽るわけですよね。プロメテウスの神話でいえば、火というのは神から奪い取った人間の最初の文明でしょう。それがここまでやすやすと放棄されてしまうという。俗な言い方での「性悪説」を試してみたのかなっていう気もします。

しかも、それが必ず多数派対少数派の構図になっていくじゃないですか。悪がどんどん数の上でも圧倒していくという、実に嫌な展開になっていますよね。

斎藤　そうね。ほかにもそういう小説がありますよね。全然状況が違うんだけど、*The Inheritors*[12]という、『後継者たち』という邦題で訳されているのかな。要するに、人類の祖先が知恵を身につけていって、新しい種が古いのに取って代わる必然みたいなものを描いている小説もあって、悪ではないんだけど、放っておくとひとつの文明が破壊されてしまうことに対する強迫観念みたいなものが、もしかしたらあるのかもしれないね。

野崎　それはこのあとの小説ですか。

斎藤　このあと。意外なことに『蝿の王』は処女作だからね。

（12）*The Inheritors*（1955）翻訳に『後継者たち』（小川和夫訳、中央公論社、一九八八）がある。

†——イギリス小説の最後の正典

斎藤　いまの流れから外れるんだけど、なぜ僕がこれを選んだかというと、イギリス小説の大きな歴史を考えたときに、だいたいこのあたりが最後のキャノン（正典）なんです。これ以後イギリス小説という枠はもう壊れてしまったんですよ。ナイポール(13)あたりになると、もうイギリス小説と言えるかどうかわからない。要するに、昔の「ベーオウルフ(14)からヴァージニア・ウルフ(15)まで」という洒落で規定された範囲のなかに、正典として括られる作品群があるわけだけど、ヴァージニア・ウルフからもう少し時代を下って、おそらくみんなが必ず読まなければいけない英文学作品の最後が『蠅の王』だと思う。

野崎　そうなんですか……。それは何か非常に厳粛な気分になってしまうな。

斎藤　しかも、よりによってこの内容だからね。

野崎　そうですよ。まるでゴールディングがイギリス文学の豊かな歴史を終わらせてしまったみたいな気さえしちゃうけど。確かに、この作品が処女作っていうのは驚くべきことだよね。ここまでよく精密に書けるものだ。小説としてこれだけ完成度が高くて、ヴィジョンも明確という、そんな作品がその後途絶えているということですか。

斎藤　それは時代の必然もあって、一九六〇年代くらいになると植民地から作家

(13) V・S・ナイポール（一九三二-）トリニダード生れ。小説家。『秘法伝授マッサージ師』（一九五七）、『自由国家で』（一九七一）など。本書二〇六頁以下を参照。

(14) ベーオウルフ　八世紀頃に成立した英雄叙事詩。勇士ベーオウルフが怪物グレンデルを倒す前半と、王となったのち、竜を退治し、自らも致命傷を負って倒れる後半との二部構成になっている。

(15) ヴァージニア・ウルフ（一八八二-一九四一）イギリスの小説家。本書一四二頁(12)参照。

たちがどっと出てきて作品を発表し始める。ナイポールとかジーン・リース(16)はもう少し前ですけど、彼らなんかがその先駆けとなっててね。そうなるとイギリス文学とは何だと。アイデンティティを失ってくるわけですよね。だから、この作品がこうであったからとか、優れていたから残ったとか、ゴールディングがどうしたからそうなったということではなくて、要するに時代の流れとして、みんなが必ず読むようなイギリス小説はこれ以降あまり見当たらないという感じ。もしかしたら僕だけがそういう理屈をつけているのかもしれないけど、これはたぶん英文学のキャノンの最後を飾る作品だと思う。

野崎　そうなんですか。そういう意味でも非常に象徴的ですね。

✝——帝国主義の野蛮な秩序

野崎　僕がいろいろ気になる部分、この小説が持っているとげみたいな部分として感じるのは、たとえば火を燃やすためには非常に努力がいるわけで、一種民主主義的な結束が必要ですよね。それがどんどん解けてしまって、逆にジャック率いる凶暴な派閥が天下を取る。その対立がはっきりしているだけに、このジャックに象徴される連中というのは、半世紀後のいまの目でみると、そのイメージ自体がいわゆる十八、十九世紀的な意味での「野蛮人」のイメージにすごく乗っかっているなという気がするんですね。顔に色を塗ったり、わけのわからない宗教

(16) ジーン・リース（一八九四－一九七九）　イギリスの小説家。『左岸』（一九二七）、『サルガッソーの広い海』（一九六六）など。

みたいなものを始めたりとか。平井正穂訳では「くろんぼ」となっているけど、黒人との類比というのが実に気になる。平和に暮らしていた黒人たちを強制移住させて奴隷として扱ったのは誰だったんですか、と言いたくなってしまう。そう考えるといまのキャノンがなくなったという話とぴったりと重なって、要するに西洋の没落という感じですね。

斎藤　うん。まさにそうですよ。しかも物語のなかにそういう西洋の没落的なテーマを探そうとすれば、これは要するに帝国主義支配に対する批判でもあるわけですよね。だから、十九世紀的な帝国主義が秩序を持っていたように思われるけれども、結局それは戦争に至る非常に野蛮な秩序でしかなくて、それが一番外側の枠組みにあって、そのなかで放っておけば子どもたちはこうなってしまうんだという、そういうメッセージであってね。そこまで考えればこれは非常に大きい、英語帝国主義というか、英文学の帝国主義的支配をまさに内側から打破するだけの力を持った、非常に強い毒を持った作品だよね。

野崎　狩りをして豚を仕留め、肉を炙って食うという場面では、子どもたちは一種の麻薬のような強烈な快楽を感じて、それに打ち込むジャックというのが支配力を伸ばしていく、そういう展開になっているけれど、これは日本人だったら、たとえばさっきの大江健三郎の作品だったらそうはならないわけですよね。つまり『蝿の王』の場合は、肉食に対する大変な執着がある。僕は絶海の孤島、南の孤島だったら、釣りでもしてエビとかカニを獲って、果物食べてればいいだろうと思うけど、やっぱり野豚を殺さなければいけないんだろうか。狩りということと、殺した獣の肉を食らうということがセットになって子どもたちを狂わせていくわけだよね。これは最終的には批判して書いているんだろうから、肉食に支えられた西洋文明を皮肉っているような気がしますね。

斎藤　そうですね。西洋的な肉食に対する批判でもあるのかもしれないね。しかも殺人とか、そういう野蛮な行為にそのまま繋がっていくような狩りの形態ですよ。やっぱり魚を釣っているようなイメージとは繋らないよね（笑）。

野崎　それなら平和だもんな。

＋―― Lord of the Flies のイメージ

野崎　タイトルの *Lord of the Flies* というのは具体的には小説中に出てくる、豚の頭ですよね。豚の頭に蠅がたかっている場面がありますが、この表現はゴールディングが作り出したものなんですか？

斎藤　聖書に出てくるベルゼブブという悪魔の語源というか、それが語義的には「蠅の王」という意味らしいんですね。それとベルゼブブという「悪魔」の意味と、豚の頭は腐っていくわけだから、そこに蠅が集まるというところで一致する。しかもその豚の頭とサイモンが対峙しているときに、「これはおまえの一部でもある」、要するに「人間の心のなかにそういう悪魔的な部分があるんだ」というメッセージを彼は感じるわけじゃないですか。面白いのは、ここでの豚は悪魔であると同時に、もとはといえば弱者として殺された豚ですよね。この作品の中では、加害者と被害者がクルクル入れ替わるんです。

野崎　英語の語感としてはどうですか。Lord of the Flies というタームはそれだけで喚起力があるんですかね。

斎藤　いや、まったくない。最初に聞いたときはさっぱりわからなかった。

野崎　そうなんだ。これ読むと忘れられないイメージになるけどね。中上健次の『枯木灘』[17]という小説がありますが、主人公の一族に極悪の親父がいるんですよね。それが「蝿の王」と呼ばれている（笑）。この小説、戦後の日本文学への影響もけっこう大きそうですね。徹底して破壊的で、ぷんぷん匂う悪のシンボルが「蝿の王」なわけだ。

斎藤　では、明らかにこれが下敷きになっているの？

野崎　たぶんそうだと思う。だって「蝿の王」ってほかに聞かないから。

斎藤　そうですよね。あまり日本では何とかの王って言わないものね。

野崎　そこで思うのは、作者はその反対側というのはどう考えているのかなと。つまり、破滅へと至らせる悪に歯止めをどうかけるのか、それこそイギリス小説的な、モラルの問題は出てこないんだろうかという点ですが。この作品はこれで

(17) 中上健次『枯木灘』（河出書房新社、一九七七／河出文庫、一九八〇）。

いいとしても。つまり、フランスでもたとえばカミュだったら『異邦人』というのはある意味で破壊的な作品なわけだけど、それに対して彼は『ペスト』[18]を書かなければならないというふうに思ったわけですね。それが戦後文学にとっての課題でもあったでしょう。ゴールディングにはその後、そういう方向性はないのですか?

斎藤　ゴールディングの本を全部読んだわけじゃないけど、ゴールディングはあまりそういう人道的なというか、何か信仰に導くというか、人間を理性崇拝へと導くような作品を書いていないと思うな。

野崎　ただ、さっき言っていた *The Inheritors* というのはちょっと面白そうだね。

斎藤　ええ、面白い。しかも最初に出てくるのはネアンデルタール人で、それが新人類に滅ぼされるわけだけど、明らかに言葉遣いも変えているわけ。旧人類のほうは言葉が単純なんですよ。言語的に拙いし、思考力も弱い。

野崎　それを英語で表現しているわけね。

斎藤　そう。だから彼はそういう文体的な面白さというかね。それをかなり利用した小説家だと思いますね。

野崎　根幹にはなにかしら大きなヴィジョンのある作家なんですね。

斎藤　あるんだろうね。

(18)『異邦人』(一九四二)、『ペスト』(一九四七) フランスの作家カミュの小説。本書一八九頁以下を参照。

†――限界状況のなかの人間

野崎　いまの話を聞くと、あとで論じるウエルベックが人類消滅後の存在を考える[19]のとちょうど対になるような気がしますけど、構想力が大きい人なんだな。ただ僕のようにイギリス文学の中心に子ども的なもののイノセンスとか、そういう輝きを感じ取ってそれはやはり尊いと思っている人間からすると、このなかに出てくる子どもは本当に悲しいよね。

斎藤　そうですね。そうか、これでキャノンが終わるのではちょっと悲しいね（笑）。最後に子どもの美しさをパッと花火のように見せてほしいよね（笑）。

野崎　さっき斎藤さんが整理したみたいに、年上の層と年下の層がいるけど、年下の子はもう単なる阿呆だもんね。

斎藤　遊んでばっかりだもんね。

野崎　子どもって本当はそうでもないじゃない？　幼い頃からやっぱり意思はあるし、もうちょっと自分の行く末がわかるはずではという気がするんだけども。あと、実に恐ろしいと思ったのは、子どもたちが島に全部で何人いるかがわからないということですね。普通だったらみんなで数えるんじゃないかと思うんだけどね。子どもは数にうるさいんだから。この状況はもう完全なアナーキーということですよね。

（19）…人類消滅後の存在を考える　ミシェル・ウエルベックは『素粒子』（一九九八）で、現人類に取って代わる、セックスによる生殖から解放された新たな人類を登場させている。本書二一二頁以下を参照。

斎藤　ああ、そうか。そこはちょっと思い至らなかったな。

野崎　それからもうひとつは、結局子どもたちは家に帰りたいという気持ちがだんだん薄れていきますよね。特に肉食の快楽に走っている子どもたちは。これもまた恐ろしい気がする。

斎藤　ええ。ラルフだけですよね。ひたすら帰る夢を見ている。しかし、それがどこかで堂々めぐりをして怪物のイメージになっちゃうとかね。

野崎　そういう意味でも徹底性というのはすごいんだけども、逆にいえば突っ込みがいのある小説ということかもしれない（笑）。

斎藤　確かに。だから、英文学を教えるときの恰好の教科書になるし、きれいに説明できるし。

野崎　キャノンとして認められるということは評判がよかったということなんだろうけど、評価とか読者の反応はどうなんですか。

斎藤　これが出たときの反応は知らないけど、ゴールディングがノーベル賞を得たというのはこの作品が評価されたからにほかならないわけで、評価は高いですよ。

野崎　さっきもちょっと言った、第二次世界大戦後の小説というのはフランス側からいうとやっぱり実存主義というのがまずあって、何らかの限界状況に置かれた人間を描くというのがひとつのパターンなわけですよね。『ペスト』ももちろんそうだけども、イギリス側のこの『蠅の王』もそうですよね。しかもそれが子どもたちであって、出口がないと。

斎藤　あえて子どもにしたんですかね。大人がここまでやり合ったらもう見てられないからね。だから、あえてリアルにしなかったというか、どこかに救いを求めたのか。それと同時に、ロマン主義批判を入れるために子どもという選択になったのかもしれないですね。

野崎　それは面白いな。確かに大人だとね。最近『東京島』という桐野夏生さんの小説[20]があって、大人たちが島に流されちゃうんだけど、読んでいて何とも生々しい。セクシュアリティに関わることももちろん出てくるわけだし。確かにそうかもしれないね。まだ子どもだからこそ、それでもこうやって楽しんで読めるわけだ。

斎藤　そうなんですよね。しかも、女の子がいないというのは、そういうところを意識したのかもしれないね。これはあくまで想像だけど。

野崎　イギリスの児童文学の伝統は、ここでもちゃんと貫かれているということか。

斎藤　なるほど。そうは考えなかったけど、そうですね。批判しつつも、一応基本的な約束事を守っているんだな。だから、あとで取り上げる『素粒子』みたいに、ここまでありか？　というのはないよね（笑）。

（20）桐野夏生『東京島』（新潮社、二〇〇八）。

野崎　子どもが出ているからこその詩的な美しさ、幻想性みたいなのは随所にあるからね。

斎藤　そうか。そうも言えるんだね。思いつかなかったな。やっぱり違うな。

野崎　とはいえ、ピギーが最後までピギーで終わるのはつらいです（笑）。

斎藤　ちょっと気の毒だね。最後までいじめられて殺されちゃうわけだからね。

野崎　子どもだけの社会とはいえ、ピギーみたいに眼鏡かけていて運動が全然だめという子でも、あれだけ理屈の通ったことを言えば、ある程度のポジションを獲得するんじゃないかと思うんだけど（笑）。それがなかったな。どうしても、ピギー哀悼の念が深いですね。

不条理な世界への反抗
——カミュ『ペスト』（一九四七年）

†——『異邦人』と『ペスト』の関係

斎藤　さて、カミュ[21]に行きますか。

野崎　『ペスト』は『蠅の王』の七年前の一九四七年刊ですけど、作者カミュの生れはゴールディングよりちょっとあとだと思いますね。これも『蠅の王』と同じように非常にシンプルな物語です。一九四〇年代のある年に、アルジェリアの港町オランでペストが流行して町の門が封鎖されてしまうんです。町全体が隔離された状態になったなかで人びとがどう暮らし、ペストとどう戦っていくかを描いた小説です。もちろんペストはその戦いのおかげで去っていったわけではない。なぜペストが流行りだしたのかも、なぜ終息したのかもわからないまま物語は終わるわけなんですよね。

　中心的な人物としてはリウーというお医者さんがいて、この人は奥さんが結核で、この頃だからまだ不治の病に近かったと思いますけど、奥さんが先に結核の

（21）アルベール・カミュ（一九一三‐六〇）　フランスの小説家。アルジェリア生れ。『異邦人』（一九四二）によってサルトルとともに実存主義の旗手と目された。一九五七年、ノーベル文学賞受賞。『ペスト』（一九四七）、『転落』（一九五六）、『追放と王国』（一九五七）など。

療養で外国に出ていて別れ別れになってしまう。奥さんが出ていくのと入れ替わりみたいにしてペストが流行りだす。リウーは奥さんの容態もわからないという、そういう苦悩もあってね。それでも、医者としてペスト治療の第一線で体を張る。

その周りにいろいろな人物が出てきます。新聞記者でたまたまアルジェに来ていて帰れなくなってしまったランベールとか、ペストは神の怒りなんだ、神の下した天罰だといって説教するイエズス会の神父とか。それからリウーに協力する小役人や、ちょっと謎の男みたいなタルーという、どこから来たのかもよくわからないような人間なんだけれども、ペストとの戦いに献身的に活躍する人物。あるいはペストでみんながパニックに陥っているのを見て喜んでいるような男も出てくるわけですけど、そういういろんな人間模様が描かれながら町全体の恐怖と、それが去っていくまでの物語を描いてるということですね。

斎藤　実は僕は『異邦人』しか読んだことなかったんだけれども、これを読んだときに救われたというか、表向きの、少なくとも自分はこういう人間だろうと思っているイメージに一番合うというか、趣味に合う作品。今回の課題図書のなかで、ある意味であこれはいいなと思えたのが収穫ですね。これは素晴らしい。これを読んだときに負けたと思ったよ（笑）。『蝿の王』とは全然深みが違う。

野崎　はじめて負けたと思った？（笑）

斎藤　いやいや、はじめてというか、すごいなと思いましたよ。これは最初から

Albert Camus, *La Peste*（1947）の翻訳に、『ペスト』（宮崎嶺雄訳、新潮文庫、一九六九改版）などがある。

負けたと思いましたね。

野崎　そうですか。ペストというのはむろん天災ですよね。人間が引き起こしたものではなくて、人間とまったく関わり合いのない悪。つまりペストを前にしてヒューマニズムは通じない。そのとき人間はどうしなければならないのか、ということをいろんなケースを想定して描いているんだろうと思いますけど。

斎藤　まず気になったのは、僕はカミュというと『異邦人』のイメージが強すぎて、なぜムルソーを描いた同じ作家がこの人物をつくれたんだろうというのがものすごい驚きなんだけども、それはフランス文学の側からするとどういう評価なんだろうね。

野崎　『異邦人』が完成した翌年には、カミュはもう手帖に『ペスト』という題名をメモして、取材を始めているんですね。実に対照的な作品なのに、作者にとっては緊密に連動していたらしい。さらに後年、ノーベル賞を受賞したときに自分の仕事を振り返って、最初からはっきりしたプランがあった、第一段階は不条理の段階であって、否定的なものを描こうとしたと。その代表が『異邦人』なわけですが、それはしかしデカルト的懐疑に過ぎなかった。つまりデカルトはあらゆるものを理性の力で疑って、それでもなお残るものを自分の根拠にしようとしたわけです。それと同じようにとにかく文学でもどこまで否定できるかをやってみようと。でも、否定だけでは生きられないということは自分にははじめからわかっていた、だからその作業の次には肯定的なものを考えていた。それが『ペスト』だったと言っています。

だから、『異邦人』はそれだけで完結していなくて、それに対する返答としてのモラルというか、その必要性は最初から意識されていたということになるんですね。

✝——「太陽のせいだ」

斎藤 でも不思議なのは、『異邦人』が否定的であることは間違いないんだろうけども、悪ではないんだよね。あれがもし明らかに悪だったら善良なものという対抗軸が設定しうるんだけど、『異邦人』は読んだときに本当に不可解なんですよ。だから、僕の立場からいうと意味とかモラルを求めてしまうから、これは何を主張せんとしているのかと。僕の読み方が単純なのかもしれないけど、そう見てしまうとテーマ自体もわからない。

野崎 つまり、ムルソーという男は端的に言って何を考えているのかわからないということですね。ただ、『異邦人』が好きな人間というのは、その善悪いずれをも突き抜けていく強さというか、太陽に照らされた根源的な世界に対してたった一人で立ち上がった人間の美しさ、そこに魅了されるんですよ。

斎藤 だって、そんな気力もないじゃないですか（笑）。そこが不思議でさ。

野崎　気力がないというのは？

斎藤　だって最後の神父との場面ではじめて出すけれども、ムルソーはそれまでここだけは譲れないという態度は一切見せないでしょう。つまり、何かをしない理由がないからするんだとか、非常に流されている感じがするし。僕が一番わからないのは、この小説を説明するとき必ず出る台詞なので逆に僕のなかでイメージが膨らんじゃったんだと思うけど、「太陽のせいだ」という。これを僕は誤解していて、読み返すまでは「太陽が眩しかったからだ」という台詞だと頭のなかですり替わってしまっていた。しかも、裁判のかなり重要な局面でそれを衝撃的に言ってみんなが凍りつく場面として記憶していたんだけど、実際には意外にあっさり言っているんですね。

野崎　ええ。失笑を招くような台詞だと。

斎藤　普通に「太陽のせいだ」と言うんですよね。これでさらにわからない。

野崎　太陽が眩しかったからだという、斎藤さんの解釈は間違っていないのでは。あのシーンは炎天下の浜辺で、しかもムルソーという男は絶対帽子を被らない（笑）。だから、要するに日射病ですよ。かんかん照りの太陽の下をもうふらふらになりながら意地を張って歩いているようなものですよね。眩しさに目がくらんで汗が流れ落ち、分厚いヴェールになって瞼を覆う、というような描写もあるけど、それに打ち負かされてついピストルの引き金が動いた。そういう因果関係に

『異邦人』（窪田啓作訳，新潮文庫，1954）

なっているから、文字どおり太陽のせいなんだと思うんですけどね。

でも、斎藤さんがムルソーのことを「気力がない」奴だというのは実に面白いなあ。確かに、彼は「別にどうでもいい」とか「意味はない」というのが口癖で、万事流されているみたいにも見える。でも、それは彼にとってまさしく世界に意味はないからであって、そのことを見据えているという点では、ムルソーはごまかしがないし、逞しいヒーローだとも言えるんじゃないかな。たとえば女の子と仲よくなって「愛してる?」と言われても、「いや、愛してないと思う」って言う。これって、なかなか言える台詞じゃないよね(笑)。「愛してる」なんて安易な意味づけはできない、その手には乗らないよという、そういった意思は随所ではっきりと見せるわけですよね。だから、ある意味でムルソーはとことん誠実な男でもある。ただ、もちろん彼の場合はその誠実さを、何か立派な仕事に結びつけようという意識は全然ないわけだけどね。

✝——不条理の連作、反抗の連作

斎藤　とすると、『ペスト』にまた戻るけれども、『ペスト』のなかのリウーとタルー、この二人の人物はむしろムルソーの対極というか、ムルソーを否定したところにあるのではなくて、そこに何かが加わっただけの、延長線上にある人間なんじゃないかという気もするね。つまり、彼らはなぜここまで一生懸命になって、へとへとになって病人たちを助けるのか、なぜペストの拡大を防ぐのかという理由がわからないんですよ。何が善で悪だかもわからない。

ここが僕は非常にフランス的だと思うんだけど、明らかに信仰ではないね。カミュはキリスト教を否定しているのかもしれない。『異邦人』でもそうだし、ここでもパヌルーなんていう人物も性格が途中で変わっちゃうよね。だから、信仰の弱さを明確に示しているところからみても、キリスト教を信じてはいない。少なくともこの二人のヒーローはね。では、何だ？ 人道主義かというとそうでもないんですよね。そんなことはどこにも出てこない。そこで何だろうと考えたときに、フランス的な理性とかね、そんなものなのかなと。これはちょっとイギリス側からすると理解できない。何なんだよ、この二人を突き動かしているものはと。

野崎 なるほど。いや、そう言われるとすらすらとは答えにくいぞ（笑）。最重要のポイントかもしれない。さっきも紹介しましたが、カミュは最初の作品を「不条理の連作」と呼んでいて、そのあとの肯定的なものを求める連作、『ペスト』のほかにも『戒厳令』[22]という戯曲や『反抗的人間』[23]というエッセーがあるんですけど、それらを「反抗の連作」というふうに言っているんですよ。それは何に対する反抗かというと、要するに最初は、この世界には意味がない、不条理だということを確認する。その無意味に対する反抗なんですね。『ペスト』という

（22）『戒厳令』（一九四八）カミュによる戯曲。「ラ・ペスト」なる人物がスペインを恐怖によって支配するという設定。小説『ペスト』と共通する要素をもつ。

のはいわば非人間的な暴力が蔓延した状態ですよね。善悪の観念や、宗教的発想がもはや通用しなくなった状況で、なおその状況に対し正面から闘うという、そのぎりぎりのモラルを示したかったんだとは思うんですね。

だから、まさに斎藤さんが言うとおりで、『異邦人』的なものを貫いていくとここに行きつくんだというふうになれば、カミュとしては一番成功だったんじゃないかと。

†――人の心の中に棲む悪

野崎 ただね、この『ペスト』というのはフランスでは意外と評判よくなかったらしい。一般の読者は好きでずっと読み継がれているけれども、たとえばサルトル(24)の一派にしろ、ロラン・バルト(25)にしろ、かなり手厳しいことを言っていますね。

斎藤 ああ、そう。何が気に入らないんだろう。

野崎 ひとつはまだ戦争の記憶が生々しい時期で、これはファシズムに対する戦いというふうに読み替えられるわけですよね。ファシズムというのは人間的な悪である。ところが、ペストという天災は、人間の顔がない悪なわけです。そういうものとの戦いをいくら描いたって、人間的な歴史を見据えた戦いにはならない、きれいごとだ、という批判なんですね。

とはいえ、新型ウイルスはじめ世界規模の疫病の恐怖がひときわ高まっている

(23)『反抗的人間』(一九五一) カミュによる評論。革命は人生に反してではなく、人生のために成し遂げられるべきであると説き、マルクス主義を批判。サルトル陣営と激しい論争になり、カミュは孤立した。殺人を絶対悪とみなし、節度と中庸を重んじるその思想は、近年、再評価されている。

(24) ジャン＝ポール・サルトル(一九〇五－八〇) フランスの哲学者、作家、評論家。本書八頁(23)参照。

(25) ロラン・バルト(一九一五－八〇) フランスの作家、批評家。『零度のエクリチュール』(一九五三)、『記号の帝国』(一九七〇)、『テクストの快楽』(一九七

現在、『ペスト』の物語、想像力はまったく古びていない。そのなかではリウーみたいな戦い方はいくらでもある。

斎藤　ペストっていうのは天災で、もちろん戦争の象徴でもあるけど、人の心のなかに棲んでいる悪を象徴しているのはわかるよね。しかもタルーが身の上話をするんだよね。検事だった親父さんがある男に死刑を求刑する。その男はなす術もなく死刑にされるわけだけど、そのときに見せた父親のいつもと違う顔。しかも、ほかのみんなは死刑を待っているというか、それを期待している。その人間たちの心のなかにある残酷なものをペストはある種象徴しているわけでしょう。つまり、人を殺すものは実は人のなかにあるんだということもこの小説は明確に打ち出している。

そういう意味でいうと、確かにサルトルとかバルトが時代に縛られているのはよくわかるけど、僕はこの作品はそれよりはるかに進んでいると思いますよ。病原菌はどこかに残っているんだと。人の心のなかにまだそれがあるから、いつ戦争とか残虐な行為が起こるかわからないよということをはっきり言っているんで、これはすごい小説だと僕は思いましたよ。

野崎　フランスの小説の書き方でいうと、さっきの『蠅の王』もアレゴリー的な性格があるけど、こういう寓意的な書き方というのはむしろ少ないんですね。それだけにきれいごとだとか、作りものっぽく見えちゃうところはあるんだと思う。

三）など。サルトルおよびマルクス主義の影響から出発し、ソシュール言語学や精神分析、記号学等の現代的な知と積極的に触れ合いつつテクストを論じ、文学批評を一新した。

でも、いま読んでも時代を超えた奥行きがあるという気がしますね。つねに人間や社会を脅かし続けるものとしてのペスト、それとどう闘うのか、何がその戦いを支えるのかということを、カミュは自分の人生の問題として考え続けていた。だからこそ、ここまで純粋なメッセージを持った小説が生まれた。こういう作品は、それこそさっきの『蠅の王』ではないけれど、これ以降はまずないと思いますよ。これ以前にもあんまりないけどね。

斎藤 そうなんですか。めずらしいんだ、これ。

野崎 それだけ勇気ある作品なんだと思うな。ある意味で非常にナイーブなメッセージでしょう。同時代的にも彼は徐々に孤立して、とりわけサルトルたちからはこっぴどくやられたし。だからノーベル賞は取ったけれども、晩年はかなり孤独だった。

斎藤 ああ、そう。イギリスに移住すればよかったのにな（笑）。これ絶賛されるぞ。

†——アレゴリーとしての『ペスト』

野崎 『異邦人』というのはカミュ自身が異邦人、つまりよそ者なんですね。アルジェリア育ちだからね、全然おフランスじゃないわけですよ。パリ的な文化からはるかに遠い。もちろんフランス語で表現するという点で植民地の教育が刷り込まれてはいますが、最後までエトランジェであって、だからこそ孤立も辞さずにここまで書き切ったという痛切さがあるよね。

斎藤　ほおー、それはびっくりだな。倫理を書いて孤立するなんて聞いたことないよ（笑）。

野崎　たとえばバルトがこの作品に対する批判(26)を書いて、カミュとのあいだにちょっとした応酬があったけれども、バルトのほうはこういう具体性のない、いかにも普遍的な寓話のかたちをまとった設定は納得できないと。本当に歴史の悪と戦うのであれば史的唯物論の立場から書かなければだめだというわけ。そういう言葉遣いは完全にマルクス主義的ですね。そんないささか硬直した言葉遣いが飛び交っていた時期に書かれた小説なんです。

斎藤　なるほど。それだけ酷評されたというのは時代を見るとわかりますね。

野崎　逆に、二十一世紀になってもこの小説、いよいよ値打ちを増していますよね。世界の危機を描いているという点で。

斎藤　そうですね。だから、たぶん『蝿の王』が読めるのと同じ意味なんだろうね。そう考えると同じつくりなのかもしれないね。やっぱりアレゴリーなんだね。

野崎　『ペスト』は女が全然出てこないってよく言われるんだけど、これも『蝿の王』と同じですね。登場人物たちの誰が生き残って誰が死ぬかという、こういうのは読みものとしても面白いところで、必ずしもいい人間が生き残るとは限ら

（26）この作品に対する批判　一九五五年に発表された「『ペスト』——疫病の年代記か、孤独の小説か？」という文章。『ロラン・バルト著作集2』（大野多加志訳、みすず書房）に収録されている。同書所収の、カミュからバルトへ反論する書簡、それに対するバルトの返信も参照のこと。

ないわけですよね。

斎藤　だけど、タルーが死ぬのは、フランスの小説だからということで読んでしまったのかもしれないけど、これはああ死ぬなと思いましたよ。これは救われないだろうなとね。

野崎　彼にはリウーと比べると、聖者になりたいという願望があってね。だから、ある意味でまだ形而上的な理想というのを捨てきれない人間ではあるよね。リウーのほうは、とにかく「自分の仕事をやるだけなんだ」というのが口癖で。そういうことを言える人間は一番充実した人間的な人生を送れるということなのかもしれないけどね。二人のヒーローを突き動かしているものは何なんだっていう、さっきの斎藤さんの重大な質問に関係するところだけど、タルーの場合はとにかく父親が裁判で死刑を求刑した検事だったと。人が人を殺すことは決して許せない、許さないという信念が彼を支えていますよね。

斎藤　タルー自身、死刑を排除する運動のなかで関わらなかった国はないと言っているくらい、ヨーロッパ中を回ったと。そういうすごく主張のある人間なんでしょう。小説のなかではそうは見えないけどね。

✝——美しい倫理の物語

野崎　この小説のなかで、僕はリウーとタルーが夜、二人で泳ぐところが本当に大好きで。ペストのせいで海水浴は全面的に禁止されているわけだけど、救護活動に疲れ果てた二人は束の間、その禁止を破る。つまり、これは『異邦人』の場合もそうだったけど、自然のなかでの肉体的な幸福感みたいなものがもっとも純粋な人生の意味になっているんですね。「きょうは友情の時間にしよう」と言って、二人は夜の海に浸って泳ぎ出す。海から上がった二人は一言も口を利かないでそのまま帰る。心の内で「また明日から戦いだ」と呟きながら。こういうシーン、一種のヒロイズムと友情の讃歌を描くようなシーンは、フランス小説としては珍しい。マルロー(27)やサン＝テグジュペリ(28)の先例はあるとしても。

斎藤　そうか、偽善的に見えてしまうのかな。

野崎　それはあるかもしれないね。

斎藤　それと少年が一人死ぬ場面がありますよね。ゴールディングではここまで生々しく書き切れないのではないかと思う。子どもを持つ父親としてはちょっとたまらないよね。またその死に方が非常にむごたらしくて。

野崎　しかも、その親であるオトンという人が裁判官なんですね。最初は固苦しい嫌な人間として描かれている。それが子どもの死という試練を経験することによって人間味を取り戻す。あの辺も、なんだ、この甘い展開はと言われるのかもしれないけど、やっぱり感動してしまう。

斎藤　つまり、本来だったら変わってはいけない人間が変わるんだよね。

(27) アンドレ・マルロー(一九〇一－七六)　フランスの小説家、政治家。『人間の条件』(一九三三)、『希望』(一九三七)など。カミュの文学的出発において強い影響を与えた。

(28) アントワーヌ・ド・サン＝テグジュペリ(一九〇〇－四四)。フランスの飛行士、小説家。『夜間飛行』(一九三一)、『星の王子さま』(一九四三)など。

野崎　そうなんですよ。そこで『異邦人』のムルソーと同じようにリウーが神父に食ってかかるというシーンになるわけだけども、リウーはとにかく子どもがあいうふうに苦しめられる世界を愛するということを自分は絶対に拒むというふうに言うわけですよね。『カラマーゾフの兄弟』に同様の言葉[29]が出てきていて、だからドストエフスキー的な主題をここに接続しているということですね。もちろん、ペストでなくても子どもの死という悲劇は日々起こっている。そこにこの小説の現実と強く結びついたアピール力があるわけです。

カミュの若い頃のエッセイに、「人生への絶望なくして人生への愛はない[30]」という言葉があるんですよ。僕はそれが彼の小説の大もとにある思いだという気がしてならない。リウーを支えているのも、絶望と愛がぴったりと張り付いた人生へのそうした思いなんじゃないか。幼い無垢な者が苦しんで死ぬような光景を前にして人は絶望に襲われずにはいられない。でも、その絶望があるからこそ自分の仕事がある、絶望に負けないための戦いに加われるんだっていうことかな。

斎藤　その順番がいいよね。まず『異邦人』のムルソーが生まれて、『ペスト』ができるという。まあ希望が見えるよね。ディケンズみたいに最初は明るいんだけど、晩年は暗くなっちゃうのはちょっとどうなのという感じがあるけどね（笑）。カミュのもの、ほかも読んでみよう。

野崎　太陽や海を描いた初期のエッセイ[31]もいいし、苦渋の色濃い後期の中短篇も

（29）同様の言葉　ドストエフスキー『カラマーゾフの兄弟』（一八八〇）第五編「プロとコントラ」第四章「反逆」におけるイワン・カラマーゾフの言葉を参照のこと。

（30）「人生への…愛はない」『裏と表』（一九三七）に記された言葉。

（31）太陽や海を描いた初期のエッセイ　『結婚』（一九三九）、『夏』

またいい。フランス語の文体として実に立派な、美しいものですよ。

斎藤　再評価されていいよね。十分評価もされているんだろうけどね。

野崎　いまだに学生は読んでいるようだし、訴えかけてくる力がある。

斎藤　何かサルトルと一緒になっているというのは不思議なんだけど、全集とかは必ずサルトルと一緒だよね。

野崎　それは最初の否定的世界観、宗教的なものを全部取っ払った意味のない世界、不条理な世界という、そこは共通しているんですね。ただ、そのあとでそれを逆転してこういう美しい倫理の物語を書いてしまう、なかなか大変だったと思うけど、これがカミュの道だったんだよね。

斎藤　いやー、これはいいですね。今回の課題図書のなかで一番感動しました（笑）。

（一九五四、初期執筆の文章も収録）。

VI

現代にゆらぐ国民文学

居場所がないという浮遊感
——V・S・ナイポール『ある放浪者の半生』『魔法の種』(二〇〇一、〇四年)

✝——世界を見てしまった人による小説?

野崎 たとえばナイポール(1)みたいな作家を前にすると、カミュの美しい世界がたちまち崩れ落ちるような感じがありますね。これほど恐ろしい文学はないというくらい怖い作品だと思いました。

斎藤 確かにナイポールはちょっと怖いね。まず『ある放浪者の半生』と『魔法の種』の粗筋から説明しますと、『魔法の種』は前者の続篇ですけど、インドの聖職者の父親と非常に低級なカースト出身の母親との間にできたインド人、これが主人公のウィリーなのですが、これが父親に対する憎悪の念を募らせる。父親は非常に自己欺瞞的な生き方をしているわけだけども、その父親を軽蔑しながら生きるわけですね。非常に不幸な少年時代を送って、父親をモデルにした皮肉な物語を書いたりするわけね。

それからイギリスに留学して、当時流行っていた移民ボヘミアン的な生活を送

(1) V・S・ナイポール(一九三二-) 小説家。トリニダード生れ。『秘法伝授マッサージ師』(一九六一)、『ビスワス氏の家』(一九六一)、ブッカー賞を受賞した『自由国家で』(一九七一)、『暗い河』(一九七九)、など。旅行記に『インド・闇の領域』(一九六四)、『イスラム紀行』(一九八一)、『イスラム再訪』(一九九八)などがある。二〇〇一年ノーベル文学賞を受賞。

りながら、これはBBCの放送原稿を書いていたナイポール自身と通じるんだろうけど、文筆で小遣いを稼ぐわけですね。創作活動をしているうちに、自分の短篇小説に感動してファンレターをくれたアナという、ポルトガル人とアフリカ人との混血の女性と結婚して、アナの故郷であるアフリカのある植民地に行くわけです。十八年間アフリカで暮らすんだけども、どうも自分の人生を生きているという実感が得られなくて、ある日突然もうやめたと言ってアナと離婚して、ドイツにいるサロジニという妹のところに転がり込む。そこで十八年間のアフリカ生活の話をするわけです。そこで『ある放浪者の半生』は終わり。

その続きが『魔法の種』なんですけれども、『魔法の種』では、サロジニは自分のところに転がり込んで居候生活をしているウィリーに対して、そんなことやっているからお兄ちゃんはだめなのとその生き方を批判して、もうちょっと政治闘争をやりなさい、そういう戦いをしている人がいるんだからそこに参加しなさいと勧める。だからサロジニも過激なんですよ。大叔父の血を引いていて政治闘争が大好き。

ウィリーはサロジニの勧めに従って、インドに戻ってカースト解放のためのゲリラ闘争に加わるわけですね。だけども、何かこれも違う、ここも自分の居場所ではないと感じる。しかし、そのゲリラが殺人を犯してしまって、その一派として投降するわけですね。逮捕され、収監されたのちに、サロジニとイギリスにい

V. S. Naipaul, *Half a Life* (2001)の翻訳に『ある放浪者の半生』(斎藤兆史訳、岩波書店、二〇〇二)、*Magic Seeds* (2004)には『魔法の種』(斎藤兆史訳、岩波書店、二〇〇七)などがある。

たときの友だちの弁護士のロジャーという二人の助けによって釈放される。ロンドンに戻って、今度はロジャーのところに居候になって、そこで生計を立てるべく活動を始めるわけですね。

ところが、そのロジャー自身もそうだけど、周りにいる人間同士で騙し騙され、いろいろな人間模様がある。そういう人間たちとの関わり合いのなかで、自分の人生ってどうだったんだろうかと悩んで、最後に悟ったのか、悟れてないのかはわからないんだけど、そこでまた自分の人生を振り返るという、そういう展開ですね。どうでしょう、こういうのは?

野崎　とにかく猛烈に面白かった。駒場の学生諸君、みんな買って読んでくださいという感じ。

斎藤　本当?　でも、これは学生には難しいだろう。わからないんじゃない?

野崎　これぞまさに現代の小説。何か、世界を見てしまった人が書いた小説という感じがした。まず単純に言って、非常な移動がありますよね。インドから始まって、ロンドンに留学して、斎藤さんの解説によるとモザンビークなのかな、アフリカの国に行って、今度はそこからドイツに行って、またインドに行って、ロンドンに行ってと。その間に主人公はつくづくすべてを見てしまう。途中では、抑圧された民衆のために戦うといったポジティブな企図もあるんだけれども、それもたちまち悪夢のようなことになっていくわけで、目指すべき人生の方向というのはついにつかめないままですよね。その漂流状態が常に世界の一番ヒリヒリした、それこそアナーキーの一歩手前みたいな、共同体の秩序が崩壊するような、そういう状態と常に接しながらなので、絶えざる緊張感と破滅への予感みたいなものがあって、実に引き込まれるんですね。

しかも、それを貫いている主人公のウィリーというインド出身の青年は一貫して、筋金入りのニヒリストだよね。結局、彼にとって胸を躍らせる価値というのは世界に何もないんだな。イギリスの植民地であるインドに育ち、しかもそこでミッションスクールに通わされたせいで、英語とキリスト教文化を何の内的な必然性もなく詰め込まれてしまった。だから、本来の自分に帰る場所がどこにもない。あらゆる意味でまさに現代的な小説だなという気がする。

✝――「われわれ」って何？

斎藤　だけど、ニヒリストにしてはやたらに何かを求めるよね。居場所を探そうとするとかね。これがナイポールと重なる。作家としての使命感というのか。ナイポール自身なのかもしれないけど、本来ニヒリストだったらもっと動かないはずだと思うんです。たぶんサロジニが何を言ったってそんなのは無価値だと言うんだろうけど、もしかしたらそこに自分の居場所があるのではないかと思って出かけて行っては、「よしこれから頑張ってヨガの修行をするぞ」とかいって、「これが自分の世界なんだ」と思い込もうとするぐらいの意思力はあるんだよね。だけど、そのたびごとに裏切られるというね。

野崎　そう。幻滅が早いよね（笑）。ものすごく早い。期待は一日くらいしかもたない。二十歳で最初にロンドンに行きますけれども、インドの現実に絶望していた彼にとっては人生をやり直すステップであったはずですよね。ロンドンに行ったら何かあるんじゃないかと思ったら、バッキンガム宮殿とか、ハイドパークとか、スピーカーズ・コーナーに行って、立て続けにひどく失望させられてしまう。イギリスというのはただの贋物じゃないかって、だまされやすい自分に対する恥辱感すら湧いてきてしまう。到着早々にですよ。だから、何かに憧れる余地がない世界だなという気がしますね。ただおっしゃるとおり、誰にもまねできないほどのエネルギーはあるんだね。だから、人の何倍もの人生を生きている感じがする。

斎藤　そう。だってアフリカで十八年間の結婚生活をして、普通そこからゲリラはないでしょう。どう考えたって（笑）。

野崎　それが二回目の人生だよね。

斎藤　しかも、政治犯として刑務所でしばらく過ごすわけだからね。それも、もっと極悪犯のところに入れてくれと言って。こんな人生、送りたくたって送れないですよね。

野崎　本当ですね。時代が明示されていないので、全体として切れ目なく続く悪夢みたいな感じがあるんだけど、いくつかの手がかりから推測すると二十歳でロンドンに行って、三年くらい居てアナという女の子と出会う。そこで彼女の母国に行くわけなんだけど、そのときが二十三歳。十八年いたということは、四十過ぎになって今度はインドでゲリラに身を投じるわけだ（笑）。しかも、そのゲリラっていうのがまたすごい。立派な大義はあるわけなんだけども、やっているこ とはまったく不毛で、ジャングルに隠れてただひたすら歩き回っているだけ。だから、あらゆる意味で途方もない強靱さと、深い幻滅というのを感じますね。でも、次々に局面が変わって思いもしない展開を迎えるので、読んでいて全然飽きませんよ。

　僕はこの連作のひとつのモデルじゃないかと思うのは、ヴォルテールの『カンディード』[2]なんですよ。あれは世間知らずの無垢な青年が世界一周の旅に出て、世界はとんでもないことになっているというのをつぶさに目にして帰郷し、「さあ、われわれの畑を耕そう」というので終わるんだけれども、ナイポールの作品には「われわれの畑を耕そう」がどうも見当たらないんだよね。

斎藤　「われわれ」って何？　という、たぶんそこが基本的なナイポールの問題意識で、宿命的にそういう問いが自分のなかに埋め込まれているようなところがあってね。これも彼の作家としてのあり方を考えなければいけないわけだけど、

（2）『カンディード』（一七五九）十八世紀フランス啓蒙思想を代表する存在の一人、ヴォルテールによる風刺小説。

最初の三作[3]くらいはトリニダードが舞台になっている。しかも昔の愛読書のなかにディケンズがかなり入っているから、おそらくはディケンズなんかを勉強して、本来自分の住んでいるところを見て細かく描写することで文学ができると彼は思ったんだろうね。ところが、あるとき気がつくわけですよ。特にそのあと旧植民地や第三世界をあちらこちら旅行して、こういう国に描くべき文化が本当にあるのかという、そういう問いを持つようになる。

宗主国と第三世界に対する問い

斎藤 彼のディケンズ評[4]を読むとわかるんだけど、ディケンズの文学が可能であったのは、本来そこに描くべきものがあるからだと。それをディケンズは発見したわけだけど、その発見するものがないもどかしさを彼は第三世界に感じるわけでしょう。そして世界を放浪し続ける。かといって宗主国を認めるかというと、それに対しても敵意があって、彼自身もイギリスに幻滅して、「オックスフォードには何もなかった、そこで学んだことは何もない」といって宗主国にも喧嘩を売るわけだよね。一方、自分が属するこっちに文化があるかといったら、どうもないらしいという、そこの浮遊感ですね。

野崎 それはこの二作にかなり窺えますね。

斎藤 だから、これは彼自身なんだよね。

（3）最初の三作 『神秘の指圧師』（一九五七）、『ミゲル・ストリート』（一九五九）、『ビスワス氏の家』（一九六一）。

（4）彼のディケンズ評 『読み書き』（二〇〇〇）中でディケンズの『ニコラス・ニックルビー』を論じている部分、また『作家の周りの人々』（二〇〇七）におけ る「ディケンズの中で価値のある部分は、すべてイングランドの中にあった」という評言など。

野崎　理想の高い人なのかな。

斎藤　理想が高いというか、怒りに満ち溢れているんですよ。常に怒っている。

野崎　いまのは非常によくわかったけれども、作品からは宗主国以上に、貧しき第三世界に対するより深い侮蔑の念を感じた（笑）。それは結局、ナイポールの中身が英語英文学で出来上がっているせいじゃないのかという気がするんです。たとえば『魔法の種』でのインドの描き方はもう徹底したもので、「コオロギ人間」とか「マッチ棒人間」とかね。訳語も効いてると思うけど、一家でまる三日間、何も食べないで土の上で寝ているような極貧の人たちが次々に出てきますよね。どこに行っても文化のかけらもないという、徹底的にそういうイメージで描かれているわけだけども、その視線はずいぶん冷たいと思う。

要するに、彼の内にはキャノンがやっぱりあるんじゃないかということ。それを通して判断するから、アフリカもインドも単なる不毛の地ということになるのではないかなと感じるんですけどね。しかも、その不毛の地に何とか違う秩序を作っていこうとするのかというと、結局のところむしろ現状を覆さないほうがいい、覆したらもっとひどくなるみたいなことを言うよね。つまり、手の施しようはないと。インド、アフリカはヨーロッパ以上に否定されている気がするんだけど。

斎藤　そうですね。確かにイギリスはそれほどでもないね。でも、イギリスの人間も違う意味でずいぶん下劣に書かれている。頽廃的な文明がある意味で蔓延していると。

野崎　確かに『魔法の種』を最後まで読むと、最後はまたロジャーのところに帰ってきて、ロンドンでの生活になる。そうすると冒頭、ゲリラから逃げ出して文明社会に帰ってきたときは、やっぱりこちらのほうがいいやという気持ちになっているんだけど、「二つの世界」のうち恵まれているほうの空虚さも暴かれてしまう。最終的にはそちらも否定しにかかっているわけだよね。

斎藤　そうなんです。これは両方の作品に通底しているけど、「ハーフ」というキーワード、「半分」というイメージがありますね。要するにあちら側がいいかなと思って向こう側に行くけど、そうすると今度はこちら側がよく見えたり、行ってみると非常に下劣であると。そこは貧困に喘いでいたり、文化的に堕落していたりという。だから、どこにも居場所がないというのがひとつのテーマだと思うね。

野崎　『ある放浪者の半生』の原題は『ハーフ・ア・ライフ』というんだっけ。それで思い出したんだけど、何となく似たところのあるタイトルだなというのはサイードの『アウト・オブ・プレイス』(5)という自伝ですね。発想としては同じだよね。あるべきところから外れてさまよい続けるしかない、ということなんだけど、サイードとナイポールを比べるとサイードにはパレスチナの人々のために戦

(5)『アウト・オブ・プレイス』(一九九九)　パレスチナ系アメリカ人の思想家エドワード・W・サイードによる自伝。邦訳は『遠い

い抜くという正義があるじゃないですか。それがナイポールは、これだけエネルギッシュで筆力のある人が、徹底してネガティブな意思を貫いているというのは恐ろしいですよ。

斎藤 恐ろしいね。この人は本当に何をしでかすかわからない。ひたすらあちらこちらに喧嘩を売って、おまえらそれでいいのかと言って回っているんですよね。それは自分自身に対する怒り、なぜこんなところに生れついたんだという怒りでもあって、彼は何かを積極的にこうしようとか、倫理を打ち立てようとか一切ないんですよ。破壊の「蝿の王」だね（笑）。

野崎 まさしく。しかも、彼の描くところの世界自体がそうなんだ。もうみんなで一生懸命土台を崩して、蝿がたかっている世界というふうに描かれている。

†——救いを求める人間のエロス

野崎 もうひとつ小説としてこれは面白いなあと思ったのは、やっぱりセクシャルな描写。エロチックなところですね。

斎藤 それは『素粒子』(6)のほうが……（笑）。でも、この辺が限界でしょう。僕が許せるぎりぎりのところ。

野崎 そうですか？ 僕は『素粒子』のほうがかわいいものだと思うけどな（笑）。それまで奥手で意気地なしだった主人公が、アフリカに行ってはじめて爆発的に

場所の記憶』中野真紀子訳、みすず書房。

（6）『素粒子』（一九九八）ミシェル・ウエルベックによる小説。本書二二二頁以下を参照。

セックスに目覚めるじゃない？　あそこは怖かったなあ。要するに、西欧的な意味でのエロチシズムのエレガントさとか誘惑とは全然違うところで、極貧の娘たちがある種、性的な興奮のなかで体を売っているわけだよね。それに主人公がどっぷりとはまっていく。その次には近所の知り合いの人妻と無茶苦茶な愛欲に溺れる。あの辺はしびれるような面白さだと思った。あまり面白がるのはまずい気もするけど（笑）。

斎藤　いやいや、面白いですよ。

野崎　ぎりぎりの救いを求める人間がエロスに走って、その結果どこまで行くかっていうスリルがあったな。これ訳していて高揚感はなかったですか？

斎藤　高揚感はあるんですよね。さっき表向きの自分の感性に合っていると言ったのは、『ペスト』[7]みたいなものは授業で語っている自分とすごく響き合うわけですね。ところが『素粒子』とかこういうのを見ると、なんだ、これは！　とぶっ飛んじゃうわけ（笑）。自分はいままで倫理をまとってきたけど、有無を言わさず素っ裸にされちゃったみたいな面白さはあったね。

野崎　その引き剝がす力というのは強烈なもので、『ペスト』とナイポールを続けて読むと、『ペスト』的なものをどう貫くかはなかなか難しいですね。つまり『魔法の種』のほうは、兄妹のうち妹はある意味、正義派じゃない？　朝起きると妹が「ほかの人のことを考えないとだめじゃないの、世界には不幸な人たちが

（7）『ペスト』（一九四七）カミュによる小説。本書一八九頁以下を参照。

いるのよ」と兄さんに言うわけです。『ペスト』の新聞記者のランベールは、自分だけが幸せだというのはむしろ恥ずべきことなんだと言っていましたよね。良心的な人というのはそう思うものでしょう。『魔法の種』のウィリーも同じ理屈で、インドの解放戦線に身を投じていく。とはいえ、結局のところあんな馬鹿げた経験はないわけだよね。

斎藤　だけど、サロジニというのもまた曲者でね。これも本当に正義かどうかわからないですよ。そもそもすごい不細工なんですよ（笑）。最初のほうに書かれていたけど、親も絶望してこれはどこにも嫁に売れないと。ようやく年取ったドイツ人が拾ってくれて、すぐに別居させられてしまうわけだけど、もう反抗の塊みたいな奴なんですよ。だから、正義といったって、ある種ナイポールの一番嫌なところを凝縮したようなものでね。

野崎　ルサンチマン（怨念）みたいなね。

斎藤　そうなんですよ。サロジニはルサンチマンなんだよ。それに乗っかっている。そのサロジニに比べれば、ウィリーなんていうのはまだ無垢だからね。何もわからないから「ああそうか、おまえが言うなら」といって行ってみて絶望するというね。

野崎　凝り固まっているところがまだないと。

斎藤　サロジニは毒を持っているよ。

野崎　そうなんですよね。サロジニの描き方も救いがなくて、ロンドンから帰ってくると心配してウィリーのところにサロジニが来るじゃない？　わざわざ料理とかつくってくれるんですよ。そしたら妹が料理が下手で、とんでもなくまずいと言うんだよね（笑）。その辺もまた、身も蓋もないというか……。

斎藤　そもそも恥ずかしいから来ないでくれと心のなかで言うんだよね。

野崎　そうそう。実際ナイポールは毒が強過ぎて、効き過ぎるという心配さえあるね。僕には本当に刺激的だった。特に女性関係の描写は興味津々だったし、エロチックな側面ではクッツェーの『恥辱』(8)なんかとも重なりますね。クッツェーの南アフリカの風景と相通じるものがある。

✝――旅行記の面白さ

野崎　ただ、この本で描かれているインドに比べて、現実のインドのほうがいろいろな面でずっと豊かだろうと思うんですよ。たぶん二十一世紀はもっと勢いを増してくるだろうし。そういう意味では、これはあくまで文学者の特異な目で再構築された世界であって、それを鵜呑みにするのはまずいと思う。

斎藤　ナイポールは小説と旅行記(9)の二足のわらじを履いているんだけど、どこかしこも全部否定的に書いてしまうから、何を書いても批判されていますよね。イスラムを描けばイスラム世界から違うと批判されるし、文明国は頽廃的に描く

（8）『恥辱』（一九九九）南アフリカの作家J・M・クッツェーによる小説。

（9）小説と旅行記　本書二〇六頁（1）の注参照。

し。特にイギリスに対しては目茶苦茶に言っているよね。ルサンチマンだから宗主国に対して恨みつらみでものを書くし、第三世界に対してはもっとしっかりしろと言えばいいのに、それがまた憎たらしく書くわけだよ。イスラムなんかも同じ扱いで書くから、それぞれから反発を食らう。

野崎　彼にとって安住の地はどこかにないいんですか。

斎藤　ないと思いますよ。

野崎　『魔法の種』のなかで一カ所「日本人」と出てくる(10)じゃない？　あれはどういう意味なんだろう。不意を突かれたような気がしたんだけれど。ゲリラから逃げ出して、帰ってきたところなんですが、この人間たちは物事のもう一方の側面を知らないんだと。要するに、インドのジャングルみたいなとんでもない世界が別にあるんだと。それから自分たちの家族なんかはみんな「無」が染み込んでいるという。何ともニヒルなものだよね。戻っていく場所は「無」しかないわけなんだけど、「人の反対側を理解しないかぎり、インド人や日本人やアフリカ人を理解することはできない」と。それまで日本は一度も出て来ないのに、ここで唐突に日本がインドとアフリカと一緒に出てくるんですよ。

斎藤　そうか。訳していてあんまり気にしなかったな。

野崎　これは何なんだろう。少なくともこの主人公のイメージでは日本も小説のなかのインドやアフリカのように悲惨な、しかも植民地化された「無」の国とい

(10)　一カ所「日本人」と出てくる　斎藤兆史訳、二三七頁。

うことかな。

斎藤　彼はこの段階では何度か日本に来ているはずなんだけどね。

野崎　会ったことあるの？

斎藤　僕はない。話はあったけど、結局会わずじまいだったね。それはノーベル賞を取るはるか前の話だから、当然日本のことは知っているはずなんだけど。

野崎　でも、ナイポールの旅行記も読んでみたいな。

斎藤　旅行記のほうが面白い。毒は同じようにあるけど、旅行記のほうが重層的だし、すごく重厚感があってね。ナイポールが自分がここに行きましたという話と、そのなかに出てくる登場人物の物語になっているのでものすごく面白い。旅行記のほうがこの人の筆に合っているような気がしますね。

野崎　定住するというよりは、常に旅をして呪いながら毒を吐いて書くという。それが彼の人生なわけだね。

斎藤　数年前のＢＢＣのインタビュー(11)を見ても、本当に八つ当たり状態ですね。作家をことごとく斬り捨てている。かつて愛読していたはずのディケンズまでもうだめ。

野崎　ノーベル賞に輝いても全然変わってないということですか。

斎藤　変わってないというか、さらにひどくなっているかな（笑）。ヘンリー・ジェイムズ(12)なんかに至っては世界最悪の作家だとか言っているしね。

(11)　ＢＢＣのインタビュー「ナイポール、文豪たちを批判」（二〇〇六年三月二九日付のＢＢＣニュース）。

(12)　ヘンリー・ジェイムズ（一

野崎　なるほどね。そういう点はテロリストだね。
斎藤　テロリスト。わからないでもないんですよ。ヘンリー・ジェイムズも放浪者だけど、アメリカという文明国で生まれてヨーロッパのすごく繊細な文化のなかで自分のアイデンティティを模索するみたいな人で、そういうきれいごとはたぶん許せないんだろうね。インドとかアフリカとかというレベルの話になってしまうからね。でも、最近はそこまで言うかねという毒の吐き方ですよ。
野崎　そうか。いやー、まいりました。実はこのところインド映画(13)に入れ揚げていてね（笑）。インド映画というのはご都合主義の極致みたいな筋立てばっかりなんだけど、圧倒的な活力がある。「コオロギ人間」とか、「マッチ棒人間」を解毒するにはインド映画を見るしかない。
斎藤　踊りとアクションとね。
野崎　そう。でも、すごいな。こういうのをイギリス文学と呼びたくない人は多いだろうけど、逆に言えばこういう作家がいるから面白いんだな。

八四三―一九一六）小説家。本書三二二頁(18)参照。

(13) インド映画　五〇年代の天才監督グル・ダットの『乾き』や『紙の花』に驚愕してインド映画に入門した野崎は、最近ではアミターブ・バッチャンやシャー・ルーク・カーン主演の娯楽作に参っている。

自由と個人主義の果て

——ミシェル・ウエルベック『素粒子』（一九九八年）

†——イギリス小説にはない衝撃度

斎藤　だけど、『素粒子』[14]は規格を飛び出してないですか。これはちょっと超えてしまっているよ。

野崎　それは大変な褒め言葉ですね。では『素粒子』の粗筋を言いますと、プロローグの一行にいわく、「本書は何よりもまず一人の男の物語である。男は人生の大部分を二十世紀後半の西洋で生きた」と。直接にはフランスが舞台で、第二次世界大戦後のフランスの歴史をミシェルという天才科学者の人生を通して描くということなんですね。

ただし「一人の男の物語」とはいえ、実際にはミシェルの父親の違う兄であるブリュノも重要人物です。こちらは文学教師なんだけど、教授資格を持っているかなりのインテリですよ。兄弟の気質はまったく違って、文学教師のほうはとにかくセックスの妄想に狂っていて、絶えず欲求不満に駆り立てられながら、それ

(14)　ミシェル・ウエルベック（一九五八-）　フランスの小説家。レユニオン島出身。『闘争領域の拡大』（一九九四）、『ランサローテ』（二〇〇〇）、『プラットフォーム』（二〇〇一）『ある島の可能性』（二〇〇五）など。歌手としてCDも出し、映画監督としてもデビューしている。

でも新たな刺激を求めて人生をさまよっていくわけですね。ミシェルのほうは女性への性的な欲望というのはほとんど持ってないような男。最初はホモセクシャルなのかなっていう気もするんですけど、そうでもない。欲望から解脱しちゃっているような、そんなキャラクターですよね。ミシェルのほうには幼馴染みのアナベルという美少女がいて「気の毒なほど美しい」という設定になっている。美し過ぎて不幸の影を宿しているんだけど、そのアナベルと一緒になるのかなと思ったら別れがあって、それっきり孤独に生きているんですね。

その兄弟の運命が辿られていって、ブリュノのほうは次から次への虚しい性的遍歴を続けるうち、ついにクリスチャーヌという同年配の心やさしい女性と知り合う。ようやく立ち直るのかと思いきや、悲惨な事態に陥る。ミシェルのほうもアナベルと二十数年後に再会して、人生をやり直せるのかと思うけれど、そうはいかない。

そんなふうに、すべてが失敗と破滅に彩られた戦後フランスの人間の生き様なんですけれども、ただしミシェルは天才であって、最終的に人類の完璧な複製技術というのを生み出す。それによって人間はセックスから解放され、クローニングによる新しい人間が出来てくる。この本はどうやらその新しい人間が書いた本だ、ということになるわけだよね。

斎藤　最初にこれを読んでどう思いました？　しかも、読んだ印象とまた別だろ

Michel Houellebecq, *Les Particules élémentaires* (1998) の翻訳に、『素粒子』（野崎歓訳、ちくま文庫、二〇〇六）などがある。

うけど、これの翻訳を引き受けてよいものかと悩まなかったの？（笑）

野崎　何しろ一読、大感動してしまって、その勢いで翻訳させてくれとこちらから出版社に頼みこんだんですよ、向こう見ずにも。

斎藤　身の危険とか、そういうのは感じたことない？

野崎　それはないけど、このあとの作品からウエルベックは、たとえばイスラムに対する批判的発言(15)でスキャンダルを起こして、それによって彼自身はフランスで、サルマン・ラシュディ(16)ほどではないけれども、かなりの抗議を受けたらしい。この時点ではまだそこまでは行ってなかったですけどね。ただ、もちろんおっしゃるように横紙破りの描写が多いし、本音剝き出しというか、こういうことを書いちゃいけないでしょうということがいっぱい出てきますから、僕の性格からいったら自分でそういうことを書ける人間ではまったくない。翻訳だからできるということはあるね。

斎藤　これは桁外れ。イギリス小説ではあり得ないですよ。これはフランス革命を成し遂げた国でなければ出てこないようなスケールの大きさで、すごいですよ。衝撃度は一番ですね。

†——女性読者からの支持

斎藤　あらゆるコード、約束事を打ち破っている。性の描写に関するコードはも

（15）イスラムに対する批判的発言　『プラットフォーム』刊行後のインタビューで、イスラム教およびコーランを愚弄するごとき発言をして物議をかもした。

（16）サルマン・ラシュディ（一九四七－）　作家。インド生れ。『真夜中の子供たち』（一九八一）など。『グライマス』（一九七五）、『悪魔の詩』（一九八八）が世俗的見地からイスラム教徒を描いたためにイランの最高指導者ホメイニ師による死刑宣告を受け、身を隠さざるを得なくなる。

ちろんそうだし、さっきのイスラムの批判もそうだし、人種差別も無茶苦茶でしょう？　黒人に関する描写の仕方だって非常に差別的だし、男女に関する差別もあるし、しかも性描写だって明らかに男性の欲望を剝き出しにしている。女性の側からするとこんな屈辱的なことを書かれたら絶対たまらないと思うんだけど、女性側からのそういう批判はないんですか？

野崎　ところが女性に読者が多いんだよね。

斎藤　ああ、そお⁉

野崎　最初にできたファンサイト(17)の代表も女性だし、彼についての研究書(18)を最初に書いたのも女性で、女性読者の共感を圧倒的に得た作品なんですよ。確かにブリュノという男を通して男のギラギラした性欲のかたちが剝き出しになっていますよね。それに彼は幼い頃も猛烈ないじめにあっていて、その辺の描写もすごいですけどね。ただ、それで彼の行動が正当化できるわけじゃない。

斎藤　男性を楽しませるというタイプの描写が多くてね。

野崎　ただし、ブリュノはいつも満たされなくて、しかももてない男なんだけども常に欲しくてしょうがない。その姿はえらく滑稽じゃないですか。愚かだなあという感じで。女性から見るとそれは逆に憐れを催すんじゃないの。つまり、ある種の批評的な距離が常に置かれているわけで、ブリュノは現代の男の陥った悲惨というかたちで描かれているんですよ。単に女性を性的な欲望の対象として描

(17) ファンサイト　「ウエルベック友の会」を主宰する女性ミシエル・レヴィが開設したサイト。http://www.houellebecq.info/

(18) 研究書　ミュリエル・リュシー・クレマンという女性研究者が二〇〇三年に出した本が最初の学術的なウエルベック研究書である。Murielle Lucie Clément. *Houellebecq, sperme et sang*. L'Harmattan, 2003.

くだけではなくて、こういうふうなパターンでしか行動できない男の惨めさ、辛さというのを描いているわけだよね。そうすると女性も共感してくれるのかもしれない。

もうひとつ、戦後人間がどんどん自由になって、若さが一番特権的な価値になっていったということがあるよね。そのなかで男は中年になると若い女を求めるようになるけども、中年になった女性は行き場がないというふうに書いている。それをフランスの女性なんかはむしろ、よく言ってくれたというふうに受け止めている節があるね。

斎藤 そうなんですか。これをもし日本で言ったら大変な騒ぎになるよね。

野崎 もちろんフランス人にも拒否反応を起こした人は多いですよ。最終的にブリュノは、自分と同じように人生に裏切られた女性を妻に選ぼうとするわけだよね。だから、ある意味では彼の成長も描かれてはいる。

斎藤 うーん。それにしてもこれはひっくり返ったな。

✝——激烈な告白と冷え切った認識

斎藤 それと差別ということではないけど、普通の文学ではやらない実名主義ですね。しかも、こんなこと書いちゃいけないんじゃないのという。ミック・ジャガー(19)が殺人を犯したみたいに書いているよね。

(19) ミック・ジャガー（一九四

野崎　ああ、ブライアン・ジョーンズ[20]を殺したという話ですね。
斎藤　あんなのいいの？
野崎　確かにミック・ジャガーが読んだら訴えるかもしれないよなあ。
斎藤　普通の常識からして許されないことでしょう？
野崎　ただ、ブライアン・ジョーンズの死をめぐっては最近も記録映画[21]が封切られていたけど、最初はブライアンがストーンズのリーダーだったわけじゃない。ミック・ジャガーがそれを乗っ取るために殺したというのは、昔からまことしやかに囁かれていたロック伝説のひとつではありますよね。
斎藤　だけど、これ事実なのかよって（笑）。
野崎　まあ、一種のＳＦ小説ですから（笑）。サルトル[22]とかも出てくるじゃない？　その書き方がすごいですよね。その辺は僕もびっくりしたし、面白かったんですよ。
斎藤　いや、面白いというのと許されるというのとは違うじゃない（笑）。とにかくスケールの大きさでは文学のコードすら打破した。しかも、ただコードを破らんがために書いたものではなくて、いろんな要素があってね。最後まで行ってはじめてわかったけど、ある意味で未来小説なんですよね。相当な未来からこれを見ているという意味もあるし、科学論でもあり、文明論でもあり、文化論、恋愛論、宗教論、それらを全部包摂したとてつもない小説だなという気がしました

三－）　イギリスのロックバンド、ローリング・ストーンズの有名なるボーカリスト。かつてはご乱行で知られたが、卓越したビジネス感覚とストイックな自己鍛錬によりいまや健康と長寿を謳歌。ストーンズを、アメリカ合衆国元大統領も一家でコンサートを見にくるエスタブリッシュメント御用達バンドにまで育てた功労者である。

（20）ブライアン・ジョーンズ（一九四二－六九）　ローリング・ストーンズの元ギタリスト、ボーカリスト。ドラッグに溺れ、バンドを脱退した直後、プールで変死を遂げた。

（21）記録映画　映画『ブライアン・ジョーンズ　ストーンズから消えた男（*STONED*）』（二〇〇五）。

（22）ジャン＝ポール・サルトル（一九〇五－八〇）　フランスの哲学者、作家、評論家。本書八頁（23）

ね。しかも、シュルレアリスムかなと。だからフランス文学を読み慣れると、これはレアリスムなのかもしれないけど、ありえないようなところがあるじゃない？　だから『ナジャ』[23]に通ずるところもあるんだけど、われわれからみたら現実にはこんなところで声かけないでしょうとかね。

野崎　またしてもその問題だな（笑）。

斎藤　それもそうだし、何でこんなにしょっちゅういっちゃうのとか（笑）。普通こんなところでいかないでしょうと。そういう常識的な。

野崎　でも、それはわりとリアリズムだと思うけどな。いや、自分のリアリズム観はかなりかたよっているのかもしれないとは思い始めていますが。確かに斎藤さんは『ナジャ』におけるブルトンの振る舞いも、普通こんなことしないだろうと言っていたけど、ある意味、フランス人の紋切り型イメージでもある。

斎藤　だから、ちょっと桁が違うという気がしますね。しかも、ものすごく感情移入しちゃって、僕自身はミシェルのような人間を気取って生きてきたけど、本当は違うんじゃないかなというような思いもあるし。つまり、ミシェルと同い年なんですよ。しかもブリュノは二つ上だから、どのくらいの年でどういう感情を持つかはものすごくよくわかる。それは単に個人的にそういう年代だからかもしれないけど、そういう思い入れで読みましたね。この作者もわれわれと同じ年でしょう。当然ミシェル・ウエルベックという名前からしても、これは自分のこと

参照。

（23）『ナジャ』（一九二八）アンドレ・ブルトンの小説。同名の詩集も出版。本書一四九頁以下を参照。

で、自伝的な要素もあるのかしらね。

野崎　ウエルベックというペンネームは、母方のお祖母さんの名前なんだそうです。彼は親に捨てられた子なんだけれども、要するに両親の育児放棄みたいなものので、彼自身にも父親の違う妹がいて、お母さんはぶっ飛んだ人だったようですね。要するにミシェル・ウエルベックがブリュノだとすると、小説のなかでの弟にあたる妹がいる。でもその妹とは一度も会ったことがないらしい。もっぱらお祖母さんに育てられた人なんですね。そういう意味でも実は古典的なパターンを踏んでいて、要するに孤児たちの物語なんです。十九世紀以来の伝統でもあるわけなんだ。

自伝的な色彩は濃いと思うけれども、告白小説とか私小説みたいな部分をマグマにしながら、全然違うもの、科学的なものやSF的なものとかをミクスチュアしている。その混ざり具合が斬新だなと思いましたね。激烈な告白と冷えきった認識みたいなもの、それが独自な融合を遂げているなと思いましたね。

✝――自由と個人

斎藤　それぞれのレベルの内容が深いですよね。だから単なる性描写とか、そういうものを超えて、それを許容してしまうだけの広がりがほかにあるから。だからそれだけの小説、つまりセックスだけの小説だったらただの話題作なんだけど、それを包摂するスケールがあるから、これは名作だと思いますね。

野崎　細部でこちらの神経を逆なでにする部分のテクニックが、独特の巧みさなんだと思うんですよね。たとえば「人間は不具になるよりは死を選びたがるものである」とか、こういういわばフランス文学の十八番である皮肉で嫌味なアフォリズムみたいなのがこの小説にはいっぱい出てくるよね。それがじわじわ効いてくるんだけれども、そこに安住してはいない、高見の見物ではないでしょう。やっぱり彼なりにモラルというか、人生のヴィジョンを求めているんだということは伝わってくると思うんですよ。

斎藤　ミシェルが失踪したところで一応物語としては終わって、それをあとから回想することになるわけだけど、失踪の理由づけというのは、要するに新しい理論を完成させて発表したところで恋人に死なれ、それに絶望したということなのかなあ。絶望はしたけど新しい理論を発表したので、そこでひとつの自分の人生に区切りをつけたと読むのか。あるいはそれもひとつの解釈として許容するぐらいの広がりをもったエンディングなのか。これはよくわからなかった。

野崎　それこそ一種のミシェルの伝説化というか、神聖化というか、どう死んだかわからないということで一種の聖人に仕立てているという感じですよね。たぶん自殺したんだろうとは思いますけれどね。

二十世紀後半のフランスの動きというのをこういう反進歩史観でとらえたもの

というのはかなり珍しい。つまり、自由とは絶対的によいものであって、それを追求する。それから個人主義をどこまでも貫くというのを、前の世代はとことんやってしまったわけです。孤児としてのウエルベックは、そういう方向性によって破壊されてしまったものがすごくあるじゃないかという立場なわけですよ。

斎藤　そのヒッピー的な自由主義の言説は、ここでは非常に醜くというか、戯画的に、否定的に書かれていますよね。キャンプみたいなところで、ひたすらブリュノとの関係において、非常に激しい性描写とともにね。

野崎　確かにね。でも、そうは言ってもウエルベック自身がそういう文化の申し子なので、諸刃の剣ではある。僕にとってもバックグラウンドで共有しているものが実に多くて、ポップカルチャーとかロックとか、そういうもので高揚感を味わった世代でしょう？　だから、自分の土台までひっくり返そうとしているような面もあるよね。

ただ、さっき女性と男性に対する扱いの違いみたいなことが出たけど、最終的に批判の矛先は男性に向いていって、男という生き物はだめだというか、男はもういらないというところまで突き詰めていますね。逆に精神的な美徳を体現しているのはみんな女性ということになる。

斎藤　アナベルというのはいいね。個人的にはゾゾッときますね。だけど、ダヴィッドという人にやられちゃうんだよね。

オスカー・レーラー監督
による映画（2006）

野崎　ロックスターのなり損ねで、悪魔主義カルトに走る奴ですね。アナベルというのはあれだけの美少女で性格も素直なのに、人生に失敗しちゃうわけじゃない？　そういう一種の不正義ということに対する怒りというか、悲しみというかそれは切々と出ているよね。叙情的だと思うんだ。

斎藤　なるほどね。それがナイポールにはないということだよね。

野崎　そうそう。その意味ではウエルベックは甘いでしょう。

斎藤　そうなのか。いや、それは必要だと思いますよ（笑）。ただの八つ当たりではまずいだろうと。でも、このスケールはすごい。本当に革命的ですね。

✝――フランスの国民文学という存在

野崎　ウエルベック自身は英米のSFが非常に好きな人で、バラードとかオールディス[24]とかから大いにヒントをもらっている。ただそういうSF的な趣向を除くと、これは実に十九世紀的な文学ですよ。そもそもブリュノは文学教師で、教室でボードレール[25]とか教えているわけだよね。理系の授業でポール・ヴァレリー[26]を教えて何の意味があるんだろうとか、自分ほど物の役に立たない人間はいないんじゃないかとか、非常に痛切な反省もしているんですけど（笑）、小説としての根本はバルザック[27]ですよ。多様な人間を登場させることによって社会を立体的にとらえようと。それから人生の認識はボードレール流。これは挑発的な部分も含

（24）バラードとかオールディス　J・G・バラード（一九三〇―二〇〇九）イギリスのSF作家。『結晶世界』（一九六六）、『クラッシュ』（一九七三）など、幻想的な美しさのうちに現代社会への批判を含む作風で知られる。ブライアン・オールディス（一九二五―）イギリスのSF作家。バラードとともにSF小説にニューウェ

めて、実に近いものがある。

あともうひとつ、最近ウエルベックのエッセイ(28)を読んでびっくりしたのは、彼の人生で一番決定的な体験はパスカル(29)だったと言うんだよね。十五歳の夏休みにたまたまパスカルを読んでしまったと。ウエルベックが引用しているのは、『パンセ(30)』の一節なんです。「多数の人びとが鎖につながれて、そのすべてが死刑を宣告されていて、そのなかの幾人かがほかの人々の眼前でなぶり殺され、残った者は仲間の状態のうちに自分自身の状態を見て、悲痛と絶望とを持ってたがいに顔を見合せながら自分の番が来るのを待っている。これが人間の状態のイメージである」という有名な断章なんですね。誰もが鎖につながれて、むなしく死刑を待っていると。

これはカミュ(31)にも深い影響を与えた一節なんですよ。カミュの場合はそうやって死刑になっていくのに抵抗するというわけだけども、ウエルベックはこういう人生観がひどいトラウマになったと自分で語っていて、どんなヘヴィーメタル・ロックよりもパスカルのほうが根源的な暴力性を持っている、あれで自分の人生は一変してしまったと言っている。そういうフランス文学の、人間存在の基盤を根底からとらえ直すような精神が新たに出ているのがこの作品かなという気もします。

斎藤　なるほどね。ということはフランス文学のある種の伝統のなかにきちんと

ーヴを起こした。『地球の長い午後』(一九六二)、『グレイベアド　子どもの消えた惑星』(一九六四)など。
(25) シャルル・ボードレール(一八二一－六七)　フランスの詩人、批評家。『悪の華』(一八五七)、『人工楽園』(一八六〇)、『パリの憂鬱』(一八六九)など。ランボーと並び、フランスの詩人のうち今日に至るまでもっとも深い魅惑を及ぼし続けている一人。
(26) ポール・ヴァレリー(一八七一－一九四五)　フランスの詩人、評論家。本書一五四頁(24)参照。
(27) オノレ・ド・バルザック(一七九九－一八五〇)　フランスの小説家。本書七一頁以下を参照。
(28) ウエルベックのエッセイ　作家ベルナール＝アンリ・レヴ

位置づけられるわけだよね。そういうものを踏まえているのがわからなかったから、ただひっくり返っちゃっただけで、これじゃジェイン・オースティンとか出てきようがないもの（笑）。

野崎　でも、ナイポールの破壊力だってすごいじゃない？

斎藤　だって、これはイギリスじゃないから（笑）。

野崎　とはいえ、英語で書いているんだから。

斎藤　ナイポールは英文学という括りを自らの力で破壊したわけだから、それは大したものだと思うよ。

野崎　確かにウエルベックはボードレールだ、バルザックだ、パスカルだと自分で言っているということは、文学をある意味で信じていますよね。

斎藤　だから、フランス文学には国民文学がまだあるんですよね。

野崎　そうかもしれないな。

斎藤　英文学はもはや国民文学として存在してないからね。だって英語文学と言うんですよ。リテラチャーズ・イン・イングリッシュ（literatures in English）。フランスにもそういう概念があるのかどうか知らないけど。

野崎　なるほど。文学も複数形で言うんだね。フランス語ならリテラチュール・デクスプレシオン・フランセーズですね。直訳すると「フランス語表現による文学」。

ィとの共著『公共の敵』（Michel Houellebecq, Bernard-Henri Lévy, *Ennemies publics*, Flammarion/Grasset, 2008）。

（29）ブレーズ・パスカル（一六二三-六二）　フランスの数学者、物理学者、思想家、宗教家。早熟の天才科学者として十代から名を馳せるが、神秘体験をきっかけに学問を捨て、宗教的思索に没頭。悲観主義的な人間観のもと、神の恩寵の絶対性を奉じるジャンセニスムの指導的思想家となる。イエズス会の弾圧にあらがう論争書『プロヴァンシアル』（一六五七）、そして死後刊行された『パンセ』（一六七〇）など。

（30）『パンセ』（一六七〇）　自由思想家の主張を反駁し、読者を信仰へと誘う、キリスト教弁神論のための覚書。断章形式による。引用の断章はブランシュヴィック版Ⅲ-199、ラフュマ版Ⅸ-314。

斎藤　ああ、そういうのが言葉としては存在するんだ。

野崎　ありますよ。フランスでもこのところ、フランス生まれではない人びとによる文学(32)のほうが元気あるから、ウエルベックも結局のところ最後の古典派になるのかもしれないけど。

斎藤　キャノンの最後にこの激烈な性描写というのは、それもいいんじゃない？（笑）とにかくこれはすごいよ。それこそ脳天をガツンと殴られたような感じ。

†――授業で読めない小説？

野崎　これを訳そうと思ったのは、とにかく同世代だなという共感がとっても強かったからなんです。ニール・ヤング(33)とかローリング・ストーンズの登場の仕方ひとつにしてもね。訳したときは僕らより上のおじさん世代が喜ぶかと思ったら、逆に若い男の子が愛読しているみたいなんですよ。もちろんごく一部の人たちだけども、それにはびっくりした。つまり、こういう種類の刺激を求める男の子がまだいるのかっていう感じね。

斎藤　だけど、それはいいことなのかどうかはわかんないでしょう（笑）。これはそういう小説なんですよ。『ペスト』は、授業でこれ読みなさいと言えるけど、これが好きだっていうことがいいのか悪いのかさえもわからないという、そういうスケールの大きさというか、不可解さがあるよね。でも、これ教室で勧められ

(31) アルベール・カミュ（一九一三 - 六〇）　フランスの作家。本書一八九頁以下を参照。

(32) フランス生まれではない人々による文学　近年の例だけに限っても、旧チェコスロヴァキア出身のミラン・クンデラ、旧ソ連出身のアンドレイ・マキーヌ、中国出身の戴思杰《ダイ・シージェ》、カナダ出身のナンシー・ヒューストン、アフガニスタン出身のアティーク・ラヒーミーといった作家たちがフランスに移住し、母語ではないフランス語で旺盛に作品を発表している。これにジャン＝フィリップ・トゥーサンらベルギー・フランス語圏の作家たち、そしてアフリカやカリブ海の旧フランス植民地の作家たちが加わって、今日のフランス語文学が成り立っている。

(33) ニール・ヤング（一九四五 - ）　カナダ出身のシンガー・ソングライター、ロック・ミュージシ

る？　少なくとも授業はできないよね。

野崎　やめておいたほうがいいだろうな。訳読はしたくない（笑）。

斎藤　フランス語のなかでも明らかにそういう言葉なんだ。

野崎　文章自体はなかなか立派な文章ですよ。それこそバルザック、ボードレール的な立派な文章だけど、台詞とか、描写のなかではいろいろとんでもないことが出てきますからね。

斎藤　でも一人で翻訳をして偉いよ。僕なんか自分は雑な人間だと思っているから、翻訳家志望の学生なんかに一応自分の訳をチェックさせるわけですよ。もちろん自分で一回読んでからなんだけどね。でも、そういう描写のところがあるとやっぱり頼みづらいわけ。だから、ここはちょっと飛ばしてもいいよなんてね。だけど、これは最初からチェックさせようもないっていう（笑）。

野崎　フランスでは中年女性が支持して、日本では若い男の子がカルト的に読んでいるというのは、やっぱりいろいろ考えさせられますね。まあ、若い人は隠れて読んでくださいと言っておきたいですね。

斎藤　これはすごい力があるし、フランス文学のある種の伝統を引き継いでいるというのが意外なぐらいに、すべての文学の構造を破壊し尽くしたものだと思っていたから、すごく勉強になりましたね。

ヤン。半世紀近くにわたり第一線で活躍。バンクーバー冬季オリンピック閉会式でもトリで歌っていた。

エピローグ† ―― 文学の行方

†――イギリス文学とフランス文学の違い

野崎　対談の始めの頃、斎藤さんがフランス文学の背徳性ということを指摘していたのが、まずは非常に印象に残りましたね。特にバルザックなんていうのは僕の目から見ると肯定的なパワーの渦巻く世界であって、読者を人間好きにさせるような世界のはずなんだけども、あまりにも厳しくて救いがないじゃないかというようなことも言っていたでしょう？　そのあたり、英仏の代表的な小説の背後にある感性はかなり違うのかなという気はしますよね。

斎藤　そうですね。最初に読んだときに、フランスの文学は背徳的だという、もともとのイメージにとらわれているところもあったのかもしれないけど、まず背徳であるという読み方自体がやっぱりイギリス的なものにとらわれ過ぎているよね。

だから、フランス文学では徳がどうのこうのということすらも意識してないのかなあと。人間のあるがままの姿を非常に冷徹にとらえようという視点かな。しかも視点がぶれないというかね。僕は三一致の法則についても勉強になりました。その説明はすごく筋がすっきりしていて、明快でわかりやすくて。だから、倫理がどうのこうのという読み方自体が少し狭いかなということを僕は知りましたね。

野崎　イギリス小説のあり方として強く印象に残るのは、やっぱりジェイン・オースティンの『高慢と偏見』、あの冒頭の会話[1]ですね。日常のほんのひとこまから、何の理屈もなくすっと入るんだけれども、それが素晴らしい導入部になっている。その日常性の強さがイギリス文学の魅力だなという気がするんですよ。同時にそれは現状肯定というか、それでよしとする保守性にも繋るのかもしれない。それに比べるとフランスの文学にはやっぱり革命神話というか、そういう極端さがあるんだろうなという気がする。

斎藤 それは本当に明確に感じましたね。

旧植民地からの文学

斎藤 「世界文学」という概念もあるけど、国民文学の枠というのはやっぱりあるところまでは少なくともあるんですね。その伝統をしっかり踏まえている。だから、作家は好むと好まざるとにかかわらず、それから逃れられないのかなというところはあるよね。

野崎 ウエルベックですらパスカルの呪縛からいまだに逃れられないというのは象徴的です。ただ、それが現代に近づけば近づくほど揺らいでくるということはある。ナイポールはその一番の例ですね。

斎藤 そうですね。そもそも国民文学を乗り越えたものがここまで毒があっていいのかどうか。そうならざるを得なかったのかもしれないけどね。

（1）冒頭の会話　本書二九頁（13）参照。

野崎　英語という武器を植民地の人間が奪い取ってしまって、それを用いて報復に出ているというような、そんな感じさえしますよね。

斎藤　そのナイポールの文学はある程度象徴的で、イギリスの帝国主義のツケがいま回ってきたわけですよね。国を拡大させて、文化を拡大させたあげくに、それが植民地によって破壊されるという非常に皮肉な面があってね。しかも、ナイポールは普通のイギリス作家よりも英語が上手いからね。それははっきりいって帝国が逆襲されて破壊されたということですよね。

野崎　ナイポールの小説に「人間の反対側を理解しないとだめだ」(2)という意味の言葉があったけれども、まさに反対側からやってきた文学だよね。だから、国民文学が今度は反国民文学になっちゃっているわけだ。

斎藤　そうなんだよね。フランスの場合はそういう旧植民地からの文学というのはないんですか？

野崎　かなりの勢いで出てきていますよ。最近の小説で面白いのを十冊選ぶとしたら、五冊は旧植民地や海外県出身の作家、移民作家(3)という感じになっている。世界のメジャーの言語はみんなそうなってくるんじゃないですか。そういう活力が加わってこそ、フランス語の存在意義を保てるという状況かもしれない。ウエルベックだってレユニオン島(4)出身で、決して中心にいる人間ではない。反逆と創造はマージナルな場所からもたらされるということかな。

(2)「人間の反対側を…だめだ」『魔法の種』斎藤兆史訳、二三七頁。

(3) 旧植民地や海外県出身の作家、移民作家　移民ないし亡命作家については、Ⅳ章の注(32)を参照。旧植民地出身の作家のうち、邦訳のある重要作家としては、エドゥアール・グリッサン（一九二

✝——黄金時代の作品の今後

野崎　逆に言えば、黄金時代の作品は今後どういう意味を持つと思いますか。たとえばディケンズとかジェイン・オースティンに代表されるものですね。

斎藤　わからないな。いま大学でテーマ講義というのをやっていて、「英米小説の楽しみ」というのでイギリス文学とアメリカ文学を毎週一作ずつリレー講義形式で読んでいるんだけど、そのなかでもひとつ印象的だったのが、アメリカ文学の先生がフォークナーの『響きと怒り』(5)は二十世紀アメリカ文学の最高傑作ですと何のためらいもなく言うわけですね。フォークナーは二十世紀で一番偉大なアメリカ作家だと。彼の作品のなかでもこれは一番の名作で、これを読まずに死ぬことは許されないと（笑）。もしこれを読まなかったら、死ぬ間際にいまの私の言葉を思い出して、成仏できないという呪いのような言葉を残していったわけ。

　では、それと同じことをイギリス文学で言えるかなと。これを読まずに死ぬことは許されないぞというほどの名作が果たしてあるのか、そういうものの存在意義とは何なんだろうと。つまり、こうやって破壊されて塗り替えられていくわけだからね。だけど、ありきたりだけど、やっぱりそこには普遍的な価値があるんだろうと思う。『デイヴィッド・コパフィールド』を読まずに死ぬのはまあ許されるけど（笑）、人生の大きな損失であると僕は思うわけね。フランス文学もそ

八―）、ラファエル・コンフィアン（一九五一―）、パトリック・シャモワゾー（一九五三―）といったマルチニックの作家や、モロッコ出身のタハール・ベン・ジェルーン、アルジェリア出身のヤスミナ・カドラ（一九五五―）、コートジボワールのアマドゥ・クルマ（一九二七―二〇〇三）などがいる。

（4）レユニオン島　フランスの海外県。マダガスカル島東方のインド洋上に位置する。

（5）『響きと怒り』（一九二九）アメリカの小説家ウィリアム・フォークナーの代表作。

うですよ。これを知らずに生きていくということは、おそらく人生の半分ぐらい損していることになるんじゃないのかなという気がするけどね。

野崎　ハーフ・ア・ライフになっちゃうと。

斎藤　だけど、ナイポールの「ハーフ・ア・ライフ」とこのメッセージはちょっと違うかもね。確かに文学にのめり込んだらそこが素晴らしい世界なのかというと、そうばかりとは言えないけどね。そこはまた悩み多き世界なんだとは思うんだけど、この世界を知らずに、この価値観を知らずに人生を過ごすのは寂しいですよね。

野崎　ただ、あえて異を唱えると、『響きと怒り』は二十世紀最大の作品であるというふうに学生を煽る、その気持ちはよくわかるんです。僕も似たようなことばかり言っていますから（笑）。でも自然界を生物多様性の原理が律しているように、文学や芸術も多様性に支えられていて、「最大の作品」や「最高の作家」がいくらでもいるというのが現実かなとも思います。まあ、そのスパンの中に入ってくるような作品、作家には教師として、できるだけ触れてもらいたいし、自分でもやっぱり夢中になってしまう。

今回取りあげたもののかなりはそうでしょう。特に十九世紀の作品にはやっぱり磐石の構えがありますね。もちろんいろいろなかたちで批判は可能だろうけど、そういう批判で揺さぶったのちにもポジティブなものが残る作品だと思うんですよ。

†――スリリングな現代文学

野崎　逆に言えばウエルベックとか、そういう現代のものは保証できませんよ。僕にとっていま面白いというだけのことなんだけれども、それでも現代文学は読むべきだと思うね。ディケンズだけではだめで、ナイポールも読まないと、それこそハーフ・ア・ライフになってしまう。

斎藤　植民地支配とかかつての歴史を知るうえでも、いまの多民族的な状況を理解するためにも、ナイポールは絶対に読まないといけないね。

野崎　そのとおり。文学は絶えずなお続行中というか、完結がないものなんだよね。次に何が起こるのか、その予兆の部分に触れるのはスリリングなことだし、特に若い人は古典を読むのは当然としても、新しいものに積極的に触れてもらわなくては。

斎藤　価値が定まってない時代の文学の読み方を教えるという教育的な視点が入ると、これは絶対にあとまで残るから読みなさいって自信を持っていえる作品というのはそれほどないですよね。ナイポールのような作家だったらある程度は残るかもしれないけど、この価値観で最後まで行って、たとえば次の世紀に読まれるかなと思うと、ちょっと疑問が残る部分もあるし、自分としては没入できない。

やっぱり最後に希望が出てくるようなものというのを人間は常に求めているしね。ただ帝国を破壊する、それで終わっていいのかと。次に何かがなければどうしてもやりきれない部分があって、その辺はジレンマですよね。だから、現代のどの作品にも言えることは、読んでほしいんだけども、これでいいのかなあと。

野崎　ナイポールはカミュの二段構えでいうと最初の否定的契機ということかな。旧植民地の英語による表現のなかからは今後、さらに多彩な作品が出てくるだろうし、ポジティブなものもいくらでも出てくるでしょう。そのための手段が与えられたという意味では楽観的になっていい部分もあるんじゃないのかな。

斎藤　でも、ナイポール自身はおそらくやらないだろうと思いますね。彼は最後まで毒を吐いて死ぬんだろうけど。

野崎　それはそうだね。そういう意味では彼は過渡的な一時期の割りを食った世代なのかもしれないね。いまはもっと軽やかなかたちでミクスチュアというのはありうると思うから。

斎藤　過去の名作は、大きな価値として、あるいはマシュー・アーノルド(6)の言う「タッチストーン」、試金石のようなものとして常にそこに存在していなくてはいけない。文学のなかに描かれるもののなかには、時代は変われどもそんな時代時代に束縛されない普遍的なものがあるだろうから、過去の文学のなかに参考になるものはたくさんあると思うんですよね。

(6) マシュー・アーノルド（一八二二-八八）　イギリスの詩人、評論家。『詩集』（一八五三）、『文学論』（一八六五、一八八八）など。

野崎　それからあらためて思ったのは、世界の文学は翻訳で読んでもやっぱり面白いんだから、国別にとらわれ過ぎずに何でも読むのが一番いいということですね。

斎藤　そうね。フランス文学のなかで僕が原文で読んだのは『異邦人』と『恐るべき子供たち』とか、本当に限られたもので、どれだけ読めているかわからないけど、翻訳を読んだからこそ理解できるものってあるからね。人間すべての言語をマスターするのは不可能だから、翻訳を読まないのは相当なものを知らずに過ごしてしまっているんだよね。もったいないよね。

野崎　『ハワーズ・エンド』なんかは日本語で読んでも本当に幸福でしたね。実は以前、吉田健一訳で読みだして、あまりに吉田健一節が強くて挫折したんですが（笑）、今回、小池滋訳で読んでみて、何ともいえず美しい、素晴らしい小説だなと感嘆しました。しびれるような印象がしばらく消えなかったくらい。外国の作品について日本語でそれだけの体験をさせてもらえる。それはいままでずっと蓄積されてきた外国文学の受容や研究のおかげなんだから、それをぜひ、もっと享受してほしいですね。これだけ手応えがあって面白いものは、ほかにはなかなかない。それは言えますよ。われわれだってこのリストを漫然と作ったわけじゃなくて、お互い、相手に勝とうと最強メンバーを組んできたんだから（笑）、これを超えるものはなかなかないはずですよ。

斎藤　フランス文学、予想通りの強敵でしたね。勝負は引き分けといったところかな。いやあ、でも、対戦を通じて本当に楽しい思いをさせていただきました。

野崎　ぜひまたいつか、お手合わせをお願いします。

あとがき

斎藤兆史さんが僕にとって、尊敬する友人であることはいまさら言うまでもない。『英語達人列伝』（二〇〇〇）や『努力論』（二〇〇七）といった一連の著作はつねづね、愛読してきたし、『英語の作法』（二〇〇〇）所収の、斎藤さんが英語で書いた短編小説などを見るにつけ、ご自身の達人ぶりにも感心させられた。テレビでの活躍もしょっちゅう目に入ってくる。そして僕にとっては何といっても、正論を真っ向から唱えつつ、しかもユーモアを忘れない語り口が魅力的なのである。正直で、かつ飄然としたお人柄に、惹きつけられてやまない。

そんな斎藤さんと一度じっくり語り合ってみたいという願いをかなえたのが、前回の対談『英語のたくらみ、フランス語のたわむれ』（二〇〇四）だった。語学、翻訳、文学をめぐって互いの思うところを率直に述べ、論じ合う、実に爽快な体験だった。僕としてはすっかり味をしめてしまったのである。次はいよいよ、双方の専門とするジャンルについて、さらに突っ込んだ議論を戦わせてみたいものだ。英仏の古典的作品でこれぞというものを相手にぶつけて、一種の「合戦」という趣向でやってみたらどうだろう。そんなアイデアが自然に湧いてきた。斎藤さん、そして東京大学出版会の小暮明さんがすぐさま賛成してくださり、二〇〇九年二月から五月にかけて対談を行った。本書はその模様をまとめたものである。

僕にとっての興味は主として二つの点にかかわっていた。第一に、長年こちらの親しんできたフランス文学の作品について、斎藤さんはどんな感想を抱くだろうか、ということである。ご存じのとおり、英仏は海峡をはさんで隣同士ながら、両国のあいだの差異は大きく、過去の歴史は多くの葛藤、対立を含んでいる。そんな歴史はいまも、日常の言葉遣いにまで痕跡を残している。たとえばパーティーのとき、お客が暇も告げずに姿を消してしまう、少々エチケットに反する遣り方を、フランス側では「イギリス式（ア・ラ・ラングレーズ）」に立ち去ると言い、イギリス側では「フレンチ・リーヴ」と言う。どっちもどっちと言うほかないような意地の張り合いが、そこにはうかがえる。

もちろん、僕はフランス人ではないし、斎藤さんはイギリス人ではない。しかしそれぞれ、英仏の文学、文化を長らく研究してきて、視点が一方の国寄りになっている部分はあるだろう。同じ作品についてでも、二人で語り合うならばドーバー海峡のあちらとこちらで、どんな風に物の見え方が違うのかがあぶり出されるのではないか。

その点に関しては、双方の文学観、小説観の違いが期待以上にくっきりと浮かび上がってきた。スタンダールやバルザックの古典中の古典というべき作品に対する、斎藤さんの率直な反応は僕にとって実に新鮮だったし、小説を読むことを一種、罪悪視する風潮を背景に、それを逆手にとって「悪」の領域に踏み込んでいったフランス小説の伝統が、かなり特殊なバイアスのかかったものであることを再認識させられた。しかも、たとえばフローベールの『ボヴァリー夫人』に登場するいかにも傲岸で冷酷なプレイボーイ、ロドルフの手管に斎藤さんがいたく感心した様子なのは愉快だった。なるほどどこのあたりに、フランス小説ならではの魅力が脈打っているのかもしれない。

二十世紀篇に入り、ブルトンからカミュ、そして現代のウエルベックへと及ぶに従い、いよいよ斎藤さんの反応は率直になり（おそらく僕自身も同様）、わからない点はわからないとはっきり言い、感動は熱く語り、当惑も包み隠さず表明してくれた。ひょっとしたら前半は多少、互いに「お勉強」的な構えが残っているかもしれないが、後半は本当にストレートな、実感に即してのいきいきとした対話ができたと思う。

そして僕が心に期していた第二の点とは、斎藤さんにこちらのイギリス小説への思いをぶつけてみたいということだった。「プロローグ」で述べたとおり、この数年、いわゆる古典新訳の流れの中でもろもろの作品に触れ直し、とりわけイギリス小説の豊かな味わいに惹かれるのを覚えた。英文学についてはまったくの素人である。しかしおのれの感想を語りたい気持ちは抑えがたい。それを専門家に聞いてもらって、自分の読み方がどんな風に突飛であり、あるいはトンチンカンであるのか、指摘してもらえるとしたらこんなにありがたいことはない。斎藤さんとしては、『高慢と偏見』に「革命」を見出したり、『アイヴァンホー』とベトナム戦争帰還兵のトラウマを重ねたりする珍説を得々と披露するこちらの姿に、苦笑を禁じえなかったに違いない。しかし、優れた教育者の資質を備えた彼のこと、辛抱強くこちらの感想に耳を傾けつつ、英文学の正道を行く解釈を丁寧に示してくれた。

逆に、斎藤さんの目に映ったフランス文学の姿は、さまざまな面で僕の固定観念を揺さぶってくれるものであり、新たなアプローチの可能性を示唆されることも多かった。『ゴリオ爺さん』にせよ『ナジャ』にせよ、いま読んでもなお、これだけ読み方には揺れがありうるし、読者の反応にも違いが出る。きっと、それこそは作品が生きているということなのだろう。古典とはいつもじっと同じ顔をした石像ではない。その表情はいまなお、多様に変化してやまないのだ。

フランス文学を専攻する者として、専門を究めねばとは思いながら、同時にほかの国々の文学も大いに気になる。自分のその欲張りの源とは何かと考えてみる。どうやらそれは、いま・ここの人生だけでは足りない、複数の人生を生き、異なる世界を知りたいという、理屈抜きの願望に由来するらしい。そして、人生の一回性を乗り越えたいという切望をこのうえなく叶えてくれるのが、小説という近代の発明品なのである。

ありがたいことに、小説は決して敷居の高いものではない。とにかくページを開いて読んでみればいい。別の人生、未知の世界はいくらでもそこに広がっている。もちろん、言葉の壁はどこまでもつきまとうだろう。だがその壁に挑む翻訳者たちの努力のおかげで、僕らは「世界文学」を体験することができる。翻訳によって拓ける文学は、広大で、多彩な魅惑に満ちたものとして僕らを待っている。その面白さを貪欲に味わい、そこから精神にとって欠かせない養分を吸収するべきだろう。

そして何よりも、一冊の本をめぐって、思うところを自由に語り合うのはつくづく、楽しいことだ。それは読書の体験を閉じたものとせず、日常の中で反芻し、咀嚼するための最適の方法である。専門的知識の多寡とはまた別の次元で、みのりあるおしゃべりができる点に、本来、だれにでも開かれた文学ならではのよさがあるはずだ。本書には、E・M・フォースターの作品を読んだことがなかっただの、『人間喜劇』はあまり読んでいないだのと、文学研究者の沽券にかかわるような赤裸々な告白が含まれている。だが、何しろ世界文学の富には限りがなく、読める本は限られている。管啓次郎さんのエッセイ集のタイトルを借りるならば、「本は読めないものだから心配するな」。読者のみなさんも、どうか無用のコンプレックスやためらいを捨てて、気の向くがまま、古今東西の小説を手に取ってみてほしいと思う。そして自分の感じたあれこれを語りたくなったり、面白さを吹聴したくなったなら、ぜひ手近なだれかを捕まえて、たっぷりと聞かせてやろうではないか。古典とは、読者各自のそんな営みをとおして受けつがれていくものに違いない。

大変なご多忙の中、喜んで対談相手を務めてくれた斎藤兆史さんに、心からの感謝を捧げる。また、イラストレーターとしての斎藤さんのまさにプロはだしの腕前（ディケンズとナイポールの肖像をご覧あれ）に「脱帽！《シャポー・バ》」。

そしてこの企画を熱心にバックアップし、書籍化に際して献身的な努力を惜しまなかった東京大学出版会の小暮明さんに、深く御礼申し上げたい。

二〇一〇年六月

野崎　歓

著者略歴

斎藤兆史（さいとう　よしふみ）

1958年生れ．東京大学大学院総合文化研究科教授．英学．著書に『英語の作法』（東京大学出版会），『英語達人列伝――あっぱれ、日本人の英語』『英語達人塾――極めるための独習法指南』（中公新書），『努力論』（ちくま新書），『日本人と英語――もうひとつの英語百年史』（研究社），『翻訳の作法』（東京大学出版会）など．訳書にR・キプリング『少年キム』（ちくま文庫），ウィリアム・モリス『不思議なみずうみの島々』（晶文社），V・S・ナイポール『イスラム再訪』『ある放浪者の半生』『魔法の種』（岩波書店）、M・ラウリー『火山の下』（監訳，白水社）など．

野崎　歓（のざき　かん）

1959年生れ．東京大学大学院人文社会系研究科准教授．フランス文学，映画論．著書に『ジャン・ルノワール　越境する映画』（青土社，サントリー学芸賞），『五感で味わうフランス文学』（白水社），『谷崎潤一郎と異国の言語』（人文書院），『赤ちゃん教育』（講談社文庫，講談社エッセイ賞），『こどもたちは知っている――永遠の少年少女のための文学案内』（春秋社），『異邦の香り――ネルヴァル『東方紀行』論』（講談社）など．訳書にバルザック『幻滅』（共訳，藤原書店），ウエルベック『素粒子』（ちくま文庫），トゥーサン『愛しあう』，ガイイ『ある夜，クラブで』（集英社），サン＝テグジュペリ『ちいさな王子』，スタンダール『赤と黒』（光文社古典新訳文庫）など．

英仏文学戦記
もっと愉しむための名作案内

2010年7月22日　初　版

［検印廃止］

著　者　斎藤兆史《さいとうよしふみ》・野崎《のざき》 歓《かん》

発行所　財団法人　東京大学出版会

代 表 者　長谷川寿一

113-8654　東京都文京区本郷7-3-1　東大構内
http://www.utp.or.jp/
電話　03-3811-8814　Fax 03-3812-6958
振替　00160-6-59964

印刷所　株式会社平文社
製本所　矢嶋製本株式会社

ISBN 978-4-13-083053-9　Printed in Japan

人名索引

ナ　行

ハ　行

マ　行

ヤ　行

ラ　行

ン　行

書名索引

ア　行

カ　行

サ　行

タ　行

さらにおすすめ！　イギリス文学

シャーロット・ブロンテ『ジェイン・エア』
（小池滋訳，『ブロンテ全集2』みすず書房，1995）
Charlotte Brontë, *Jane Eyre*（1847）

ブロンテ三姉妹のうち最年長であるシャーロットの小説．孤児のジェインが，親戚からの虐待，学校生活などを通じて成長し，家庭教師として雇われた先の主人ロチェスターと恋に落ちて結婚するまでを描いた物語．19世紀半ばに女性の自立を描いた作品として評価されることが多い．一方，途中でジェインとロチェスターの結婚の障害となる，ロチェスターの狂気の妻バーサの扱いについては，20世紀後半に入ってから，帝国主義批判，人種差別批判，フェミニズムなどの観点から不当であるとの批判がなされるようになった．また，同種の批判的な考え方に基づき，ジーン・リースは本作の「前編」とも言うべき『サルガッソーの広い海』（小沢瑞穂訳）を書いた．20世紀後半に登場する旧植民地文学，あるいは広域英語圏文学を理解する上で，一読を薦めたい．

エミリー・ブロンテ『嵐が丘』
（小野寺健訳，光文社古典新訳文庫，上・下，2010）
Emily Brontë, *Wuthering Heights*（1847）

ブロンテ三姉妹の次女エミリーの手になる壮絶な愛と復讐の物語．アーンショー氏に拾われ，「嵐が丘」に連れてこられた孤児のヒースクリフは，その子供キャサリンに恋をするが，アーンショー氏亡きあと，その息子ヒンドリーには下働きとして使われ，またキャサリンを裕福なリントン家の息子エドガーに奪われてしまう．失意のあまり家を飛び出した彼は，やがて裕福な紳士として「嵐が丘」に戻り，自分を苦しめたアーンショー家とリントン家にさまざまな形で復讐をする．あまりに道徳を逸脱した小説であるため，発表当初ははなはだ不評であった．じつは私自身，（対談での話し振りからお察しのとおり）このヒースクリフという人間がどうしても

許せないのだが，そこまで実体を感じさせる登場人物を作り上げた作者の筆力を評価したい．イギリス文学を語るには，どうしても避けては通れない作品だろう．名翻訳家・小野寺健氏の新訳が出て，いっそう読みやすくなった．

サミュエル・スマイルズ『自助論』

（山本史郎編訳，『イギリス流大人の気骨』講談社，2008）
Samuel Smiles, *Self-Help*（1859）

「天は自ら助くる者を助く」の精神に貫かれた，ヴィクトリア朝を代表する啓蒙書．明治４年に中村正直が『西国立志編』の邦題で発表してから，日本人の修養の手本ともなった．修養なる考え方自体が古くさいと思われているせいか，現代ではあまり読まれなくなったが，抄訳とはいえ，山本史郎氏の手になる読みやすい訳書が出たので，ぜひこの機会に本書のエッセンスに触れていただきたい．『嵐が丘』をはなはだ不道徳として受けつけず，逆に『デイヴィッド・コパフィールド』のように，努力が成功に結びつくことを保証する物語を愛した時代の価値観を垣間みることができるだろう．

トマス・ハーディ『ダーバヴィル家のテス』

（井出弘之訳，『テス』上・下，ちくま文庫，2004）
Thomas Hardy, *Tess of the D'Urbervilles*（1891）

テス・ダービフィールドは，一家の家計を支えるため，遠い親戚筋に当たる裕福なダーバヴィル家で酪農婦として働くが，同家の放蕩息子アレックに再三にわたって言い寄られ，妊娠させられてしまう．生まれた赤ん坊は死んでしまうが，テスは，この過去を隠し，別の土地で酪農婦として働きはじめる．そこに見習い農夫としてやって来たのが教区司祭の息子エンジェル・クレアで，二人は恋に落ち，結婚する．ところが，過去に関するテスの告白を聞いたクレアはショックを受けて彼女との別離を決意し，ブラジルに渡る．絶望したテスは，偶然再会したアレックの愛人になる．やがてブラジルでの事業に失敗したエンジェルは，自分の判断が間違っていたことに気づいてテスのもとに戻る．アレックとの関係を断ち切って，ふたたびエンジェルとの結婚生活に戻ろうとしたテスは，ある日，衝動的にア

レックを刺し殺してしまう．テスは，エンジェルとの逃避行の末、やがてストーンヘンジの下で眠りに落ち，間もなく逮捕されて処刑される．対談を終えて思うに，イギリス小説のなかで際立ってフランス小説的な作品ではあるまいか．

ラドヤード・キプリング『少年キム』

（斎藤兆史訳，晶文社，2007／ちくま文庫，2010）
Rudyard Kipling, *Kim*（1901）

時は19世紀末，イギリス経済の屋台骨を支える植民地インドを北方からロシアが虎視眈々と狙っている．一触即発の緊迫した状況のなか，さまざまな諜報合戦が繰り広げられる．イギリス側がスパイとして見込んだのは，アイルランド人の孤児で，長くインドで生活しているためにその慣習を知り尽くした俊敏な少年キム．彼は，インドに巡礼の旅に訪れていた純真なラマ僧の弟子に成り済ましてインド北方に出向き，ロシアの計略を打ち砕く．イギリス人初のノーベル文学賞受賞者キプリングの唯一の長編小説にして最高傑作．拙訳なのでお薦めするのもやや気が引けるが，誰もが認める傑作なので，ここに挙げさせていただきたい．

ジェイムズ・ジョイス『ダブリンの市民』

（高松雄一訳，集英社，1999）
James Joyce, *Dubliners*（1914）

ジョイスときたら，20世紀小説の最高傑作とも称される『ユリシーズ』を挙げるべきだろうとお叱りを受けるかもしれない．だが，『ユリシーズ』は基本的な情報を相当集めてから腰を据えて読みはじめないと，何が何だかさっぱり分からない．いきなり薦めて，さあどうだ，面白いだろう，と威張れる小説ではないのである．それに比べ，ダブリンの人々の停滞した生活を描いた短編を集めた本作は，さほど専門的な解読を必要とせず，ジョイス作品としては際立って読みやすいものと言える．本短編集のなかで最高傑作とされているのは，映画にもなった最後の「死者たち」という短編で，十二夜のパーティの様子，そこに参加した人々の会話や心理の描写を通じ，ダブリンの人たちの考え方や夫婦関係の機微を伝えている．

ヴァージニア・ウルフ 『ダロウェイ夫人』
（丹治愛訳，集英社文庫，2007）
Virginia Woolf, *Mrs Dalloway*（1925）

第一次大戦後のロンドンに住むクラリッサ・ダロウェイが，朝方，夜のパーティの準備に出かけてからそのパーティを仕切るまでを描いた小説．ただし，明確なプロットのようなものはなく，彼女の脳裏に去来する出来事や想念が，いわゆる「意識の流れ」の手法によってつづられていくだけである．外界の事象ではなく，心象こそが真実であると考えたウルフらしい作品で，20 世紀初頭のモダニズム文学を代表する傑作．2002 年のアメリカ映画『めぐりあう時間たち』のモチーフとなったことでも知られる．

イヴリン・ウォー『回想のブライズヘッド』
（小野寺健訳，岩波文庫，上・下，2009）
Evelyn Waugh. *Brideshead Revisited*（1945）

物語中の現在は第二次大戦末期．「私」ことチャールズ・ライダーは，将校として軍務に服している．その「私」の回想が物語の中心を成している．オックスフォード在学中，私は学友セバスチャン・フライトに案内され，ブライズヘッドにある彼の生家に行くが，家族はばらばらな生活を送っている．夏休みになり，私は怪我をしたセバスチャンに呼びつけられてブライズヘッドでしばらく過ごしたのち，彼と一緒に，ヴェニスで愛人と暮らすセバスチャンの父親マーチメイン侯爵に会いに行く．私がセバスチャンの家族と最初の時間を過ごした夏休みであった．この後，セバスチャンのアルコール依存症，彼の生活に対するマーチメイン夫人の執拗な干渉，セバスチャンの妹ジュリアの不幸な結婚などによって，一家はさらなる分裂状態に陥るが，それぞれ違った形で信仰を抱きつづける．10 年後，私は結婚し，画家として成功を収めている．あるとき，私は大西洋航路の船の上でジュリアと再会，二人はお互いに青春時代の思い出を投影させながら愛し合うようになり，それぞれ配偶者と離婚したのちに結婚する約束をする．そののち，セバスチャンが奉仕の仕事を求めて訪れたチュニスの修道院の門前で病に倒れたという知らせが届く．マーチメイン侯爵はブライズヘッドに戻って死去，ジュリアは，罪の意識にさいなまれつつ，最終的に私との結婚を拒否する．物語の最後でふたたび話が現在の時点に戻る．私

がふたたびブライズヘッドを訪れ，そこの礼拝堂にはいると，いまだに灯明の火が燃えつづけている．世俗を忌み嫌った頑固者ウォーの最高傑作．

マルカム・ラウリー『火山の下』
（斎藤兆史監訳・渡辺暁・山崎暁子共訳，白水社，2010）
Malcolm Lowry, *Under the Volcano*（1947）

前駐メキシコ英国領事ジェフリー・ファーミンは，妻イヴォンヌと離別したのち，酒浸りの日々を送っていたが，1938 年 11 月 2 日の「死者の日」，突然イヴォンヌが彼の元に帰ってくる．ところがまさにこの日が悲劇のクライマックスとなってしまった．アルコール依存症に冒された男の絶望と没落を描いた傑作小説．ガルシア・マルケスや大江健三郎の愛読書でもある（らしい）．たった一日の出来事が物語を構成しているところに『ユリシーズ』の影響を見ることができ，また本作中には，『聖書』，『神曲』，『失楽園』をはじめ，古今東西の書物，文学作品に対する言及がある．作者の博学が随所に窺えるが，作者ラウリーは，もっぱらこの作品でのみ世に知られる奇才である．これまた私自身が手がけた翻訳なので，手放しでお薦めしづらいところはあるが，とにかく圧倒的にスケールの大きな作品なので，ぜひご一読を．

カズオ・イシグロ『わたしを離さないで』
（土屋政雄訳，早川書房，2009）
Kazuo Ishiguro, *Never Let Me Go*（2005）

現代イギリス文学を代表する作家の一人である日系人作家カズオ・イシグロの小説．長編としては一番新しい．イシグロ作品のなかでは『日の名残り』と並ぶ傑作（だと思う）．私の好みからすると『日の名残り』のほうを評価したいが，この小説については，あまりにあちこちで書いてしまったので，今回は『わたしを離さないで』を紹介する．とはいえ，ミステリー仕立てにもなっているので，あまり細かい筋を書いてしまうわけにはいかず，イシグロが得意とする主人公による回想的な語りの技法と，クローン技術や遺伝子操作という最新科学・医療のテーマを融合した小説とだけ言っておこう．単なるミステリーではなく，最新科学や医療の倫理までを考えさせてくれる奥深い小説である．

イギリス小説の黄金時代が19世紀なので，それ以降のお薦め作品を並べた格好になってしまったが，小説に限らず英文学をもっと広く概観したい場合には，読むべき作品はたくさんある．一時代前の英文学研究が扱った正典（キャノン）の幅を表わす洒落として，「『ベーオウルフ』からヴァージニア・ウルフまで」というものがある．つまり慣例的な英文学研究は，８世紀ごろに書かれた古英語の英雄叙事詩『ベーオウルフ』から，20世紀初頭のモダニズム，とくにウルフの作品に至る主要作品を論じてきたということだ．そこまで範囲を広げるのであれば，『ベーオウルフ』（忍足欣四郎訳，岩波文庫）はもちろん，チョーサーの『カンタベリー物語』（『完訳カンタベリー物語』桝井迪夫訳，岩波文庫／『カンタベリ物語』西脇順三郎訳，筑摩書房），ミルトンの『失楽園』（平井正穂訳，岩波文庫），シェイクスピアの戯曲，17世紀の形而上学派詩人の詩，そして小説という形式が整いはじめた18世紀に入れば，デフォーの『ロビンソン・クルーソー』（平井正穂訳，岩波文庫），スウィフトの『ガリバー旅行記』（平井正穂訳，岩波文庫），イギリス小説の形式を整えたとされるリチャードソン，フィールディング，スターン，スモレットの作品（とくにリチャードソンの『パミラ』（海老池俊治訳，『世界文学大系　第21巻』筑摩書房），フィールディングの『トム・ジョーンズ』（『トム・ジョウンズ』朱牟田夏雄訳，岩波文庫），スターンの『トリストラム・シャンディ』（朱牟田夏雄訳，岩波文庫）），なども押さえておきたい．

（斎藤兆史）

さらにおすすめ！　フランス文学

ラブレー『ガルガンチュアとパンタグリュエル』

（宮下志朗訳，ちくま文庫，全４巻，2006-09）

François Rabelais, *Pantagruel*（1532）, *Gargantua*（1534）, *Tiers Livre*（1546）, *Quart Livre*（1552）

16 世紀前半，宗教内乱の不穏な予兆が立ちこめる，狂信と不寛容の時代に書かれた，破天荒な笑いとおふざけの書．下ネタ，破廉恥なギャグ，何でもありの物語はとにかく奇天烈きわまる．ガルガンチュア王が５歳のみぎり，いちばん具合のいいお尻の拭き方を求めて，ビロードのスカーフだのマフラーだの，ネコだのガチョウだの，片っぱしから試すなどという話だけでたちまち一章が過ぎてしまう．しかも大ボラ吹きまくりの物語のうちに脈打つ寛容の思想が，いまなお深い感銘を与えてくれるのだ．『ガルガンチュア』巻末で建立される一種の理想郷「テレームの僧院」の規則が，「あなたが望むことをしなさい」というたった一項目であるとは，何と素晴らしいことか．長らく渡辺一夫訳（岩波文庫）が名訳として讃えられてきたが，宮下志朗氏による新訳が出て，いっそう親しみやすく――笑いやすく――なったのは嬉しい．

ラシーヌ『フェードル／アンドロマック』

（渡辺守章訳，岩波文庫，1993）

Jean Racine, *Phèdre*（1677）, *Andromaque*（1667）

17 世紀に入るとルイ王朝により天下は平定され，宮廷文化が花開き，フランス語は洗練の度を増した．空前絶後の文化的栄華の時代を代表する劇詩人がラシーヌである．28 歳で書いた『アンドロマック』（1667）はトロイア戦争の後日談，『フェードル』（1677）はギリシア神話の人物パイドラの悲劇．古代ギリシアに題材を取りながら，恋の女神の呪いを受け，愛欲のとりことなった者たちが織りなすそのドラマは，燃え上がる情念によって破壊される人間の姿を描き尽くして，衝撃的なまでの迫力を備えている．

しかもすべては「三一致の法則」にのっとり，12 音節の詩句（アレクサンドラン）の技巧を尽くした，美しい比喩に富む韻文で綴られている．こういう劇をルイ 14 世は夢中になって観ていたのだ．フランスの文学や文化が「恋愛中心主義」に貫かれることとなった源泉をここに見出すこともできる．

ラファイエット夫人『クレーヴの奥方』

（生島遼一訳，岩波文庫，1981）

Madame de La Fayette, *La Princesse de Clèves*（1678）

コルネイユ，ラシーヌ，モリエールの三大劇詩人が才能を競った 17 世紀は，社交界で貴婦人たちが文芸の愉しみに浸り，恋愛談議に花を咲かせた時代でもあった．モリエールが『滑稽な才女たち』で面白く風刺したような行き過ぎもあったとはいえ，その土壌があってこそ，この小説のような画期的傑作が生み落とされたのである．伯爵夫人である作者は，『箴言集』で有名なラ・ロシュフーコーら当時最高の文学者，知識人たちと交わり，匿名で本書を出版した．若く美しい貴婦人が一生で一度，経験した恋のゆくえを描く物語．端正でみずみずしい筆遣いと，透徹した心理分析の見事さは比類なく，後世，スタンダールもカミュもこの珠玉作に学ぶこととなった．ポルトガルの名匠マヌエル・デ・オリベイラ監督が，舞台を現代に移し替えて撮った映画版が示すとおり，物語の核心部分はいまなお新鮮な問いかけを含んでいる．

アベ・プレヴォー『マノン・レスコー』

（河盛好蔵訳，岩波文庫，改版，2006／青柳瑞穂訳，新潮文庫，1956）

Abbé Prévost, *Manon Lescaut*（1731）

『クレーヴの奥方』が，一人の貴婦人が恋愛から「解脱」していく物語だとすれば，18 世紀を代表する小説家アベ・プレヴォーの本作は，貴族の御曹司の人生を狂わせた，恋の恐るべき破壊力を精密に描き出す．学校を出たばかりの「純潔な」少年デ・グリューをたちまち情熱のとりこにした，不可思議なまでの魅力を放つ少女マノン・レスコー．以後，文学やオペラや映画でいくたびも生まれ変わり，人々を惑わせ続けるファム・ファタルの原型の一人である．全編はひたすら，マノンに魅せられたデ・グリュー

の視点で語られており，マノンの「真実」はとらえがたいまま，「宿命の女」のイメージが読者の心に取りついてしまう．この作品が19世紀に転生を遂げた見事な例がデュマ・フィスの『椿姫』（西永良成訳，光文社古典新訳文庫）．こちらは一種の謎ときも含んでいて，ヒロインの心理がせつなくも、くっきりと浮かび上がってくる．

ルソー『人間不平等起源論』

（中山元訳，光文社古典新訳文庫，2008／本田喜代治・平岡昇訳，岩波文庫，1972）
Jean-Jacques Rousseau, *Discours sur l'origine et les fondements de l'inégalité parmi les hommes*（1755）

18世紀的書簡体小説の代表としては『新エロイーズ』を，自伝文学の重要作としては『告白』および『孤独な散歩者の夢想』を挙げるべきところだ．しかし，ルソーの思考が示す頭抜けたパワーに触れるために，まずこの1冊を推す．ホッブスやロックの著作に刺激を受けつつ，ルソーは社会や共同体の成立以前，人間はいかなる存在であったのかを問い，「自然状態」における存在に迫ろうとする．ヴォルテールが読後，「あなたの本を読むと4本足で歩きたくなる」と揶揄したというのは有名な話だ．しかし社会や人間の現況に徹底的な検証を加え，「起源」にまで到達しようとする構想力のスケールには圧倒されずにいられない．思想的な実験がそのまま文学の一角を形作る点は，以後，フランス文学の特色となる．またルソーがスイス出身の異端児であることを考えるなら，これは異邦人によってフランス文学が形成されてきたことの鮮やかな一例でもある．

ネルヴァル『火の娘たち』

（中村真一郎・入沢康夫訳，ちくま文庫，2003）
Gérard de Nerval, *Les Filles du Feu*（1853）

19世紀小説については本編で詳しく紹介したし，代表的詩人であるボードレールの『悪の華』やランボーの作品にも言及したので，ここでは19世紀の本は1冊だけに留めておく．ジェラール・ド・ネルヴァルはユゴーらいわゆる大ロマン派の詩人と，ボードレールの世代のはざま，7月革命後に青春を送った世代に属する．プルーストやブルトンら，20世紀の文

学に直結するさまざまな可能性に富んだ作品世界を，この1冊で体験できる．古本探しの旅を描いた気ままなエッセイ調の「アンジェリック」もあれば，「シルヴィ」のように短編の名品として知られる一編もあり，戯曲もあれば，最後には小詩集まで付されている．一見，雑然と並ぶ作品のあいだで，共通のイメージが反復され，相似した主題が変奏されるのに気づくとき，読者はいつしか，この書物の不思議な煌めきに魅了されていく．

アラン＝フルニエ『グラン・モーヌ』

（天沢退二郎訳，岩波文庫，1998）

Alain-Fournier, *Le Grand Meaulnes*（1913）

これまで『モーヌの大将』，あるいは『さすらいの青春』といった邦題でも読まれてきた小説．シンプルな原題——第一義的には「のっぽのモーヌ」——であるのに，「グラン」の多義性ゆえに日本語に訳しにくい点，フィッツジェラルドの『ザ・グレート・ギャツビー』の場合に似ている．フィッツジェラルドの作品同様，こちらも過去の記憶から逃れることのできない人間の姿を描いている．ただし，その記憶が清純な少年少女のころにかかわるものであるだけに，思い出には美しく霞がかかり，失われた時への追憶はひときわ哀切だ．背景となるソローニュ地方の静謐な風景がまた魅力的．文学史的に言えば，ネルヴァルからプルーストへとのびていく道のかたわらにひっそりと残された小品だが，鍾愛せずにはいられない．作者アラン＝フルニエはこの作品を書き上げた翌年，第一次大戦に出征し，27歳で帰らぬ人となった．

プルースト『失われた時を求めて』

（鈴木道彦訳，集英社文庫ヘリテージシリーズ，2006／井上究一郎訳，ちくま文庫，1993）

Marcel Proust, *A la recherche du temps perdu*（1913-27）

衆目の一致するところ，『失われた時を求めて』はフランス小説の最高傑作．しかし何しろ長大である．第1編『スワン家の方へ』冒頭の就眠シーンを読み始めただけでもう嘆息し，読破は到底無理とあきらめる人もいることだろう．そんな向きにお薦めしたいのが，文庫版の第2巻，『スワン家の方へⅡ』に収められている「スワンの恋」をまず読んでみるというや

り方だ．これは一種の物語内物語であり，独立した作品として読める．芸術に通暁した趣味人にして，サロンの寵児だったスワン氏が，彼にふさわしいとは思えない，そしてまた彼自身，別に好きなタイプでもないはずの女にいつしか夢中になり，恋の喜びと苦しみを舐めつくすこととなる．あやしいまでに心乱れていくそのプロセスが，表現豊かに，実に面白く描かれていて，プルーストって意外と親しみやすいじゃないかと思わせてくれる．あとはじっくり，大長編の踏破を目指して歩むとしよう．

セリーヌ『夜の果てへの旅』

（生田耕作訳，中公文庫，上・下，2003）
Louis-Ferdinand Céline, *Voyage au bout de la nuit*（1932）

これまた，フランス小説最大の作品の一つ．安易な希望を一つずつ潰していって，黒々とした絶望の相のもとに人生の真実を啓示してくれる，恐るべき書物である．第一次大戦の戦場から，アフリカ，さらにはニューヨークへと遁走を続けながら，主人公は泥のような現実から決して逃げ出すことができない．しかも，悲観と呪詛の文句をこれでもかと吐き出しながら，文章にはスピード感があり，強靭なリズムが脈打っている．あまりに救いがなさすぎるとは思いつつ，文体の力に煽られて，いつしか快感を覚えずにいられなくなる．「夜の果てる日などありはしない」にせよ，底辺であえぐ庶民のもつ活力や陽気さが，感動的に現れ出る瞬間もまた描き出されている．上流社会の栄光と悲惨を描き尽くしたプルーストと，このセリーヌの世界をあわせて視野に収めるならば，フランス小説の広大な領野が開けてくる．

レヴィ＝ストロース『悲しき熱帯』

（川田順造訳，中公クラシックス，2001）
Claude Lévi-Strauss, *Tristes tropiques*（1955）

先般百歳で逝去した，20世紀フランス現代思想の巨人．巨人たるゆえんは，広く地球上を旅し，「未開」の社会を律する思考に深い理解を及ぼすことで，西欧中心主義を徹底的に相対化するばかりか，ついには人間中心主義さえ乗り越える視点を切り拓いていった点にある．ルソー的な，根源にまで達しようとする構想力と，ボードレールが唱えたような「世界人」とし

ての感受性をみごとに兼ね備えた人物だった．著作家としては，大胆な比喩を散りばめつつ，粘り強く思考を展開していくその華麗にして緻密な文体によって，フランス語ならではの文学表現をきわめた一人でもある．「人間なしに始まったこの世界は，人間なしで終わることだろう」という，本書末尾に記された一文の与える感動をぜひ味わってほしい．

デュラス『愛人』

（清水徹訳，河出文庫，1992）
Marguerite Duras, *L'Aman*（1984）

20 世紀後半以降の大きな傾向は，女性の文学の台頭である．先駆者はボーヴォワールとデュラス．とりわけ，女であり，かつ植民地育ちのよそ者であるというポジションを正面から引き受けながら，従来のフランス文学の規範を逸脱する，しどけなくも自在な表現を生み出していったデュラスの存在は大きい．

以上，デュラス以外は男性による文学史上の著名作ばかりを並べたリストになってしまったので，最後に女性作家たちによる 21 世紀の注目作 3 冊を加えておこう．何しろ現代フランスの文学界は，どうも女性上位の傾向が強いのだ．シルヴィー・ジェルマンの『マグヌス』（辻由美訳，みすず書房）は，ナチス幹部の父をもつ少年の遍歴を描いて，読者を予想もしない地点にまで引っ張っていく．ナンシー・ヒューストンの『時のかさなり』（横川晶子訳，新潮社）は，子どもの視点のみで 4 世代，60 年におよぶ歴史を描き切り，物語を読む強烈な喜びを味わわせてくれる．そしてマリー・ンディアイが持ち前の仮借なくダークな想像力を存分に発揮した『ロジー・カルプ』（小野正嗣訳，早川書房）も，読み応え十分．こういう活きのいい現代作品にも，ぜひ挑戦していただきたいものだ．

（野崎　歓）

図版出典

14頁　内田能嗣・塩谷清人編『ジェイン・オースティンを学ぶ人のために』世界思想社，2007年所収
34頁　ウィクトール・デル・リット『スタンダールの生涯』鎌田博夫・岩本和子訳，法政大学出版局、2007年所収
49頁　『ジェラール・フィリップ没後50周年特別企画　赤と黒』セテラ・インターナショナル，2009年所収
54頁　The Walter Scott Digital Archive, © Edinburgh University Library
71頁　Gerard Gengembre, *Balzac Le Napoleon des letters,* Gallimard 1992
79頁　Id.
88頁　イラスト　斎藤兆史
90頁　Angus Wilson, *The World of Charles Dickens,* Secker & Warburg, 1972
108頁　© Cameron Mackintosh Limited 2009
109頁　アンリ・トロワイヤ『フローベール伝』市川裕見子・土屋良二訳，水声社，2008年所収
122頁　『ドニゼッティ：歌劇「ランメルモールのルチア」』DVD，コロムビアミュージックエンタテインメント，2008年
128頁　ディケンズ『デイヴィッド・コパフィールド（一）』石塚裕子訳，岩波文庫，2002年所収
130頁　E.M. Forster, *Works of E.M. Forster,* Raleigh St. Clair Books, 2009
155頁　アンドレ・ブルトン『ナジャ』巖谷國士訳，岩波文庫，2003年所収
157頁　同上
158頁　同上
159頁　同上
166頁　同上
167頁　同上
170頁　Kevin McCarron, *William Golding,* Northcote House Publishers Ltd, 1994
189頁　菊地昌實『アルベール・カミュ』白馬書房，1977年所収
206頁　イラスト　斎藤兆史
222頁　© Mariusz Kubik